CB002904

A nova física. A biologia. A cosmologia.
A genética. As novas tecnologias.
O mundo quântico. A geologia e a geografia.
Textos rigorosos, mas acessíveis.
A divulgação científica de elevada qualidade.

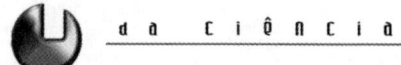
1. Deus e a Nova Física – *Paul Davies*
2. Do Universo ao Homem – *Robert Clarke*
3. A Cebola Cósmica – *Frank Close*
4. A Aventura Prodigiosa do Nosso Cérebro – *Jean Pierre Gasc*
5. Compreender o Nosso Cérebro – *Jean-Michel Robert*
6. Outros Mundos – *Paul Davies*
7. O Tear Encantado – *Robert Jastrow*
8. O Sonho de Einstein – *Barry Parker*
9. O Relojoeiro Cego – *Richard Dawkins*
10. A Arquitectura do Universo – *Robert Jastrow*
11. Ecologia Humana – *Bernard Campbell*
12. Fronteiras da Consciência – *Ernst Poppel*
13. Piratas da Célula – *Andrew Scott*
14. Impacto Cósmico – *John K. Davies*
15. Gaia - Um Novo Olhar Sobre a Vida na Terra – *J. E. Lovelock*
16. O Espinho na Estrela do Mar – *Robert E. Desiwitz*
17. Microcosmos – *Lynn Margulis e Dorion Sagan*
18. O Nascimento do Tempo – *Ilya Prigogine*
19. O Efeito de Estufa – *Fred Pearce*
20. Radiobiologia e Radioprotecção – *Maurice Tubiana e Michel Berlin*
21. A Relatividade do Erro – *Isaac Asimov*
22. O Poder do Computador e a Razão Humana – *Joseph Weizenbaum*
23. As Origens do Sexo – *Lynn Margulis e Dorion Sagan*
24. As Origens do Nosso Universo – *Malcom S. Longair*
25. O Homem na Terra – *Pierre George*
26. Novos Enigmas do Universo – *Robert Clarke*
27. História das Ciências – *Pascal Acot*
28. A Dimensão do Universo – *Mary e John Gribbin*
29. À Boleia com Isaac Newton. O Automóvel e a Física – *Barry Parker*

À BOLEIA COM ISAAC NEWTON

O Automóvel e a Física

Título original:
The Isaac Newton School of Driving: Physics & Your Car

© 2003 The Johns Hopkins University Press
Todos os direitos reservados.
Publicado de acordo com a
Johns Hopkins University Press, Baltimore, Maryland

Tradução de João Reis Nunes

Capa de José Manuel Reis
composição de capa sobre foto de Richard Gunion.

ISBN (10): 972-44-1258-X
ISBN (13): 978-972-44-1258-0

Depósito Legal nº 236910/05

Impressão, paginação e acabamento:
MANUEL A. PACHECO
para
EDIÇÕES 70, LDA.
Janeiro de 2006

Todos os direitos reservados para língua portuguesa
por Edições 70

EDIÇÕES 70, Lda.
Rua Luciano Cordeiro, 123 – 1º Esqº - 1069-157 Lisboa / Portugal
Telefs.: 213190240 – Fax: 213190249
e-mail: edi.70@mail.telepac.pt

www.edicoes70.pt

BARRY PARKER

À BOLEIA COM ISAAC NEWTON

O Automóvel e a Física

70

Para Charles e Olive Vizer

Agradecimentos

Quero agradecer a Trevor Lipscombe pelas sugestões e auxílio na preparação deste livro. Para além disso, gostaria de agradecer a Pat Negyesi pela sua ajuda na obtenção das fotografias. Finalmente, uma palavra de agradecimento a Alice Calaprice pela cuidadosa edição do manuscrito, e ao pessoal da Johns Hopkins University Press pela ajuda na finalização deste projecto.

1

Introdução

Com as suas linhas curvas, suaves e brilhantes, os automóveis modernos são fascinantes modelos de encanto e beleza. São emocionantes, constituindo ao mesmo tempo uma grande fonte de diversão. A emoção de experimentar pela primeira vez um carro novo é algo que recordamos durante muito tempo. De igual modo, também a física tem uma certa beleza e elegância. Com alguns dos seus princípios básicos, e recorrendo ao enorme poder da matemática, podemos fazer previsões incrivelmente exactas sobre quase tudo – desde as interacções entre átomos até à expansão do universo. De igual modo, podemos também fazer importantes previsões sobre automóveis.

Promovo neste livro um encontro entre a física e os automóveis. À primeira vista, pode parecer que não há muito em comum entre eles, mas isso não é verdade. É fácil demonstrar que todos os ramos da física estão representados nos diversos componentes de um automóvel. Particularmente significativa é a mecânica, o ramo que trata o movimento: afinal, os carros movem-se, e quando estão em movimento têm determinada velocidade, e para os colocar em movimento temos de acelerar. Para além disso, para acelerar um automóvel tem de se aplicar uma força, e esta força provém de uma fonte de energia. Ora, a física está na base de tudo isto. De facto, entre os principais termos que usamos em relação aos automóveis contam-se exactamente a *potência* e o *binário* – ambos conceitos importantes em mecânica.

Outro dos ramos da física trata a elasticidade e o movimento de vibração, conceitos com relevância no sistema de suspensão de um automóvel. O calor e a termodinâmica são essenciais no comportamento do motor, enquanto que a electricidade e o magnetismo nos possibilitam ligar a ignição e manter o motor em funcionamento. Com os desenvolvimentos recentes ao nível da telemática (ver capítulo 11), a comunicação sem fios – que ocorre através de ondas electromagnéticas – torna-se cada vez mais importante nos veículos. É fácil, portanto, ver que a física é crucial quando se trata de compreender os automóveis; ao mesmo tempo, esta ciência tem permitido melhorá-los e torná-los mais seguros.

Cresci no meio de carros e ensinei física numa universidade durante trinta nos; é portanto natural que os dois acabassem por se juntar na minha mente. O meu pai era mecânico e proprietário de uma oficina. Quando era adolescente, colaborei em tudo, desde o sector das peças até às reparações e à lubrificação. Nessa altura, creio que ninguém me teria confiado uma reparação a sério, mas isso não me impediu de desmontar o motor do meu próprio carro. Durante algum tempo, pensei em tornar-me engenheiro mecânico e dedicar--me a projectar automóveis. Era algo que me interessava particularmente, mas após alguma investigação apercebi-me de que não havia muitos empregos nessa área, de modo que acabei por me dedicar à física. Após me licenciar e ter começado a ensinar, reparei que os meus alunos tinham um grande interesse por carros. Sempre que usava exemplos tirados do «mundo automóvel» para ilustrar um princípio da física, a atenção deles parecia subir em flecha. Continuei, portanto, a utilizar esse truque sempre que possível.

Quando trabalhava na oficina, o que gostava mais era de conduzir os carros novos. Guardo ainda hoje na memória um descapotável amarelo. Não se viam muitos descapotáveis na altura, pelo que este era uma coisa fora do vulgar. Tendo-me por diversas vezes referido a ele como «amarelo», informaram-me delicadamente que não era amarelo – era «verde desportivo». Porém, não me parecia nada verde, e por isso continuei a pensar nele como amarelo. De qualquer modo, e para meu grande prazer, tive oportunidade de o conduzir pela cidade umas quantas vezes. O que me fez recordar esse carro foi um número recente da revista *Automobile*, que tinha um *Lamborghini Murciélago* na capa. Ora, a isso é que eu chamo um «verde desportivo»! Já ouviram falar do rosa-choque? Aquele era um «verde-choque»!

Muito apropriadamente, o artigo sobre o carro intitulava-se «Um Morcego Saído do Inferno»(*). Nele descobri que este modelo da *Lamborghini* deve o seu nome a um touro espanhol. Segundo reza a história, no ano de 1879 a vida desse primeiro Murciélago fora poupada na arena por um famoso toureiro, que ficara encantado com a sua coragem e espírito combativo. Em vez de o matar, o toureiro deu o nome do touro a um carro (embora isso tenha acontecido mais tarde).

O *Lamborghini* é um carro belíssimo (fig. 1). De facto, tudo é belo neste carro, à excepção do preço: 210 000 euros estão para além das minhas possibilidades. Dado que estou a escrever um livro sobre carros, talvez estejam curiosos por saber qual é o meu. Bem, como amante de pesca, de caminhadas e de esqui, tenho optado nos últimos anos por veículos todo-o-terreno. Julgo que se adequam mais ao meu estilo de vida.

Ao contrário da maior parte dos livros científicos, este não ficará mais complicado à medida que se avança; de facto, o capítulo 2 será provavelmente a parte mais difícil, uma vez que contém mais matemática do que os outros. Ainda que tenha tentado limitá-la ao máximo, uma certa dose de matemática é necessária para uma boa compreensão da física. Nalguns casos, omiti a derivação de uma fórmula, mas isso não deverá prejudicar a compreensão.

O capítulo 2 fala dos princípios básicos da física que estão directamente relacionados com a condução. Trataremos da velocidade, rapidez, aceleração, e das forças envolvidas quando estamos num

---

(*) *Murciélago,* em espanhol no original, significa morcego *(N. do T.)*.

carro. O nível de dificuldade é, aproximadamente, o de uma aula do ensino secundário, e serão explicados conceitos como momento linear, energia, inércia, força centrípeta e torção. Todos estes aspectos devem ser tidos em conta quando analisamos um carro em movimento.

Fig. 1 – Lamborghini Murciélago de 2002 (Lamborghini).

O capítulo 3 é fulcral. Fala de motores e do seu funcionamento, e isso é, obviamente, o fundamental num automóvel. Não iríamos muito longe sem motor! Começarei com uma pequena história, que interessará porventura à maioria das pessoas, mas o tema central deste capítulo será a constituição e funcionamento do motor de combustão a quatro tempos. A eficiência é uma característica crucial em qualquer motor, e irei distinguir diferentes formas de eficiência: eficiência mecânica, eficiência de combustão, eficiência térmica e eficiência volumétrica.

Uma vez que estamos todos interessados em comparar não só a eficiência, mas também a potência em cavalos, o binário e outros elementos dos automóveis modernos, incluirei várias tabelas comparativas. Para além disso, falarei brevemente sobre turbo-compressores e sobrealimentadores, e sobre o papel do calor no motor. O capítulo terminará abordando os motores diesel e o motor de rotação.

O capítulo 4 fala do sistema eléctrico dos veículos. Já tive muitas experiências interessantes com sistemas eléctricos: uma delas ocorreu há muitos anos, antes mesmo de saber muito sobre estes sistemas. Regressava com a minha mulher de umas curtas férias, estava escuro e chovia com tanta intensidade que os limpa-pára-brisas quase não conseguiam acompanhar. De repente, o motor parou. Eu não sabia o que fazer; não tinha sequer uma lanterna, mas sabia que teria de ir investigar debaixo do capô do carro – afinal, algo não estava bem e talvez se pudesse fazer alguma coisa. Portanto, lá saí e abri o capô. A única luz disponível era a dos carros que passavam, e rapidamente verifiquei tudo o que me foi possível. Vi que não havia fios soltos; verifiquei também os contactos, o condensador e o rotor. Parecia-me estar tudo em ordem, mas quando terminei estava encharcado até aos ossos. Fechei o capô e voltei para dentro do carro.

– Conseguiste arranjá-lo? – perguntou a minha mulher.

Encolhi os ombros, enquanto dava à chave; sem surpresas, uma vez mais não funcionou. Resumindo: fiquei dentro do carro mais um quarto de hora sem saber o que fazer, até que, para meu grande alívio, a ignição começou subitamente a trabalhar outra vez. Vim a saber mais tarde que se tratara de um problema com o sistema eléctrico. Decidi nessa altura que iria aprender mais sobre este sistema.

Assim, no capítulo 4 abordarei os princípios básicos da electricidade e dos circuitos eléctricos. Pretendo também falar do motor de arranque e dos pressupostos da física que com ele estão relacionados, bem como do alternador (ou gerador) e de como é regulado. Finalmente, abordarei o sistema de ignição e os aspectos interessantes, relacionados com a física, que lhe subjazem.

O capítulo 5 trata dos travões, e os travões estão relacionados com o atrito, que é um elemento determinante em todos os ramos da física. Os travões são dos componentes mais importantes num automóvel: se não funcionarem devidamente, ou se as condições de travagem não forem satisfatórias, poderão surgir problemas graves. Quando trabalhava na oficina, uma das minhas tarefas era levar e trazer os carros das cidades vizinhas. Um dia, disseram-me para levar uma carrinha de caixa aberta, daquelas velhas e pesadas, e dei-lhe uma vista de olhos antes de partir. O capô não parecia estar completamente fechado, de modo que lhe dei umas quantas pancadas, que não serviram de muito; de qualquer forma, não me preocupei. A estrada para a cidade vizinha estendia-se ao longo das margens de um lago, e eu sabia que o declive no lago era bastante acentuado – a água era negra a poucos metros da margem, não se vislumbrando quaisquer sinais do fundo. Apesar disso, nunca tinha pensado muito nesse declive.

Fig. 2 – Dodge Viper de 2002 (Chrysler).

Quando cheguei aos 100 km/h(*), reparei que o capô começara a vibrar. Passado pouco tempo, começou a bater. Embora não me agradasse muito a situação, pensei que nada iria acontecer, uma vez que tomara algumas precauções antes de partir.

Subitamente, algo embateu no pára-brisas, com um estrondo tão grande que saltei do banco. Fiquei de tal maneira sobressaltado que passou algum tempo até me aperceber do que tinha acontecido: o capô voara de encontro ao pára-brisas. Não conseguia ver nada.

(*) 60 milhas por hora no original. A milha é uma medida anglo-saxónica de comprimento equivalente a 1609 metros. 60 milhas/hora equivalem a 96,54 km/ /hora; recorreu-se no entanto aos 100 km/hora por se tratar de uma referência equivalente no sistema métrico. Procedeu-se à conversão para quilómetros de todas as medidas nesta unidade (*N. do T.*).

Só conseguia pensar no declive que estava a alguns metros da berma da estrada.

Tentei abrir o vidro da janela o mais rapidamente possível, mas ele só descia até metade. Por esta altura, estava a travar com força, mas continuava a andar à volta dos 70, 80 km/h. Sabia o que iria acontecer se não conseguisse travar rapidamente. Abri a porta e olhei para fora, e fiquei surpreendido por ver que continuava na estrada, pois estava à espera de entrar na água a qualquer momento. Finalmente, consegui parar. A carrinha não tinha muitas coisas boas, mas – graças a Deus – tinha bons travões. Esta experiência fez-me dar a devida importância aos travões.

No capítulo 5 debruçar-nos-emos igualmente sobre os diferentes tipos de atrito, para além de outros tópicos: as distâncias de travagem, a tracção dos pneus, o ABS (sistema de travões antibloqueio), a relação entre a hidráulica e o sistema de travões.

No capítulo 6, passamos para os sistemas de suspensão e transmissão. Ainda que não estejam relacionados um com o outro, irei discuti-los no mesmo capítulo. Ambos estão muito relacionados com a física. Giancarlo Genta, num estudo exaustivo intitulado *Motor Vehicle Dynamics*, dedica um dos mais longos e complicados capítulos ao sistema de suspensão. Nesse capítulo, Genta aborda em detalhe todos os aspectos de um sistema de suspensão, especialmente ao nível do cálculo matemático – por conseguinte, é improvável que os leitores o entendam se não tiverem uma licenciatura em engenharia. Não pretendo entrar em muitos pormenores, mas gostaria de dar ao leitor uma ideia dos rudimentos dos sistemas de suspensão, bem como da física por detrás deles.

O sistema de transmissão é, em muitos aspectos, o mais complicado num automóvel. Trata-se do principal componente do mecanismo cuja tarefa é levar a energia do motor às rodas traseiras, transformando-a em movimento rotativo – há portanto muitos aspectos que devem ser tidos em conta. O elemento principal de um sistema de transmissão é a embraiagem, uma roda dentada que, em si mesma, é bastante simples. As coisas complicam-se quando temos várias rodas dentadas numa caixa de velocidades. Neste capítulo, descobriremos como funcionam as mudanças e veremos por que é que as engrenagens de tipo planetário e as engrenagens planetárias compostas são necessárias num veículo.

No capítulo 7 analisaremos a aerodinâmica dos automóveis. Sempre me interessei por aerodinâmica, que julgo que remonta à curiosidade que sentia por aviões quando era novo: a construção de modelos era a minha paixão, e passei grande parte do meu tempo a construir e a fazer voar modelos de aviões.

Fig. 3 – Chevy Corvette White Shark de 2002 (General Motors).

Um dos aspectos centrais neste capítulo será o coeficiente de resistência aerodinâmica, que nos diz praticamente tudo o que há a saber sobre a aerodinâmica dos automóveis. Como veremos, este coeficiente tem vindo a diminuir lentamente ao longo dos anos. Por outras palavras, os carros tornaram-se mais aerodinâmicos, e este facto não só os torna esteticamente mais apelativos, como também permite uma grande poupança de combustível. Neste capítulo, iremos também analisar os diversos tipos de forças de resistência, as linhas aerodinâmicas e a circulação de ar em volta do carro. Analisaremos igualmente o teorema de Bernoulli, a sustentação e a *downforce* aerodinâmicas, e a forma como estas afectam a estabilidade do veículo.

O capítulo 8 é um curso intensivo sobre colisões. Afinal de contas, a física é a ciência dos objectos em interacção: átomos que chocam entre si, moléculas gasosas em rota de colisão, bolas e outros objectos a bater uns contra os outros. É óbvio que este conceito pode ser alargado às colisões entre carros. Embora não tenha a certeza se este capítulo ajudará a prevenir eventuais acidentes, creio que irá com certeza possibilitar uma avaliação das forças tremendas que estão envolvidas nos choques – o que pode servir de incentivo adicional para os evitar. Assim, neste capítulo analisaremos as colisões frontais e laterais, os testes de colisão e a reconstituição de acidentes – que nos ajuda a determinar a velocidade a que os carros iam.

No capítulo 9 debruçar-nos-emos sobre a física das corridas de automóveis. Trata-se de um desporto muito popular, com uma grande quantidade de adeptos. Vi há pouco tempo a biografia de Enzo Ferrari na televisão, e fiquei encantado com a história fascinante de alguém que teve de ultrapassar inúmeras dificuldades – até se tornar uma lenda das corridas de automóveis. Em 1916, quando era ainda um adolescente, Enzo perdeu o pai e o irmão; dois anos depois, ele próprio quase morreu de gripe. Quando terminou a I Guerra Mundial, estava sem dinheiro e não conseguia encontrar trabalho. No entanto, algo acabou por mudar completamente a sua vida: tentou arranjar um trabalho na *Fiat*, o maior produtor de automóveis em Itália, mas recusaram-no. Nessa altura, a *Fiat* tinha os melhores carros de corridas do mundo, e Ferrari jurou que iria construir carros ainda melhores do que os da *Fiat* – e conseguiu. O que achei particularmente interessante foi o facto de Ferrari, que é hoje conhecido pelos carros de luxo, não ter qualquer interesse nos automóveis que produzia, à excepção dos modelos de corrida. A competição era a sua paixão, e Ferrari produziu modelos de luxo apenas para obter dinheiro para os seus carros de corrida. Enquanto viveu, os seus pilotos ganharam mais de 5000 corridas, o que hoje constitui um recorde individual. Porém, Ferrari será sem dúvida lembrado pelos seus modelos de luxo.

Há muita física envolvida nas corridas de automóveis. Os pneus, a mudança do peso à medida que o carro se move, a posição do centro de gravidade, o momento de inércia do carro – todos são importantes, e todos são determinados pela física. A estratégia numa corrida, que é essencial para um piloto, depende também dos princípios da física.

O capítulo 10 é um pouco diferente dos anteriores. Trata do trânsito, mais concretamente do trânsito congestionado. Já toda a gente se deparou alguma vez com engarrafamentos de trânsito – eu respiro com mais facilidade quando finalmente consigo escapar-me dos engarrafamentos das grandes cidades! Felizmente, ao contrário de muita gente, não tenho de enfrentar muito trânsito no dia-a-dia. Estava ansioso por escrever este capítulo porque ele envolve um dos meus temas favoritos: o caos. Na verdade, tinha já escrito um livro sobre caos, o que se revelou bastante útil.

Alguns dos meus livros estiveram recentemente expostos numa feira do livro. Um deles era exactamente esse livro sobre caos. Alguém pegou nele e olhou atentamente para a figura colorida na capa.

Fig. 4 – Ford Thunderbird de 2002 (Ford Motor Co.).

– Uhm... caos... – disse o leitor, curioso – parece interessante. O que é?

Eu sabia que a definição técnica («dependência sensível das condições iniciais») não seria muito interessante para este leitor, e por isso expliquei-lhe que um exemplo de caos seria o caminho percorrido por uma folha a flutuar numa corrente turbulenta.

– Ah... - disse ele, com uma expressão de confusão na cara – E por que é que alguém quereria estudar isso?

Embora não o tenha chegado a fazer, quis dizer-lhe que o caos estava a revolucionar todas as ciências – e, dessa forma, a mudar o mundo.

Na verdade, o caos é um ramo muito interessante da física (se é que se lhe pode chamar isso), cuja importância tem vindo a crescer consideravelmente. Uma das suas aplicações nos últimos anos tem sido exactamente o estudo da congestão do trânsito – e com resultados significativos. Uma área de estudo com algumas semelhanças, chamada *complexidade*, tem também dado cartas no controlo de trânsito. A complexidade lida com fenómenos complexos que não são propriamente caóticos.

O capítulo 11 abordará os automóveis do futuro e as engenhocas que eles provavelmente possuirão. Sempre que penso em carros do futuro lembro-me da série de televisão *O Justiceiro*, que passou nos anos 80 e que era interpretada por David Hasselhoff e por KITT, o seu carro falante. O KITT era um *TransAm* futurista, dotado de uma personalidade subtil e movido a propulsores turbo, que ajudava o protagonista a combater o crime. Esta série tornou Hasselhoff e KITT nomes famosos durante muitos anos, e ainda hoje existem clubes de fãs. Neste capítulo falarei de híbridos eléctricos, células de combustível, rodas volante e ultracondensadores, para além do advento da telemática e das inovações que esta eventualmente trará consigo.

2

Rudimentos da Física aplicados à condução

Imaginem que acabámos de fazer uma visita ao concessionário local. Tínhamos começado por pensar no *Lamborghini* e no *Porsche Turbo,* mas assim que pusemos os olhos naquele *Ferrari Spider,* vermelho e reluzente nas suas suaves linhas aerodinâmicas, imediatamente nos apaixonámos por ele. O vendedor informou que o *Spider* ia dos 0 aos 100 em menos de quatro segundos. Mal podíamos esperar para dar uma volta de teste com ele.

À medida que fazemos as curvas na estrada sinuosa junto à costa, inspiramos profundamente e deliciamo-nos com o ar fresco do oceano. O *Ferrari Spider* é tudo o que um amante de automóveis pode esperar. Tem potência para dar e vender: segundo o vendedor, a sua potência é de 400 cavalos a 8500 rpm (rotações por minuto), com um binário máximo de 565,5 kgf por metro(*) a 4700 rpm. No entanto, o vendedor não explicou o significado destes números.

Os físicos, tal como as pessoas que pretendem adquirir um automóvel, têm um grande interesse por aceleração, energia e resistência

---

(*) 380 libras/pé no original. A libra equivale actualmente a 453,59 gramas; o pé equivale a 30,48 cm. Procedeu-se à conversão de todas as medidas em libras e pés para quilogramas e para o sistema métrico decimal, respectivamente. O binário é dado em kgf/m, quilogramas-força por metro *(N. do T.)*.

aerodinâmica. Estas grandezas têm um significado técnico preciso na física, significado esse que se torna extremamente útil quando pretendemos estudar, não só carros, mas também outras actividades, como o futebol, o golfe, as provas de ciclismo ou o voo das aves. Vejamos, por exemplo, a velocidade: para um físico, a velocidade é mais do que a rapidez de um veículo. A velocidade é rapidez associada a uma determinada direcção; por outras palavras, a velocidade são 100 km/h na A1 em direcção ao Porto. Devido ao facto de ter intensidade e direcção, chamamos à velocidade um *vector*; a rapidez constitui o que designamos por *valor escalar* (não possui direcção). Outro exemplo de um valor escalar é a temperatura (tal como a rapidez, tem apenas magnitude).

Quando carregamos no acelerador, a nossa rapidez sofre uma variação – por outras palavras, aceleramos. Na verdade, estamos a acelerar sempre que fazemos variar a rapidez ou a direcção: se nos mantivermos a 80 km/h ao fazer uma curva, estamos a efectuar uma aceleração. Isto significa que, sempre que damos um passeio de automóvel pelas ruas movimentadas de uma cidade, estamos a acelerar ou desacelerar a maior parte do tempo, não só pelo uso dos pedais do acelerador e do travão, mas também pelos movimentos do volante.

Há outra coisa importante na forma como se determina a velocidade e a aceleração. Por definição, a velocidade é a distância percorrida num determinado tempo, e a aceleração é a mudança de velocidade verificada num determinado intervalo de tempo. Se este intervalo for muito longo, estamos na verdade a calcular a velocidade média e a aceleração média dentro do intervalo. Por exemplo: se o meu caminho de regresso a casa for de 17 km e eu precisar de 32 minutos para o percorrer, a minha velocidade média será de 32 km/h. Mas o que estamos mesmo à procura é de valores imediatos, que são obtidos pela redução do intervalo de tempo. O velocímetro do automóvel, por exemplo, mostra-nos um valor imediato.

Uma vez que, nos próximos capítulos, iremos falar várias vezes de velocidades e acelerações, é importante termos em conta as unidades utilizadas. A unidade de aceleração, em particular, pode tornar-se confusa. A velocidade é dada em quilómetros por hora (km/h), ou metros por segundo (m/seg) (nos Estados Unidos da América utiliza--se milhas por hora e pés por segundo). Uma vez que a aceleração é mudança de velocidade/tempo, uma aceleração de 15 será expressa por 15 (m/seg) por segundo, ou então 15 m/seg^2. Uma outra unidade utilizada para indicar a aceleração é o g; esta medida está normalmente relacionada com foguetões e viagens espaciais, mas é igualmente útil numa pista de corridas(*). Os pilotos de corrida estão sempre conscientes do efeito dos g. Um g corresponde aproximadamente a 9,75m/seg^2, constituindo mais ou menos o máximo que os pneus podem aguentar.

Para os engenheiros, é útil converter entre quilómetros por hora e metros por segundo. Como há 1000 metros num quilómetro e 3600 segundos numa hora, um quilómetro por hora é igual a 1000 metros em 3600 segundos. O factor de conversão é, portanto, 1000//3600 = 5/18, de tal forma que, com uma velocidade de 100 km/h, temos 100×5/18 = 27,8 m/seg.

Dado que a aceleração *a* é a mudança de velocidade *v* no tempo *t*, podemos dizer, de uma forma geral, que velocidade = aceleração × tempo. Numa fórmula matemática, teremos

$$v = at,$$

em que *v* é a velocidade, *a* é a aceleração e *t* é o tempo. Esta é uma fórmula bastante útil: se soubermos qual é a nossa aceleração e o intervalo de tempo durante o qual aceleramos, poderemos prever a nossa velocidade final. Se a aceleração for, por exemplo, de 3 m/seg^2, a velocidade ao fim de 10 segundos será de 30 m/seg – ou, convertendo para quilómetros por hora, será de 18/5 × 30 = 108 km/h.

Que distância percorremos enquanto aceleramos? Imaginemos que estamos a acelerar a 30 m/seg^2. Que distância percorremos em 10 segundos? Para calcular isto, comecemos com a velocidade mé-

---

(*) g designa a unidade de medida da aceleração de um objecto causada pela gravidade (*N. do T.*).

dia. Obtemos a velocidade média ao dividir a soma das velocidades inicial e final por dois. Mas como a velocidade inicial é zero, temos uma velocidade média = $(0 + at)/2$ ou $at/2$. A distância percorrida no intervalo de tempo é, portanto,

$$d = vt = \tfrac{1}{2}at \times t = \tfrac{1}{2}at^2.$$

Podemos fazer um gráfico com a distância percorrida durante vários intervalos de tempo, tendo em conta uma determinada aceleração. Consideremos três diferentes acelerações de 15 m/seg², 30 m/seg² e 45 m/seg². Obteremos desta forma uma linha curva – uma parábola (fig. 5). Ao fim de um segundo, vemos que, para uma aceleração de 30 m/seg², o carro percorreu apenas 15 metros, mas ao fim de 4 segundos já percorreu cerca de 240 metros – uma grande diferença.

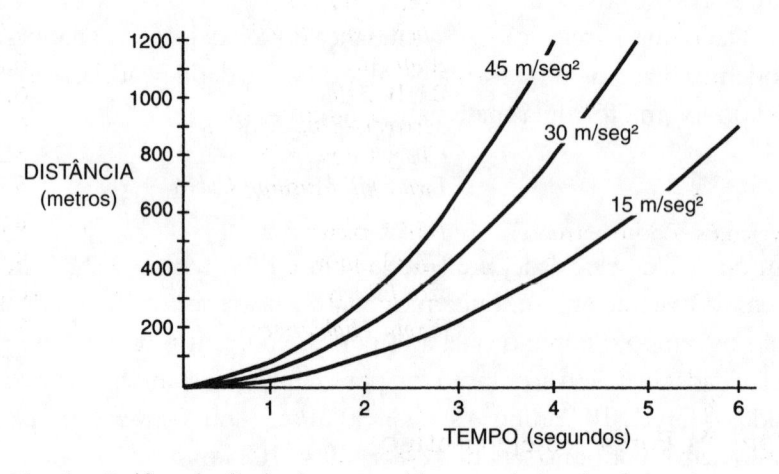

Fig. 5 – Gráfico da distância percorrida num determinado tempo para três acelerações.

Dos 0 aos 100

Uma das medidas da potência de um automóvel (e, para muitos, uma das formas de se saber se o carro é ou não «porreiro») é a sua capacidade de aceleração – em particular, a sua capacidade de acelerar dos 0 aos 100 km/h. A tabela 1 dá-nos alguns tempos para automóveis e veículos todo-o-terreno do ano de 2002.

Tabela 1 – Tempo dos 0 aos 100 em segundos, para vários modelos de 2002(*)

Tipo de veículo	*Modelo*	*0 aos 100 (em segundos)*
Carros familiares	*Ford Focus ZTS*	9,6
	Dodge Stratus ES	8,5
	Honda Accord EX V-6	7,6
	Hyundai XG300	8,9
Carros desportivos	*Ford Thunderbird*	7,0
	Jaguar XK8	6,7
	Lexus SC430	5,9
	Porsche 911 GT2	4,1
	Chevy Corvette Z06	4,0
	Audi A6	6,7
	BMW 540i	6,6
	Mercedes-Benz E430	6,3
	Chevy Camaro SS	5,2
	Ford SVT Mustang Cobra	5,4
Veículos todo-o-terreno	*Ford Explorer*	8,0
	GMC Envoy	8,0
	Jeep Liberty	10,0
	Toyota Highlander	8,3

Que "a Força" esteja contigo

Para que o carro atinja uma determinada aceleração, é necessário que seja empurrado ou puxado. Designamos estes impulsos como *for-*

(*) Recorde-se que se trata de valores aproximados, uma vez que o original se refere a valores dos 0 às 60 milhas por hora, o que corresponde a 96,54 quilómetros/ /hora (*N. do T.*).

ças; neste caso, é obviamente o motor que fornece a força. Nos filmes da *Guerra das Estrelas* ouvimos falar da «força» como algo de misterioso, mas para os físicos e engenheiros ela tem um significado técnico preciso. Uma definição exacta do termo foi-nos dada pelo físico inglês Isaac Newton, há mais de 300 anos. Newton formulou três leis acerca do movimento, leis que ainda hoje constituem os princípios básicos de quase tudo o que sabemos sobre a forma como as coisas se movem.

Para compreender a primeira das suas leis, comecemos com um objecto em repouso – ou seja, algo que não se está a mover. Este objecto permanecerá, claro, em repouso enquanto não o empurrarmos ou exercermos uma força sobre ele. Chamamos inércia a esta tendência: os objectos em repouso querem continuar em repouso; por outras palavras, a inércia resiste ao movimento. Newton incorporou esta ideia na sua primeira lei, que pode ser formulada da seguinte forma:

> *Um corpo permanecerá em estado de repouso ou de movimento uniforme ao longo de uma linha recta, a não ser que uma força actue sobre ele.*

É difícil acreditar nisto? Será que os objectos em movimento uniforme continuam a mover-se indefinidamente? Se pensarmos bem, isso parece que desafia o senso comum. Afinal, se tirarmos o pé do acelerador, o carro abranda e acaba por parar. A lei de Newton parece implicar que, se formos a 100 km/h, continuaremos indefinidamente a esta velocidade sem termos de acelerar – e isso não é verdade. No entanto, é fácil demonstrar que não há qualquer problema nesta formulação. A razão do abrandamento e da paragem do carro é a presença da força de atrito e da resistência. Se conseguíssemos livrar-nos destas forças, o carro continuaria sempre à mesma velocidade – o que nos pouparia muito combustível.

Por conseguinte, é necessária a actuação uma força para alterar o movimento de um corpo que se desloca uniformemente. Mas que aceleração conseguimos ao aplicar uma determinada força? A resposta a esta questão está na segunda lei de Newton:

A aceleração produzida por uma força em acção sobre um corpo é directamente proporcional à magnitude da força e inversamente proporcional à massa do objecto.

É possível que alguns termos nesta frase não sejam de todo familiares. Consideremos «directamente proporcional a»: isto significa que, se temos uma quantidade A que é directamente proporcional a B, então quando A aumenta B também aumenta. Por exemplo, se passarmos A para o dobro, B passará também para o dobro. Por outro lado, inversamente proporcional significa que quando A aumenta, 1/B aumenta; portanto, se passarmos A para o dobro, B passa para metade. Um outro termo novo na frase é *massa*. A massa é a medida de inércia de um corpo. Em termos simples, é a quantidade de material num corpo. O senso comum diz-nos que à medida que um objecto fica mais pesado a sua inércia aumenta, e isto implica que se torna mais maciço. Pode parecer, portanto, que massa e peso são a mesma coisa, mas isso não é verdade. Os dois conceitos estão, no entanto, relacionados. De facto, peso = massa × aceleração da gravidade. E uma vez que a aceleração da gravidade é praticamente igual em toda a superfície da Terra ($9,75$ m/seg^2), podemos pensar no peso como a medida da massa. Se estivéssemos acima da superfície da Terra, ou noutro planeta, a gravidade seria diferente e o nosso peso também. Todavia, a nossa massa permaneceria a mesma. Por exemplo: no espaço, a massa de um astronauta é constante, mas o seu peso é zero.

A segunda lei de Newton pode também ser escrita numa fórmula matemática:

$$F = ma,$$

em que F é a força, m é a massa e a é a aceleração. Esta fórmula permite-nos calcular a aceleração transmitida a um objecto por uma determinada força.

Analisemos em maior detalhe o conceito de «força». Parece evidente que, ao empurrarmos um objecto, estamos a exercer uma força sobre ele. No entanto, surpreendentemente, há uma outra força envolvida neste acto. Newton demonstrou que, ao empurrarmos algo para a frente, há uma força equivalente e oposta a empurrar para trás. Formulou esta ideia na sua terceira lei:

Para qualquer acção há uma reacção equivalente e oposta.

A acção a que se refere é, naturalmente, a força. Desta forma, a terceira lei diz-nos que quando um corpo exerce uma força sobre um segundo corpo, o segundo corpo exerce uma força equivalente e oposta. Vemos exemplos disto quase todos os dias: por exemplo, quando seguramos uma mangueira com água a jorrar, sentimos uma força nas nossas mãos a empurrar para trás. Este é também o princípio do foguetão. O gás expelido da traseira do foguetão dá-lhe um impulso para a frente. É assim que Batman (no *Batmóvel*, propulsionado por foguetes) se pode movimentar com tanta rapidez para o local do crime.

Parece haver aqui um problema. Se estão presentes duas forças equivalentes e opostas, como é que o corpo acelera? A resposta é que as duas forças não agem sobre o *mesmo* corpo. Imaginemos que necessitamos de empurrar um *Chevy* para que ele arranque. Ao empurrarmos, exercemos uma força sobre ele; no entanto, o *Chevy* exerce uma força equivalente e oposta sobre nós. A razão pela qual o carro se move (partindo do princípio que o faz) é o facto de estar presente uma outra força, nomeadamente a força de atrito entre as solas dos nossos sapatos e a estrada. Na verdade, estamos pegados à estrada por esta força, de modo que não nos movemos. O *Chevy*, por seu lado, não está, e se empurrarmos com força suficiente ele acabará por vencer a força de atrito associada ao motor, às rodas e aos restantes componentes, acabando por se mover.

Ganhar impulso

Suponhamos que a força que aplicamos no *Chevy* é constante, e que o empurramos durante dois segundos. Podemos facilmente determinar a aceleração daí resultante. E se aplicarmos a mesma força durante 3 ou 4 segundos? A aceleração será obviamente maior, e a velocidade no fim desse tempo também. Isto diz-nos que a força, multiplicada pelo tempo durante o qual actua, é importante. Chamamos a isto *impulso*, e designamo-lo por I. Em termos matemáticos,

$$I = Ft.$$

No entanto, nem sempre um dado impulso produz a mesma velocidade. Se utilizássemos todo o nosso peso para empurrar um *Ferrari* durante 3 segundos, e se em seguida empurrássemos uma carrinha pesada com a mesma força e durante o mesmo tempo, os dois veículos não acabariam por ter a mesma velocidade. É fácil perceber porquê. Sabemos que $F = ma$; se integrarmos isto na fórmula precedente teremos $I = mat$. Mas a velocidade é dada por $v = at$; portanto, temos que

$$I = mv.$$

A partir daqui podemos concluir que o impulso depende da massa do veículo: como a massa da carrinha é maior, a sua velocidade ao fim do intervalo de tempo será menor. À quantidade *mv* presente na fórmula anterior é dado o nome de *momento linear*. Isto diz-nos que, ao aplicarmos um impulso I sobre um corpo, provocamos uma mudança de *momento linear*, o que faz sentido se pensarmos na força necessária para parar um carro em movimento. Um camião *Mack* é mais difícil de parar do que um pequeno *Volkswagen*, e se os dois entrassem em colisão é evidente que o *Volkswagen* sairia derrotado. Portanto, a verdadeira medida da «quantidade de movimento» é esta combinação de massa e velocidade. Voltarei a falar disto mais tarde.

Abordar as curvas

Todos os que gostam de automóveis se lembram daquela emocionante perseguição no filme *Bullitt*. Ao volante do seu *Mustang*, Steve

McQueen fez curvas apertadas e deu saltos de cortar a respiração nas colinas de São Francisco. A sua velocidade em recta ultrapassou por vezes os 160 km/h, mas a que velocidade fez as curvas? Uma coisa é certa: McQueen, que não recorreu a duplos, deve ter-se divertido imenso, mas sentiu também a acção de forças muito poderosas dentro do carro. Todos os condutores sentem uma força quando aceleram: são puxados para trás nos assentos, de tal forma que, mesmo que não possam ver pela janela, sabem que estão a acelerar. De igual modo, quando rodam o volante sentem uma outra força, que tende a atirá-los para fora da curva. McQueen, sem dúvida, sentiu esta força em cada curva que efectuou. De facto, tudo o que estivesse solto dentro do *Mustang* teria simplesmente voado. Esta é a chamada *força centrípeta.*

Na sua primeira lei, Newton disse-nos que o carro quer continuar numa linha recta. Contudo, quando rodamos o volante o carro muda de direcção, de tal forma que, se não estivermos presos ao assento pelo cinto de segurança, o nosso corpo vai continuar a mover-se na direcção original. Se estivermos com o cinto posto, sentiremos uma força sobre ele. Trata-se da força centrípeta.

Para termos uma ideia de quão grande é esta força, pensemos num carro a andar numa pista circular de raio R (fig. 6). Imaginemos que a rapidez ao longo da pista é constante, e chamemos-lhe v.

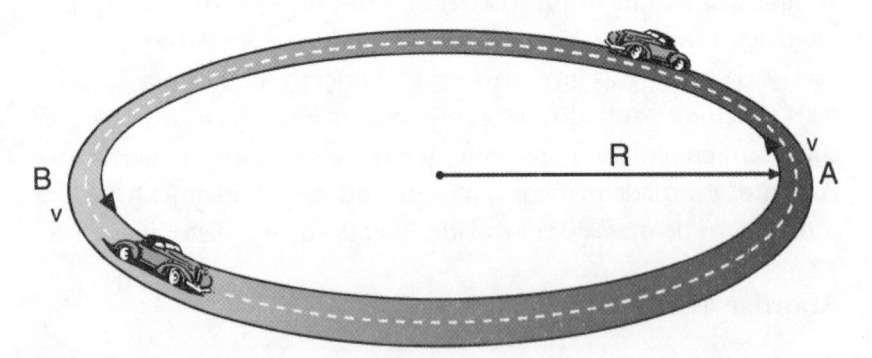

Fig. 6 – Automóvel numa pista circular. Note-se que a velocidade em A é oposta à velocidade em B.

Por seu lado, a velocidade está em constante mudança, dado que a direcção está sempre a alterar-se. No diagrama, podemos ver que no ponto A o automóvel tem uma velocidade v, e que no ponto B a velocidade é também v, mas na direcção *oposta*. Logo, a velocidade em B é de $-v$.

Deste modo, a mudança de velocidade entre A e B é $v-(-v) = 2v$. Uma vez que a aceleração é mudança de velocidade a dividir pelo tempo, necessitamos de saber o tempo que demora a ir do ponto A ao ponto B. A circunferência do círculo é $2\pi R$, logo a distância de A a B é metade, ou seja, πR. Porém, velocidade = distância/tempo, logo tempo = distância/velocidade. Isto significa que demora um tempo t a percorrer a distância πR à velocidade v, pelo que $t = \pi R/v$. Utilizando isto na nossa fórmula para a aceleração, temos

$$a = \text{(mudança de velocidade)/tempo} = 2v/t$$
$$= 2v/(\pi R/v) = (2/\pi)v^2/R.$$

No entanto, é importante ter em conta que se trata da aceleração *média*. Seria preferível termos a o valor imediato da aceleração. Deixando de parte os pormenores (que são algo complicados), temos

$$a = v^2/R.$$

A força centrípeta associada a esta aceleração será

$$F = mv^2/R.$$

Usemos esta fórmula para calcular a aceleração para diversas circunferências com diferentes raios. Calcularemos a velocidade em quilómetros por hora e a aceleração em m/seg^2, e portanto utilizaremos o nosso factor de conversão (18/5). Assim, a nossa fórmula para a velocidade será

$$v = [18/5 \ a(\text{m/seg}^2)R(\text{m})]^{1/2}.$$

Esta fórmula dá-nos a velocidade, em quilómetros por hora, para várias acelerações ao longo de uma curva de raio R. Claro está que podemos aplicar isto a qualquer curva, dado que uma curva não é mais do que uma secção de círculo. É mais conveniente apresentar os resultados sob a forma de uma tabela (ver tabela 2). Note-se que em alguns casos indiquei a aceleração em g. Como vimos anteriormente, 1 g é mais ou menos o máximo que os pneus podem suportar.

Podemos utilizar a tabela 2 de várias formas. Por exemplo: imaginemos que estamos a fazer uma curva de raio 30 metros a 32 km/h. A força exercida sobre o nosso corpo seria de aproximadamente ¼ g, ou um quarto do nosso peso. Para um peso de 82 kg, seria de 20 kg. A tabela representa também a velocidade máxima que pode ser atingida em curvas de diversos raios. Por exemplo: se a curva tiver um raio de curvatura de 45 metros, a velocidade máxima a que se devemos viajar se não quisermos exceder ½ g será de 57,3 km/h. Steve McQueen atingiu provavelmente ½ g, mas tenho a certeza que não excedeu 1 g. De outra forma, não teria terminado o filme.

Tabela 2 – Velocidade e aceleração para curvas de diversos raios

	Velocidade (quilómetros/hora)				
a (m/seg²)	$R = 15\,m$	$R = 30\,m$	$R = 45\,m$	$R = 61\,m$	$R = 91\,m$
1,22	17,57	23,39	28,64	33,08	40,51
2,44 (¼ g)	23,39	33,08	40,51	46,79	57,30
3,66	28,64	40,51	49,62	57,30	70,18
4,88 (½ g)	33,08	46,79	57,30	66,16	81,03
7,32	40,51	57,30	70,18	81,03	99,24
9,75 (1 g)	46,79	66,16	81,03	93,58	114,61

Nota: a = aceleração; R = raio.

A torção

«Torção», ou «binário», é uma palavra que se ouve frequentemente em relação a automóveis de alto rendimento. Como dizem os anúncios: «O binário do *Porsche 911 Turbo* é de 615 kgf/m a 2700-4600 rpm. O binário do *Ferrari 360 Modena* é de 409 kgf/m a 4750 rpm».

Vimos anteriormente que uma força transmite a um corpo um movimento em linha recta. Por seu turno, uma torção transmite a um corpo um movimento em rotação. Uma chave de torção, por exemplo, faz com que o parafuso se mova em círculo, e quando tentamos tirar a tampa de um frasco de compota, estamos a aplicar um esforço de torção.

A magnitude da torção depende não só da força aplicada, mas também da distância entre o centro da massa do corpo e o local onde é aplicada. O centro da massa, ou centro de gravidade, como por vezes é chamado, é o ponto no corpo onde se pode dizer que toda a massa está concentrada.

Tendo isto em conta, podemos definir matematicamente a torção. Se a torção é τ, podemos dizer que

$$\tau = Fd.$$

F é a força aplicada e d é a distância perpendicular do centro da massa à linha de força, como se pode ver no diagrama (fig. 7). Num sentido mais lato, d pode também ser a distância ao ponto fixo do corpo. A partir da fórmula vemos que, quanto maior for a distância da força aplicada, maior será a torção. É por esta razão que colocamos o puxador de uma porta o mais longe possível das dobradiças; ao fazer isto estamos a maximizar a torção na porta, fazendo com que seja mais fácil abri-la.

Na prática, não é necessário que uma parte do corpo esteja imobilizada para que um esforço de torção possa ser aplicado. Numa colisão entre dois carros, por exemplo, se um deles embater junto à parte da frente do outro, irá transmitir-lhe, simultaneamente, um movimento de translação (em linha recta) e um movimento de rotação. Isto significa que temos em acção, ao mesmo tempo, os esforços de torção e as forças. Se a colisão ocorrer quando alguém passa um sinal vermelho a grande velocidade, a torção no momento do impacto pode ser extremamente elevada.

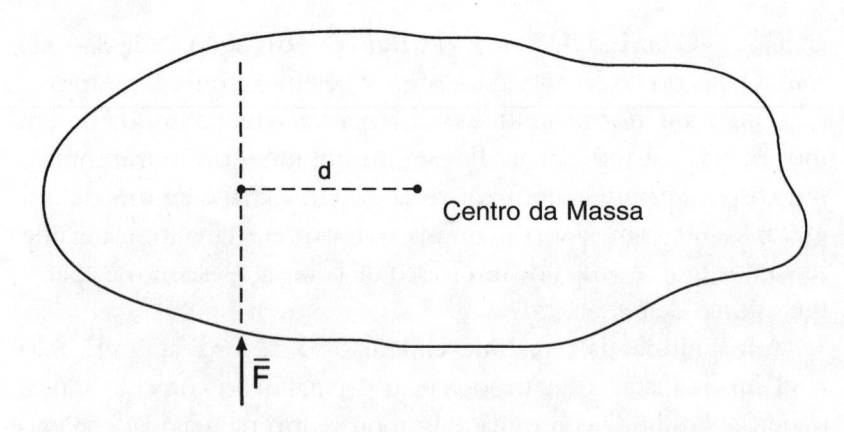

Fig. 7 – A torção é força × distância perpendicular ao ponto fixo do corpo. Neste caso, podemos partir do princípio de que o ponto fixo é o centro da massa.

Energia

Imaginemos que estamos a caminho do emprego ao volante do nosso novo *Corvette*. Após estacionar, vamos de elevador até ao escritório. Passamos a primeira hora ao telefone, depois lemos uns quantos contratos e assinamo-los. Passamos algum tempo a pensar na forma de obter um novo contrato particularmente lucrativo. Por volta do meio-dia, estamos exaustos e congratulamo-nos com o trabalho realizado. Seria provavelmente uma desilusão ouvir que, de acordo com a definição de um físico, não realizámos qualquer trabalho.

De facto, o trabalho é um conceito importante na física. É definido como trabalho = força × distância, ou, em termos matemáticos,

$$W = Fd,$$

em que F é a força e d a distância sobre a qual a força é aplicada(*). Note-se que esta definição é diferente da de torção, uma vez que a

---

(*) W vem do inglês *work* (trabalho) *(N. do T.)*.

distância não é perpendicular. Olhando com atenção a fórmula vemos que, nesta situação, a física parece entrar em contradição com o senso comum. Por exemplo: implica que, se tirarmos uma caixa de ferramentas da mala do carro, estamos a efectuar um trabalho contra a força da gravidade; mas se carregarmos a caixa na mesma distância, mas na horizontal, não efectuamos qualquer trabalho. Por outro lado, se empurrássemos a caixa pelo chão, estaríamos a trabalhar contra o atrito. Esta não é a nossa acepção habitual de trabalho, logo devemos ter cuidado ao utilizá-la.

Intimamente ligado ao conceito de trabalho está o de *potência*, e quando falamos de automóveis falamos frequentemente de potência ou, mais precisamente, de potência em cavalos. A potência em cavalos do *Cadillac DeVille* é de 592 a 6400 rpm. A potência do *Mercedes--Benz C320* é de 320 a 5700 rpm. O que significam exactamente estes números? Comecemos pela potência: esta define-se pela taxa de execução de trabalho ou, por outras palavras, pela quantidade de trabalho que é feita num determinado intervalo de tempo. Em símbolos matemáticos, temos $P = W/t$, em que P é a potência e W é o trabalho. A partir daqui podemos concluir que $P = Fd/t = Fv$. As unidades de trabalho são força (quilos) × distância (metros), ou kgf/m, de modo que a unidade de potência é kgf/m por segundo.

Onde é que entra aqui a parte dos «cavalos»? A designação remonta a 1783, quando o engenheiro escocês James Watt procurou saber a quantidade de energia que um cavalo podia gerar. Após fazer a experiência, Watt determinou que um cavalo podia levantar um peso de 68,04 kg à altura de aproximadamente 1,22 m em apenas um segundo. Watt definiu portanto a potência em cavalos como 818,5 kgf/m por segundo.

Outra unidade de potência bastante comum, em especial nas contas da electricidade, é o watt (ou kilowatt, equivalente a 100 watts), uma unidade métrica que deve o seu nome a James Watt. Um cavalo-vapor equivale a 746 watts. É fácil demonstrar que, se tivéssemos um cavalo no quintal, poderíamos utilizá-lo para acender aproximadamente doze lâmpadas em casa.

O trabalho está intimamente relacionado com um outro conceito da física: a *energia*. Se realizarmos uma certa quantidade de trabalho sobre um objecto, podemos pô-lo em movimento. Um objecto em movimento tem energia, que é normalmente chamada *energia cinética*. Podemos determiná-la da seguinte forma:

$$W = Fd = mad = ma(½\,at^2) = ½\,m(at)^2 = ½\,mv^2.$$

A energia cinética de um objecto de massa m que se move à velocidade v é, portanto, $½\,mv^2$. Um automóvel em movimento possui energia cinética, e podemos calculá-la se soubermos a sua massa e velocidade. As unidades da energia são as mesmas do trabalho.

Conservação de energia

A energia cinética é apenas uma de várias formas de energia. Para descobrir uma outra forma, imaginemos uma bola que é atirada para o ar. No momento em que é atirada, tem uma determinada quantidade de energia cinética, mas à medida que sobe em oposição à força da gravidade, a sua velocidade diminui e a sua energia cinética também. Finalmente, quando a força cinética se extingue, a bola pára. Será que a energia se perdeu? Não – o que se passa é que a bola tem agora um tipo diferente de energia: a energia posicional. Com efeito, a energia cinética do movimento foi transformada em energia de posição. Referimo-nos a esta energia como *energia potencial*. À medida que a bola começa novamente a cair, ganha energia cinética. Finalmente, no momento (ou imediatamente antes) de atingir o solo, a bola tem apenas energia cinética; toda a sua energia potencial foi consumida. Definimos energia potencial por

$$P = mgh,$$

em que h é a altura da bola sobre a superfície terrestre.

Isto significa que um tipo de energia pode ser transformado noutro tipo, e que nenhuma energia se perde no processo. Quando um carro se despenha de um precipício tem fundamentalmente energia potencial (considerando que a sua velocidade não era muito elevada). Contudo, imediatamente antes de atingir o chão, toda esta energia potencial se transforma em energia cinética. Isto permite-nos concluir que, em geral, a energia não pode ser destruída. De facto, este é o ponto essencial de um importante princípio da física chamado o *princípio da conservação da energia*. Este princípio diz-nos que a energia não pode ser destruída ou criada; pode apenas mudar de forma.

No exemplo acima testemunhámos a transformação da energia cinética em energia potencial, mas o que é que aconteceu quando o carro atingiu o chão? À primeira vista, pode parecer que a energia desapareceu. No entanto, como mencionei anteriormente, existem diversas formas de energia. Se olharmos atentamente para o sítio onde o carro se despenhou, poderemos ver que existe uma depressão. Alguma da energia foi utilizada nesta depressão e na destruição do carro. Trata-se da energia de deformação. Para além disso, se medíssemos a temperatura do solo no local onde o carro caiu, veríamos que estava ligeiramente superior à das zonas envolventes. Portanto, alguma energia foi transformada em energia calorífica.

Existem, na verdade, muitas outras formas de energia. A energia eléctrica é um dos tipos de energia com o qual a maior parte das pessoas está familiarizada. Ainda em relação aos automóveis, uma outra energia de grande importância é a energia química. Trata-se da energia resultante de uma reacção química, como a queima do combustível. Um outro exemplo é a energia sonora. A energia eléctrica, por exemplo, pode ser convertida a energia sonora através do recurso a um microfone. A luz é uma outra forma de energia.

O poder da física

De facto, a física pode dizer-nos muitas coisas sobre a forma como os automóveis reagem a determinadas forças. Pode mostrar-nos também como a potência, a energia e o impulso são importantes neste contexto. Consideremos agora um exemplo um pouco mais complicado: a forma como a distribuição do peso num carro muda à medida que este acelera ou desacelera. Sabemos que o peso do carro está distribuído de uma maneira praticamente uniforme quando este não se encontra em movimento. Por outras palavras, metade do peso está apoiado sobre o eixo dianteiro e a outra metade sobre o eixo traseiro: para um automóvel de 1350 kg, 675 kg estariam sobre o eixo dianteiro e 675 sobre o traseiro, ainda que na prática esta proporção varie um pouco, dependendo do modelo em causa.

As alterações ao nível do peso quando o carro acelera ou desacelera são importantes para um piloto de corridas. Os bons pilotos conseguem sempre fazer uma estimativa rápida sobre a forma como a distribuição de peso se altera. Sem este conhecimento, poderiam facilmente perder o controlo do carro.

Dado que não somos assim tão bons como os pilotos de corrida a fazer estimativas de cabeça, façamos antes uns quantos cálculos. Estes cálculos irão provavelmente envolver mais conhecimentos matemáticos do que o leitor está habituado, mas tentarei simplificar o mais possível. Comecemos com as forças envolvidas num carro em travagem (fig. 8). Como se vê na figura, várias forças actuam sobre o carro. O seu peso P tem uma acção descendente a partir do centro da massa. É contrariado por duas forças com acção ascendente, que actuam a partir dos pneus. Chamar-lhes-emos F_1 e F_2 e consideraremos que são iguais. Se o carro estiver parado, F_1 e F_2 serão iguais a P, o peso do carro. As duas forças f_1 e f_2 são forças de atrito exercidas sobre os pneus.

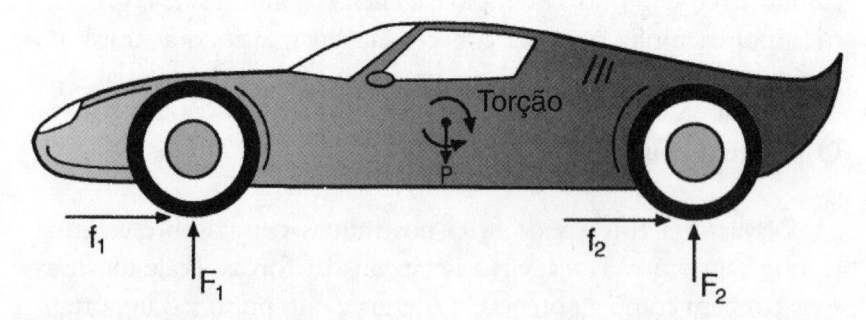

Fig. 8 – Forças em acção num carro: P representa o peso, F_1 e F_2 são forças ascendentes ao nível dos pneus, e f_1 e f_2 são as forças de atrito.

O que acontece quando o carro está em movimento e carregamos no pedal do travão? Isto irá fazer com que F_1 aumente e com que F_2 diminua; por outras palavras, a dianteira do carro vai ficar «mais pesada» e a traseira «mais leve». A razão para isto é a seguinte: as forças de atrito f_1 e f_2 abrandam o carro à superfície, mas a inércia do carro, que faz com que este tenha tendência para continuar a mover-se, actua ao nível do centro de gravidade, que se situa alguns centímetros acima do chão. O resultado é uma torção que tende a fazer inclinar o carro sobre a dianteira.

Se o carro não virar, esta torção – que na figura actua na direcção contrária aos ponteiros do relógio – é equilibrada por uma outra torção no sentido dos ponteiros do relógio. Podemos calcular estas torções se soubermos o peso do carro P, a base das rodas R (distância entre os eixos), e a altura do centro da massa h. Fazendo equivaler as duas torções e utilizando $F_1 + F_2 = P$, dá

$$P_t = Fh/R.$$

Efectuámos aqui algumas alterações na notação; P_t é o peso transferido e F é a força sobre o veículo, dada por $F = ma$.

Como exemplo, imaginemos que o carro pesa 1350 kg, que $R = 230$cm(*), que $h = 55,2$cm e que a aceleração é de 9,75 m/seg^2. Temos

$$P_t = (1350/9,75) \times 9,75 \times (55,2/230) = 324 \text{ kg.}$$

Isto diz-nos que há uma transferência de 324 kg. Uma vez que tínhamos originariamente 675 kg em cada eixo, temos agora 999 kg no eixo dianteiro e 351 kg no eixo traseiro.

Com todo este peso adicionado à parte dianteira, teríamos dificuldades em controlar o automóvel. Na verdade, se tentássemos ro-

---

(*) 100 polegadas no original. A polegada corresponde a cerca de 23 milímetros. Procedeu-se à conversão para centímetros de todas as medidas nesta unidade (*N. do T.*).

dar o volante, teríamos tendência para virar em demasia. Os pilotos de corrida sabem tudo isto no momento em que travam, mas a maior parte das pessoas não. Como vimos também, ao acelerar ocorre uma transferência de peso para a parte traseira do carro. Verifica-se uma transferência similar sempre que fazemos uma curva. Virar numa direcção faz com que o peso mude para a direcção oposta.

Pelos cálculos que efectuámos, salta à vista que a transferência de peso será menor se o centro de gravidade for mais baixo. Esta é a razão pela qual carros com centros de gravidade baixos têm uma melhor resposta em situações de travagem e em questões de direcção. Controlar a transferência de peso é determinante para evitar derrapagens (quando se excede o limite de aderência dos pneus) ou mesmo capotagens.

Estas informações mostram-nos como a física pode ser útil para fazer previsões acerca do movimento de um carro. Na verdade, mais do que útil, é indispensável.

3

O motor de combustão interna

«Brrruummmmm! Brrruuuummmm!» Muitas vezes, carregamos no pedal do acelerador apenas para ouvir a potência do motor. É um belo som, uma sensação agradável – saber que dispomos de toda aquela potência. Mas nem sempre foi assim: os primeiros automóveis tinham motores com apenas um ou dois cavalos de potência.

O primeiro motor de combustão interna, um mecanismo que não recorria a compressão e que utilizava gás de iluminação como combustível, foi construído em França, em 1860, por Jean Joseph Lenoir. Tinha uma eficiência reduzida (cerca de 5%) e necessitava de considerável refrigeração, o que levou a que poucas unidades fossem vendidas. Em 1863, Lenoir acoplou um dos seus motores a uma pequena «carroça» e deu um curto passeio por Paris. Não se tratava ainda de um automóvel – estes apenas surgiriam 20 anos depois –, mas foi a primeira «carruagem sem cavalos».

Os primeiros motores funcionavam todos a dois tempos, sem compressão; por outras palavras, para cada ciclo havia dois movimentos do êmbolo e uma volta do motor. O motor de compressão a quatro tempos, o tipo de motor comum hoje em dia, foi uma invenção do alemão Nikolaus Otto. O seu motor tinha, para cada ciclo, quatro tempos, ou seja, quatro movimentos do êmbolo e duas voltas do motor.

Otto começou como vendedor, mas deparou um dia com um artigo no jornal sobre o motor de Lenoir, e após a sua leitura ficou fascinado com as possibilidades deste tipo de mecanismos. Pouco tempo depois, passava já a maior parte do seu tempo livre a trabalhar em motores. Otto apercebeu-se quase imediatamente de que havia erros no motor de Lenoir, e estava determinado a melhorá-lo. Experimentou comprimir o combustível, mas as suas primeiras experiências assustaram-no tanto que abandonou a ideia durante vários anos.

Otto estava entusiasmado, mas tinha poucos fundos para aplicar nas suas experiências. Porém, em 1864 a sorte sorriu-lhe. Eugen Langen, um empresário de sucesso, teve interesse em ver o seu motor. Langen ficou fascinado, e em pouco tempo angariou dinheiro suficiente para formar uma empresa. A 31 de Março de 1864, surgiu a primeira empresa de fabricação de motores de combustão interna. No entanto, passariam três anos até que todos os problemas fossem resolvidos.

Em 1867, levaram o resultado do seu trabalho à Exposição de Paris, na qual seria atribuída uma medalha de ouro ao melhor motor. A maioria dos membros do júri não ficou muito impressionada com a proposta de Otto, mas quando começaram a comparar a eficiência dos diversos motores, tornou-se óbvio que o motor de Otto era superior aos outros. Como utilizava apenas metade do combustível e produzia mais potência, os membros do júri atribuíram-lhe a medalha de ouro.

Langen e Otto mudaram a sua fábrica para Deutz, um subúrbio de Colónia, em 1872. Langen contratou Gottlieb Daimler como gestor de produção, um engenheiro com excelentes credenciais. Nos anos seguintes, trabalharam arduamente para melhorar o motor. No entanto, parecia haver um problema: independentemente dos melhoramentos ao modelo a dois tempos, não conseguiam retirar muito mais do que três cavalos de potência.

Foi então que Otto se lembrou das suas experiências anteriores com o motor de compressão, e em breve decidiu que a mistura gasosa teria de ser comprimida. Começou também a efectuar experiências com um motor de quatro tempos: admissão, compressão, momento de ignição seguido de expansão, escape – tudo com quatro movimentos do êmbolo, em vez de dois. De particular importância era o facto de tudo ocorrer dentro do mesmo cilindro, com duas voltas da cambota. Esta inovação ia contra as tendências da época, e tanto Langen como Daimler pensaram que Otto estava a perder o seu tempo, estando certos de que nada sairia daquela ideia «maluca». Porém, quando em finais de 1872 Otto efectuou uma demonstração com um protótipo, ambos ficaram impressionados.

Cedo se tornou óbvio que este novo motor a quatro tempos tinha muitas vantagens sobre o anterior modelo a dois tempos. O limite de três cavalos de potência foi rapidamente ultrapassado e, à medida que nos anos seguintes se registavam avanços tremendos, as vendas do motor aumentaram exponencialmente.

Ainda que se falasse muito sobre o eventual uso deste novo motor numa carruagem sem cavalos, passariam ainda alguns anos até que surgisse tal veículo. Daimler, contudo, estava interessado na ideia. Após um desentendimento em 1882, deixou a fábrica de Deutz e formou a sua própria empresa. Levou consigo um dos melhores engenheiros, Wilhelm Maybach.

Nessa altura, a gasolina era já usada como combustível, e Daimler estava convencido que essa seria a escolha ideal para a nova carruagem sem cavalos que idealizara. Começou a trabalhar no *design* do chassis, enquanto Maybach se debruçava sobre o aperfeiçoamento do motor. Em 1886 tinham já o seu primeiro automóvel. Em Setembro desse ano, Daimler levou-o para uma volta na sua propriedade. Tinha um motor refrigerado a água com 1,1 cavalos de potência, que chegava às 650 rpm.

Praticamente na mesma altura, Karl Benz trabalhava num modelo similar. O seu primeiro protótipo, um modelo de três rodas, foi apresentado ao público em 1888, não tendo contudo atingido grande sucesso. No entanto, em 1893, Benz apresentou um modelo de quatro rodas com um motor muito mais potente, e em 1899 tinha já vendido 2000 unidades. Daimler e Benz são hoje considerados os primeiros produtores e vendedores de automóveis.

Não demorou muito até que a ideia pegasse na América. Os primeiros a entrar no negócio foram Charles e Fred Duryea: construíram os seus primeiros «*Duryeas*» em 1892; em 1896, tinham já produzido e vendido 13 unidades. Porém, a América não estava preparada para o motor de combustão, considerado muito barulhento e pouco fiável. Apesar de ter sido apresentado na primeira exposição nacional de automóveis, realizada em Nova Iorque em 1900, foi o carro eléctrico, mais silencioso e fiável, a atrair a maioria das atenções. As explosões e ruídos metálicos do motor de combustão assustavam muita gente. No entanto, por alturas da terceira exposição, em 1903, tinham já sido feitos melhoramentos consideráveis, de modo que o motor de combustão assumiu o protagonismo.

Por esta altura, o homem que iria dominar o mundo automóvel nas décadas seguintes estava a trabalhar discretamente no seu primeiro modelo. Em 1896, Henry Ford construiu o seu quadriciclo, assim chamado devido aos seus pneus estreitos, parecidos aos de uma bicicleta.

Pouco tempo depois, Ford formou uma empresa de automóveis, que não durou muito tempo. Porém, um golpe de sorte iria permitir-lhe reentrar no negócio. Um dos carros que tinha produzido era um modelo de competição, e em Outubro de 1901 realizou-se uma corrida nas imediações de Detroit. Tudo apontava para a vitória de Alexander Winton, um fabricante de carros de Cleveland, e Ford entrou na corrida como *outsider*. No entanto, o carro de Winton teve dificuldades durante a prova, e Ford acabou por vencer. Em consequência desta vitória, Ford arranjou rapidamente vários apoios para formar uma nova empresa.

Poucos anos depois, Ford produzira já o seu famoso *Modelo T*. O resto é história. Em 1908, tinham sido vendidas 10 000 unidades do *Modelo T*.

O que o faz andar?
O motor de combustão a quatro tempos

Antes de entrarmos nos detalhes do funcionamento do motor a quatro tempos, olhemos para os seus componentes principais. Na figura 9 podemos ver a cabeça, o bloco e o cárter. A cabeça contém os mecanismos para abrir e fechar as válvulas, que permitem a entrada da mistura gasosa (ar e combustível), e a saída dos gases de escape. A parte central do motor é o bloco que contém os cilindros, dentro dos quais se encontram os êmbolos ou pistões. No topo do cilindro está a vela, cuja faísca permite a ignição da mistura gasosa. O êmbolo ajusta-se perfeitamente no cilindro, dentro do qual se move facilmente para cima e para baixo (fig. 10). O exterior do êmbolo é revestido por anéis que ajudam a selar o interior. Uma biela liga o êmbolo à cambota. O cilindro tem ainda duas importantes aberturas, as válvulas de admissão e de escape. Finalmente, sob o bloco situa-se a cambota e por baixo desta o cárter.

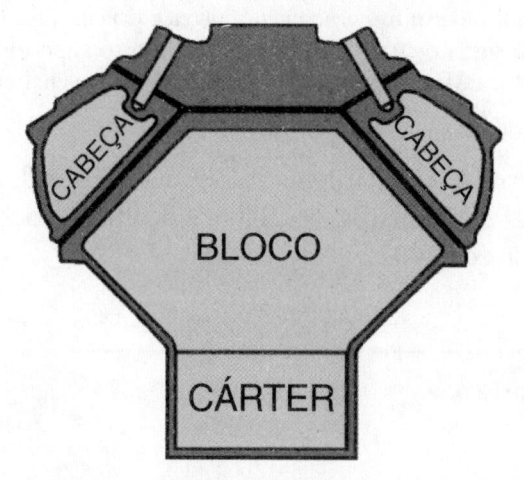

Fig. 9 – Secção de um motor, mostrando a cabeça, o bloco e o cárter.

Em quase todas as especificações técnicas de um motor, encontraremos uma menção ao calibre e ao curso. Ambos são importantes parâmetros na determinação da potência de um motor. O calibre é o diâmetro interno do cilindro, e o curso é a distância percorrida pelo êmbolo no interior do cilindro. Ambos são representados na figura 10.

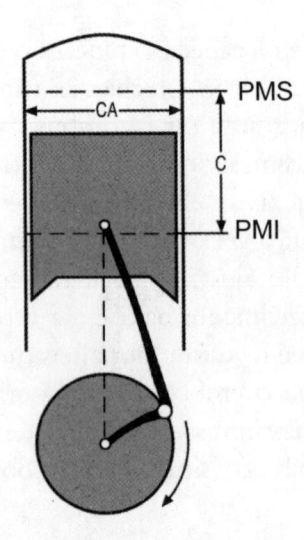

Fig. 10 – O êmbolo em movimento no interior do cilindro. CA designa o calibre e C designa o curso. PMS é o ponto morto superior (a que chamaremos P_s). PMI é o ponto morto inferior (a que chamaremos P_i).

Apresento em seguida alguns valores indicativos das dimensões, em polegadas e milímetros, do calibre e do curso (todos os valores são de veículos de 2002):

Modelo	Calibre (pol/mm)	Curso (pol/mm)
Chevy Corvette Z06	3,90/99	3,62/92
Audi A6	3,32/84	3,66/93
BMW 540i	3,62/92	3,26/83
Lexus GS 430	3,58/91	3,25/83
Ford Focus ZTS	3,39/85	3,52/88
Jaguar ZK8	3,39/86	3,39/86
Mercedes-Benz CLK 430	3,54/90	3,31/84

Os cilindros podem ser dispostos de diferentes formas. Na figura 9, eles formam um V – o modelo mais popular deste tipo é o motor V8, com oito cilindros. Outra disposição frequente é a disposição *in-line*, na qual os cilindros são dispostos em linha ou sequência. Entre as outras disposições utilizadas contam-se: a dos «cilindros opostos», com cilindros em oposição um ao outro, a dos cilindros em W e a dos cilindros dispostos em forma de radial. A disposição radial é utilizada em motores de aviões. Iremos falar principalmente dos motores *in-line* e dos motores V8, já que são os mais comuns em automóveis.

Voltemos ao motor a quatro tempos: como se pode ver pela figura 10, o êmbolo movimenta-se a partir de uma posição em que o volume acima é mínimo, para uma outra em que o volume acima é máximo. A primeira posição denomina-se ponto morto superior, e a segunda ponto morto inferior. Referir-nos-emos a estas duas posições como P_s e P_i.

No primeiro momento, ou momento de admissão, o êmbolo desloca-se de P_s a P_i com a válvula de escape fechada. Uma vez que o ar não pode penetrar através dos anéis, cria-se um vácuo na zona acima do cilindro. Quando a válvula de admissão se abre, a mistura gasosa entra e preenche o vácuo. Assim que o êmbolo atinge P_i, fecha-se a válvula de admissão e o êmbolo volta para cima, comprimindo a mistura gasosa no pequeno espaço entre o topo do êmbolo e o topo interior do cilindro. A compressão faz aumentar a pressão e a temperatura da mistura. Quando este momento está prestes a terminar, a vela dispara e dá-se a ignição da mistura gasosa. A explosão daí resultante cria uma pressão considerável que força o êmbolo de novo para baixo, originando o chamado tempo de trabalho do motor, através do qual a energia é transmitida do êmbolo para a cambota, que por sua vez a transfere para a transmissão, para o eixo motor e por aí adiante até às rodas (ver fig. 11).

Perto do fim do tempo de explosão, abre-se a válvula de escape e a maior parte dos gases é evacuada. No entanto, irá permanecer ainda uma certa quantidade de gases de escape, à pressão atmosférica. Estes gases remanescentes irão ser gastos no último dos momentos, o escape. Neste momento, o êmbolo move-se de novo para cima e o ciclo recomeça.

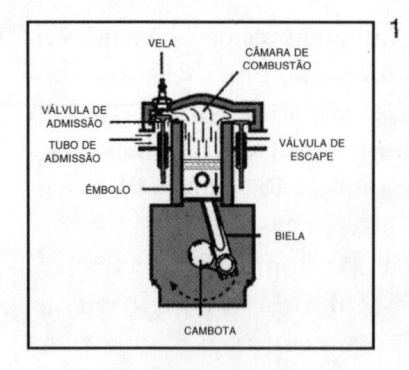
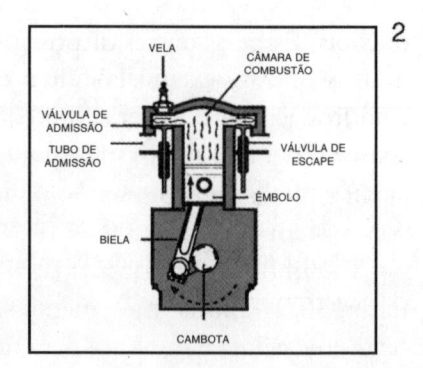
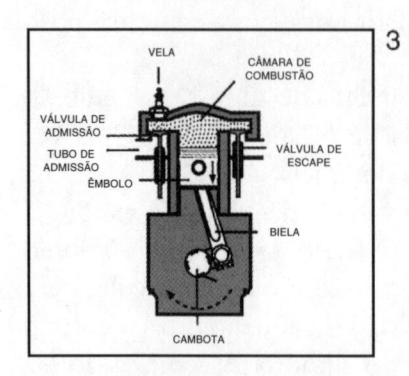
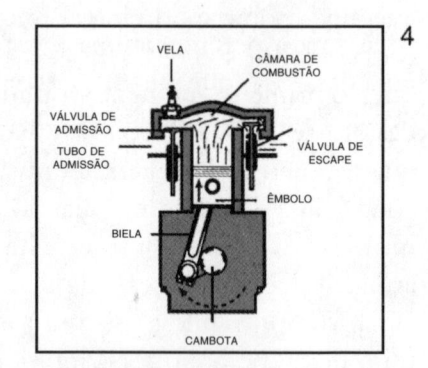

Fig. 11 – O motor de combustão a quatro tempos: momento de admissão *(canto superior esquerdo)*; momento de compressão *(canto superior direito)*; momento de explosão *(canto inferior esquerdo)*; momento de escape *(canto inferior direito)*.

Existem, obviamente, vários cilindros e êmbolos num carro (em geral seis ou oito), e nem todos explodem ao mesmo tempo. Enquanto que um cilindro está no primeiro momento, outro está no segundo, e por aí adiante. A sequência exacta é denominada *ordem de explosão*.

Apesar de não irmos tratar muito dele neste livro, vou falar brevemente do motor a dois tempos. É utilizado em motores pequenos, como os dos cortadores de relva, serras eléctricas ou barcos de pequena dimensão. A inexistência de válvulas e o facto de a vela disparar sempre que o êmbolo atinge o topo do cilindro constituem as principais diferenças relativamente ao motor a quatro tempos. Quando o êmbolo atinge o fundo, descobre-se uma porta de admissão, o que possibilita a passagem da mistura gasosa do cárter para o cilindro. A mistura gasosa, já parcialmente pressurizada no cárter, é alvo de uma compressão suplementar à medida que o êmbolo sobe. Quando o êmbolo chega ao ponto máximo, a vela provoca a ignição da mistura gasosa. Ao mesmo tempo que se dá a compressão no interior do cilindro, cria-se um vácuo no cárter, o que permite a entrada de mais combustível. A ignição do combustível provoca a explosão, e o êmbolo é empurrado para baixo. Depois, o ciclo repete-se.

Mas será que é eficiente?

Quando pegamos numa revista de automóveis num quiosque, uma das coisas que saltam à vista é a enorme quantidade de páginas dedicadas às especificações técnicas dos novos modelos. Já analisámos o calibre e o curso, mas estas listas contêm outras coisas, como a cilindrada, as taxas de compressão, a potência em cavalos e o binário. Analisemos cada uma delas.

Começaremos pela velocidade do êmbolo. O êmbolo move-se para cima e para baixo no interior do cilindro, a uma velocidade que vai de aproximadamente 4,6 m/seg a cerca de 15 m/seg. Por que é que a velocidade está limitada a 15 m/seg? Há uma boa razão para isto. A esta velocidade, o êmbolo e a biela são alvo de grande tensão. Se os tentássemos forçar a uma velocidade ainda maior, é provável que algo cedesse e que surgissem problemas. Há muitos anos, desloquei-me com uns amigos a um *meeting* de atletismo num carro velho, propriedade de um dos membros da minha equipa. Desde o início da viagem que não me agradara o som do motor, mas não disse nada ao condutor. Contudo, comecei a ficar preocupado quando, mais tarde, o ruído se começou a intensificar. Estávamos a quilómetros de distância da localidade mais próxima e quase não havia trânsito na estrada. Subitamente, ouvi um grande estrondo acompanhado de ruídos metálicos que vinham do motor. Lembro-me que levantei os pés, com medo que algo irrompesse pelo chão do carro. Era evidente que tínhamos rebentado a biela, e dado que nos encontrávamos no meio de nenhures, acabámos por ter de passar a noite no carro.

Uma outra razão para que a velocidade do êmbolo seja limitada é o facto de a válvula que procede à admissão da mistura gasosa ter também as suas limitações. Para a velocidade de admissão aumentar, o tamanho da válvula de admissão teria de ser maior – no entanto, estas válvulas encontram-se já no limite máximo do seu tamanho.

Com estas velocidades de êmbolo, a cambota faz de 500 a 5000 rotações por minuto (rpm), sendo que a «velocidade de cruzeiro» mais comum é de cerca de 2000 rpm. Os motores de grande dimensão funcionam normalmente com poucas centenas de rpm, enquanto que os motores mais pequenos, como os dos modelos de aviões, têm velocidades de 10 000 rpm ou mesmo mais.

À medida que o êmbolo se move entre P_s e P_i, um determinado volume sofre um deslocamento. É a isto que chamamos a *cilindrada* do motor. Normalmente, as especificações dos motores indicam a cilindrada total, que é obtida através da soma dos volumes de todos os cilindros. A cilindrada é uma boa indicação do tamanho do motor. É normalmente apresentada em litros (l), centímetros cúbicos (cc) ou polegadas cúbicas (ci), em que $1 l = 1000$ cc $= 61$ ci. As cilindradas mais comuns nos automóveis modernos oscilam entre os 2 e os 5 litros (de 2000 a 5000cc). Os camiões possuem geralmente cilindradas muito superiores a 5 litros. Indico na tabela seguinte as cilindradas de diversos motores.

Modelo	Cilindrada (ci/cc)
Chevy Camaro SS	346,9/5665
Ford SVT Mustang Cobra	280,8/4601
Audi A6	254,6/4172
BMW 540i	267,9/4391
Lexus GS 430	261,9/4293
Dodge Stratus ES	166,9/2736
Honda Accord EX	183/3000
Chevy 2500 HD 2WD (carrinha)	495,8/8127

Igualmente importante nos automóveis é a *taxa de compressão*. Trata-se da medida da quantidade de pressão aplicada sobre a mistura gasosa na câmara de combustão. Numericamente, é o resultado da comparação entre o volume da câmara de combustão em P_s e o volume em P_i. Ao longo dos anos, as taxas de compressão têm vindo a crescer consideravelmente. Os primeiros carros (de 1920 a 1940) tinham taxas de compressão entre 4 e 5, enquanto que hoje em dia é comum ver-se valores de 10. Os valores da taxa de compressão nos veículos modernos oscilam entre 8 e 11. A tabela seguinte indica as taxas de compressão de alguns automóveis

Modelo	*Taxa de Compressão*
Chevy Corvette Z06	10,5:1
Audi A6	11,0:1
BMW 540i	10,0:1
Lexus GS 430	10,5:1
Mercedes-Benz E 430	10,0:1
Chevy Camaro SS	10,1:1
Ford SVT Mustang Cobra	9,9:1

Quem já conduziu a grande altitude sabe que a pressão atmosférica afecta o desempenho do motor. Uma baixa pressão atmosférica tem efeitos nas pessoas – que tendem a ficar tontas e com vertigens a grande altitude – e estes efeitos são sentidos também ao nível dos veículos. Há alguns anos, tive uma licença sabática na Grande Ilha do Havai, e visitei muitas vezes o observatório situado no topo do Mauna Kea. Esta montanha tem uma altitude de 4205 metros (na verdade, se considerarmos a parte imersa no oceano, alcança os 10 203 metros, o que é mais alto do que o Evereste). A viagem de carro até ao cume era sempre uma experiência interessante. Muito antes de chegarmos ao cimo tínhamos de utilizar as mudanças mais baixas, e a velocidade era tão reduzida que por vezes parecia que se poderia facilmente caminhar mais rápido do que o carro. Os sistemas modernos de ignição de combustível permitem de facto a medição da densidade do ar e do combustível, mas não conseguem recuperar a potência que se perde devido à baixa densidade das moléculas de oxigénio no interior do cilindro. Por isso, sempre que se viaja a grande altitude, é de esperar uma perda de potência no veículo.

A principal função de um veículo é, claro está, o trabalho. Como veremos numa das próximas secções, uma das maneiras mais fáceis de determinar o trabalho é fazer um gráfico de pressão por volume. Para compreendermos porquê, atentemos na definição de trabalho:

$$\text{trabalho} = \text{força} \times \text{distância}.$$

Podemos reescrever a parte direita da fórmula como [(força)/ /(área)] × volume. Mas isto é simplesmente pressão × volume, ou *PV*. Os diagramas *PV* são também chamados diagramas indicadores. Podemos facilmente improvisar um destes diagramas, acoplando um osciloscópio a um motor.

Na prática, o trabalho transmitido à cambota é, em geral, consideravelmente menor do que o valor que nos é dado por *PV*, de modo que devemos distinguir *PV*, chamando-lhe *trabalho teórico* (W_i), e denominando o trabalho realmente transmitido ao cárter *trabalho ao freio*, ou efectivo (W_b)(*). A razão entre os dois é conhecida como a *eficiência mecânica* (E_m) do motor:

$$E_m = W_b/W_i.$$

A eficiência mecânica dos carros modernos situa-se normalmente entre os 75% e os 95% quando a válvula de admissão se encontra totalmente aberta. Estes valores decrescem quando a velocidade do motor diminui.

Uma boa maneira de estabelecer comparações entre motores é através da chamada *pressão efectiva média* (pem). A pressão no interior do cilindro está em constante mudança por todo o cilindro, mas podemos calcular uma média. Trata-se de um valor útil porque é independente do tamanho do motor. É-nos dado por

$$\text{pem} = (\text{trabalho realizado num ciclo})/(\text{volume deslocado}) = W/V_d.$$

(*)W_i e W_b: do inglês *indicated work* e *brake work*, respectivamente (*N. do T.*).

Uma vez mais, devido às perdas provocadas pelo atrito, temos um pem teórico e um pem ao freio.

Os termos *binário* e *potência* são familiares, uma vez que constituem os dois grandes conceitos utilizados na discussão das qualidades de um motor. No último capítulo, vimos que a torção é força multiplicada pelo comprimento de uma qualquer alavanca. É uma boa medida da capacidade do motor para realizar trabalho, já que nos diz a quantidade de voltas, ou poder de rotação, de um motor. As unidades utilizadas são Nm (*), lb-ft (libra-pé) ou kgf/m (quilograma-força/metro), em que 1 Nm = 0,738 lb-ft (1,098 kgf/m). A torção, conhecida como binário nas revistas da especialidade, varia consoante a velocidade do motor, logo as rpm devem ser especificadas quando é indicada (fig. 12). Normalmente, e com poucas excepções, os valores do binário encontram-se no intervalo que vai dos 200 aos 540 Nm, com velocidades de motor das 3500 às 6000 rpm. A tabela 3 dá-nos o valor do binário em diferentes tipos de veículos.

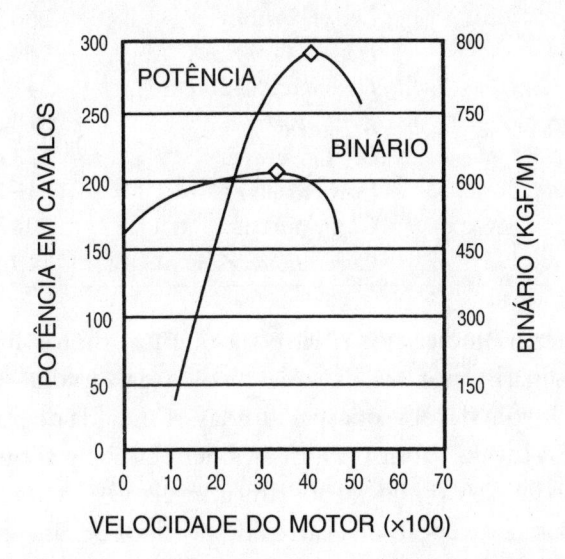

Fig. 12 – Potência e binário em função da velocidade do motor.

(*) Newton-metro. Um newton é a força que comunica a um corpo, com 1 quilograma de massa, uma aceleração de um metro por segundo quadrado *(N. do T.)*.

Uma vez que o binário varia consoante a velocidade do motor, a maior parte dos fabricantes procura reduzir o mais possível a curva, de forma a obter um binário mais uniforme ao longo da variação de velocidade. O ponto de binário máximo é conhecido como a *velocidade de máximo binário ao freio*.

Tabela 3 – Valores de binário em diversos veículos de 2002

Tipo de Veículo	Modelo	Binário (Nm)
Desportivos e de luxo	Chrysler Crossfire	366 às 4000 rpm
	BMW Z3	290 às 3500 rpm
	Ford Thunderbird	362 às 4300 rpm
	Lamborghini Murciélago	650 às 5400 rpm
	Cadillac Escalade EXT	515 às 4000 rpm
	Chevy Corvette Z06	522 às 4800 rpm
Familiares	Ford Focus ZTS	183 às 4500 rpm
	Dodge Stratus	260 às 4300 rpm
	Honda Accord EX	264 às 4700 rpm
	Hyundai XG 300	241 às 4000 rpm
Todo-o-terreno	Jeep Liberty	318 às 4000 rpm
	GMC Envoy	373 às 3500 rpm
	Ford Explorer	345 às 4000 rpm
Carrinhas	Chevy Silverado	704 às 1800 rpm
	Chevy Tahoe Z75	440 às 4000 rpm

A potência indica-nos o ritmo a que um motor funciona. Tal como o binário, trata-se de uma medida da rapidez do motor, e portanto as rpm devem ser especificadas. A medida de potência mais comum é o cavalo-vapor (cv), mas podem também ser utilizados os kilowatts (kw). A potência nos automóveis varia entre os 50 e os 350 cv (com a excepção dos carros desportivos de alta *performance*); as carrinhas e os veículos todo-o-terreno de grande dimensão têm normalmente uma potência superior. A tabela 4 apresenta alguns exemplos.

Tabela 4 – Valores de potência em diversos veículos de 2002

Tipo de Veículo	Modelo	Potência em cavalos
Desportivos e de luxo	*Audi A6 4.2*	300 às 6200 rpm
	BMW 540i	282 às 5400 rpm
	Chevy Camaro SS	325 às 5200 rpm
	Ford SVT Mustang Cobra	320 às 6000 rpm
	Jaguar X type	231 às 6800 rpm
	Lamborghini Murciélago	571 às 7500 rpm
	Dodge Viper RT 10*	500 às 5900 rpm
	Chrysler Sebring	200 às 5900 rpm
Familiares	*Nissan Sentra*	122 às 6000 rpm
	Chrysler PT Cruiser	155 às 5500 rpm
	Toyota Camry Solara	198 às 5200 rpm
Todo-o-terreno	*Jeep Liberty*	210 às 5200 rpm

* Modelo de 2003

Como se o *Dodge Viper* ainda precisasse de mais potência do que os 500 cv de que já dispõe, John Hennessey, um supermecânico de Houston, tem vindo a aumentar a potência de alguns *Vipers* até aos 800 cv, tendo já conseguido levar um modelo até aos 830 cv. Note-se que 850 cv é, em qualquer circunstância, uma potência imensa – basta termos em conta que são necessários cerca de 50 cv para manter um veículo estabilizado nos 100 km/h. Hennessey consegue esta marca recorrendo a dois turbo-compressores de tamanho industrial. Falaremos mais tarde dos turbo-compressores.

Não querendo ficar em segundo lugar, está previsto que o *Bugatti EB 16* de 2003, um motor de 16 cilindros apoiado por turbo-compressor, tenha uma potência de 987 cv, indo, provavelmente, dos 0 aos 100 em 3 segundos! Onde é que isto vai parar?

No que toca a potência, fiquemo-nos por aqui. Vejamos agora a eficiência do motor. Todos os condutores, e em especial os pilotos de corrida, estão preocupados com a eficiência dos seus motores, e se não estão deviam estar. Há diversos tipos de eficiência a que devemos estar atentos. Comecemos pela *eficiência de combustão*. Ao contrário do que se possa pensar, nem todas as gotas de gasolina que entram na câmara de combustão são queimadas. Na verdade, uma pequena quantidade sai da câmara juntamente com os gases de escape. Se um motor estiver a funcionar devidamente, esta quantidade oscila entre os 2% e os 5%. Neste caso, dizemos que a eficiência de combustão (E_c) é de 0,95 a 0,98.

Para além disto, existe a *eficiência térmica*. Mesmo que todo o combustível seja queimado, nem toda a energia do combustível será convertida em energia de rotação. A energia química contida numa libra de gasolina encontra-se entre os 19 000 e os 20 000 BTU(*). Destes, apenas cerca de um terço resulta em potência utilizável. É a isto que chamamos a *eficiência térmica*, determinada por variáveis como o *design* da câmara de combustão, a taxa de compressão e o próprio *timing* da combustão. Um carro normal tem uma E_t situada à volta dos 0,25. Por seu turno, os motores de carros de corrida têm geralmente uma E_t de cerca de 0,35. Uma vez mais, temos uma E_t teórica e uma E_t ao freio, ou efectiva. A E_t teórica pode mesmo situar-se entre os 0,5 e os 0,6.

Já vimos que a eficiência mecânica pode ser definida em termos de trabalho. Ora, acontece que pode também ser definida em termos das eficiências térmicas teóricas e ao freio:

$$E_m = (E_t)_b / (E_t)_i.$$

Na física, a eficiência mecânica é a medida da potência necessária para vencer o atrito no motor e para fazer funcionar os seus diversos acessórios, como as bombas de água e de óleo. Se medirmos a potência de um motor com um dinamómetro, a eficiência mecânica será a razão entre essa potência e aquela que é efectivamente utilizável no interior do cilindro.

De particular interesse para os entusiastas dos motores é a chamada *eficiência volumétrica* (E_v). Imaginemos um motor com um

---

(*) BTU: unidade de medida correspondente à energia necessária para elevar em um grau Fahrenheit a temperatura de uma libra de água; equivalente a 1055,06 joules, ou a 0,252 Kcal (quilocalorias) *(N. do T.)*.

cilindro de 270 centímetros cúbicos de volume quando o êmbolo se encontra no seu fundo (ou seja, na posição P_i). Parte-se do princípio que, durante o ciclo do motor, quando o êmbolo se encontra nesta posição, terão entrado no cilindro 270 centímetros cúbicos de mistura gasosa. No entanto, não é o caso. Devido a diversos factores, como o vácuo existente no tubo de admissão, a quantidade de mistura gasosa que preenche o espaço será menor do que 270 centímetros cúbicos. A eficiência volumétrica é a razão entre a quantidade de mistura gasosa que entra de facto na câmara e a quantidade de ar sob pressão atmosférica que a poderia encher. Se 270 centímetros cúbicos estivessem dentro do cilindro, este teria uma eficiência de 100%. A maior parte dos motores tem eficiências volumétricas de 80% a 100%. Normalmente, o valor de E_v é para uma situação em que a válvula de admissão se encontra totalmente aberta; este valor irá decrescer se considerarmos a válvula parcialmente aberta. É importante ter em conta que a eficiência volumétrica é também uma função da velocidade do motor (fig. 13).

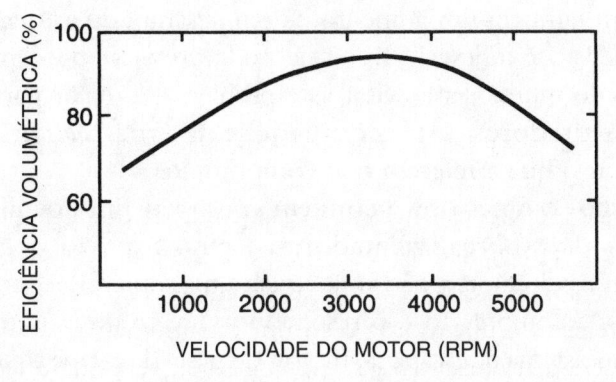

Fig. 13 – Eficiência volumétrica em função da velocidade do motor.

Sobrealimentadores e turbo-compressores

Vimos que a potência do *Dodge Viper* pode ser aumentada de 500 para mais de 800 cv através do recurso a turbo-compressores.

De igual modo, o *Bugatti*, com uma potência de 987 cv, recorre também à turbo-compressão. Mas o que são turbo-compressores? O objectivo dos turbo-compressores e dos sobrealimentadores é melhorar a eficiência volumétrica. Como vimos na última secção, a eficiência volumétrica pode ser aperfeiçoada se conseguirmos fazer entrar uma maior quantidade de mistura gasosa no interior da câmara. Uma maneira de fazer isto é através da utilização de um compressor acoplado ao sistema de admissão. Mais ar e mais combustível entrarão no cilindro em cada ciclo e, consequentemente, E_v aumentará; de facto, a potência global do motor aumenta.

Os sobrealimentadores são compressores operados directamente pelo motor – normalmente, através de uma roldana ligada à biela. No entanto, esta situação não é desejável porque constitui uma sobrecarga para a produção do motor. No entanto, os sobrealimentadores têm uma vantagem sobre os turbo--compressores, devido ao facto de permitirem uma resposta rápida em caso de alterações na válvula de admissão. Uma das desvantagens destes mecanismos é o facto de, com o aumento da pressão, provocarem também um aumento da temperatura do ar que entra na câmara. Isto é indesejável porque pode provocar pré-ignição e batimento do motor. Para evitar este problema, a maior parte dos sobrealimentadores está equipada com *aftercoolers* (pós-refrigeradores) que arrefecem o ar comprimido.

Os turbo-compressores permitem contornar um dos maiores problemas dos sobrealimentadores. Como não são operados directamente pelo motor, não constituem uma sobrecarga para este. Neste caso, a compressão é o resultado indirecto de uma turbina montada no sistema de escape do motor. Os gases de escape aquecidos saem normalmente do tubo de escape, mas antes passam por uma turbina, ou ventoinha, que é assim posta em movimento. Esta ventoinha está ligada a um compressor.

Embora os turbo-compressores não trabalhem a partir do motor, restringem o fluxo dos gases de escape, o que leva a uma maior pressão na porta de escape do cilindro, resultando numa ligeira diminuição de potência.

Uma desvantagem dos turbo-compressores, quando comparados com os sobrealimentadores, é o chamado atraso da admissão – um atraso que ocorre quando há mudanças súbitas ao nível da válvula de admissão. Tal como os sobrealimentadores, os turbo-compressores devem ser equipados com *aftercoolers*.

A *Porsche* é famosa pelos seus modelos turbo. O *Porsche 911 Turbo* tem uma velocidade máxima de 304 km/h, e o novo *Porsche 911 GT2* pode atingir os 315 km/h. A aceleração do *GT2* permite-lhe ir dos 0 aos 100 em 4,1 segundos. O *Camry Solara* da *Toyota* é o exemplo de um veículo com sobre-alimentação. A turbo-compressão é particularmente eficaz em veículos a diesel: o aumento de potência pode chegar aos 50%, permitindo, ao mesmo tempo, poupar combustível (ver fig. 14).

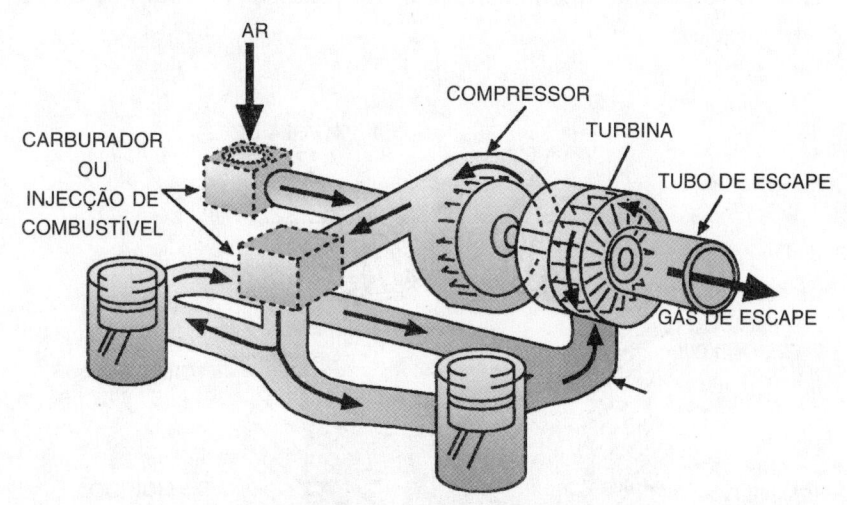

Fig. 14 – Turbo-compressor, mostrando o compressor e a turbina.

A transferência de calor nos motores

Os motores de combustão interna atingem, obviamente, altas temperaturas – é portanto necessário que parte deste calor seja dissipada o mais rapidamente possível após a sua geração. De toda a energia que entra no motor, cerca de 35% é convertida em movimento útil da biela e cerca de 30% perde-se no escape. Isto deixa-nos 35%, que devemos eliminar por intermédio de transferência de calor.

As temperaturas no interior do motor de combustão podem atingir várias centenas de graus centígrados (fig. 15). Se os materiais e o óleo nestas zonas fossem expostos a temperaturas desta magnitude durante muito tempo, depressa entrariam em ruptura. É, portanto, crucial eliminar o calor destas áreas. Obviamente, deve ser eliminada apenas a quantidade de calor necessária, uma vez que o motor deve estar o mais quente possível para que possa maximizar a eficiência.

As partes mais quentes da câmara de combustão são as que estão próximas da vela e das válvulas de escape. Aqui, as temperaturas são normalmente de 600° C ou até mais. A face do êmbolo é também uma zona bastante quente. Infelizmente, trata-se de zonas de difícil refrigeração.

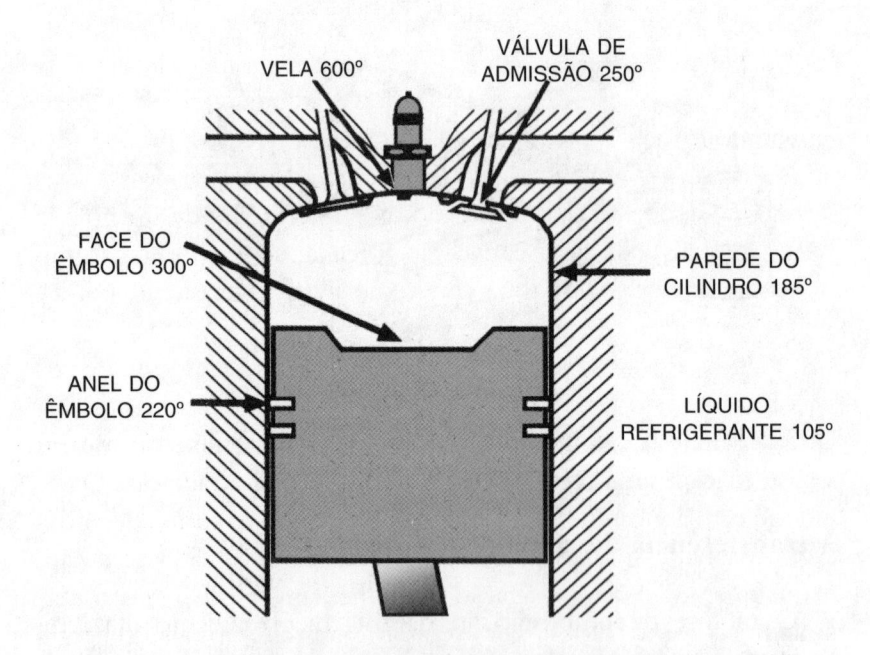

Fig. 15 – Temperaturas (em graus centígrados) em vários pontos no interior do cilindro e ao longo do êmbolo.

Ocorrem nesta área três modos de transferência de calor; a condução, a convecção e a radiação. A condução é uma das mais importantes. Se colocarmos uma das extremidades de uma vara de metal junto de uma chama, sabemos que eventualmente a outra extremidade ficará quente, ainda que não esteja em contacto com a fonte de calor. A causa disto é o facto de a chama transferir energia para os átomos com os quais está em contacto, átomos esses que começam a vibrar com maior rapidez. A energia resultante desta vibração é posteriormente transferida para os átomos vizinhos. Desta forma, o calor, ou energia calorífica, é passado de átomo em átomo.

Uma medida da condutividade térmica é o *coeficiente de condutividade*. Os metais, como a prata e o cobre, têm condutividades elevadas. Materiais como o betão, a cerâmica e o ar têm condutividades muito baixas, sendo por isso denominados *isoladores térmicos*.

Um segundo método também importante de transferência de calor nos motores é a convecção. Neste caso, o gás ou o líquido são fisicamente movidos de um sítio para outro. Uma caldeira de aquecimento a ar quente, por exemplo, recorre à convecção: o ar é aquecido e posteriormente transferido através das várias divisões da casa. O material aquecido que é forçado, por intermédio de um fole, a mover-se, é alvo de uma convecção forçada; se se mover naturalmente, então trata-se de uma convecção livre. O ar quente em ascensão é um bom exemplo de convecção livre.

O último dos três métodos, a radiação, não é tão importante nos motores, mas isso não significa que não ocorra. Se um objecto for aquecido até à incandescência, podemos sentir facilmente o calor com as mãos a uma certa distância – isto deve-se à radiação. Qualquer objecto aquecido liberta energia de radiação na forma de ondas electromagnéticas, que viajam à velocidade da luz e não necessitam de qualquer meio de propagação: movimentam-se não só no ar mas também no vácuo. O Sol, por exemplo, transmite-nos a sua energia através da radiação. Ainda que a radiação constitua apenas 10% da transferência de calor num motor, não deixa de ser importante.

O nosso principal interesse é a transferência de calor na câmara de combustão. Grande parte do calor é expelida através das paredes do cilindro. O calor no interior do cilindro varia com o momento do ciclo, de modo que, no geral, podemos dizer que o calor é cíclico. Durante o momento de compressão a temperatura da mistura aumenta e dá-se um aquecimento das paredes do cilindro por intermédio da convecção. As temperaturas mais altas são atingidas durante a combustão; no momento de escape, as temperaturas diminuem. O cilindro é revestido por uma câmara refrigeradora, através da qual circula um líquido refrigerante. O calor é transferido, por condução, através das paredes do cilindro até ao refrigerante.

Devido ao facto de a temperatura dentro da câmara ser cíclica, a transferência de calor para as paredes do cilindro também o é. No entanto, os tempos do ciclo são cada vez mais curtos, pelo que a transferência por condução através das paredes oscila apenas a uma profundidade muito reduzida. Das oscilações, 90% são abafadas a um milímetro da superfície; para além desta profundidade a condução processa-se de uma forma regular. A temperatura das paredes no interior da câmara de combustão pode situar-se entre os 190° e os 200° C, sendo a temperatura do líquido refrigerante 105° C.

A refrigeração da face do êmbolo deve-se principalmente à convecção, sendo que a face posterior é lubrificada com óleo. A condução ocorre dos anéis do êmbolo para as paredes do cilindro, e também ao longo da biela.

Como é evidente, toda esta actividade necessita de um sistema de refrigeração. A refrigeração de um carro é composta por vários elementos: uma ventoinha e um radiador, uma bomba de água, um termóstato, e, claro está, líquido refrigerante que circule pelo sistema.

A determinada altura, usou-se água como refrigerante; no entanto, a água pura possui vários inconvenientes. Em primeiro lugar, congela a 0°C, o que é inaceitável nos climas mais frios do Norte. Para além disso, o seu ponto de ebulição é mais baixo do que o desejável. Há alguns anos, na Primavera, tive de mandar arranjar o meu radiador. Provavelmente por pensar que já não era altura de tempo gelado, o mecânico encheu o radiador com água em vez de substituir o anticongelante. Escusado será dizer que na manhã seguinte se registavam vários graus abaixo de zero. Como não sabia que havia água no radiador, fiquei muito surpreendido ao ver que o carro não pegava. Retirei a tampa do radiador e olhei para dentro. Gelo? Como se pode adivinhar, não voltei àquele mecânico.

Hoje em dia, a maior parte dos automóveis utiliza uma mistura de glicol etileno e água em partes iguais – o anticongelante. O anticongelante também ajuda à lubrificação da bomba de água, para além de evitar a formação de ferrugem.

O líquido refrigerante recebe grande parte do calor à medida que circula pelo motor, devendo portanto ser arrefecido. É aqui que entra o radiador: neste, o líquido passa por uma grande superfície de refrigeração. À medida que passa pelos canais e cavidades do radiador, o líquido refrigerante recebe ar – deste modo, ajuda-se ao seu arrefecimento. A corrente de ar resulta, não só da ventoinha do radiador, mas do próprio movimento do carro. A bomba de água é necessária para manter a circulação de água no sistema, e o termóstato é importante quando o motor está frio. Quando se encontra abaixo de determinada temperatura, o refrigerante deixa de fluir pelo radiador, o que ajuda o motor a aquecer rapidamente. Logo que o motor está aquecido, o termóstato deixa o líquido voltar a seguir o seu caminho normal.

A termodinâmica dos motores

Chamamos termodinâmica ao estudo do movimento do calor e a sua relação com o trabalho. Os diagramas PV, já mencionados, são cruciais na termodinâmica. Nesses diagramas, vimos que a área sob a curva indica a medida do trabalho. Nesta secção iremos analisar o diagrama PV do motor de combustão interna. Um estudo aprofundado dos quatro momentos dar-nos-á uma compreensão mais alargada do funcionamento do motor.

No entanto, o motor de combustão comum é demasiado complexo para ser analisado com precisão, e por isso vamos recorrer a algumas aproximações. Isto não é grave: mesmo com estas aproximações, o ciclo idealizado está relativamente próximo do ciclo real. Chamamos a este ciclo o *ciclo de ar comum*. Difere do ciclo real no facto de a mistura gasosa no interior do cilindro ser tratada como se fosse ar em toda a duração do ciclo. De igual modo, o ciclo real é um ciclo aberto (as válvulas estão abertas); vamos considerar que se trata de um ciclo fechado. Isto pressupõe que os gases de escape seriam reintroduzidos no sistema (o que obviamente não acontece), mas isto não constitui problema.

O ar puro não pode sofrer combustão, logo vamos substituir o processo de combustão pela introdução de calor Q_{in}. De forma similar, consideraremos que no processo de escape o calor da combustão é substituído por Q_{out}. Finalmente, partiremos do princípio de que os processos do motor são ideais, o que nos vai permitir utilizar fórmulas estandardizadas (sobre as quais, no entanto, não nos iremos debruçar).

Um último considerando será o funcionamento do motor com a válvula de admissão completamente aberta, o que é ligeiramente diferente do ciclo real do motor, que utiliza a válvula parcialmente aberta. Esta idealização do ciclo de ar comum é designada ciclo Otto, em honra de Nikolaus Otto, o inventor do motor a quatro tempos (fig. 16).

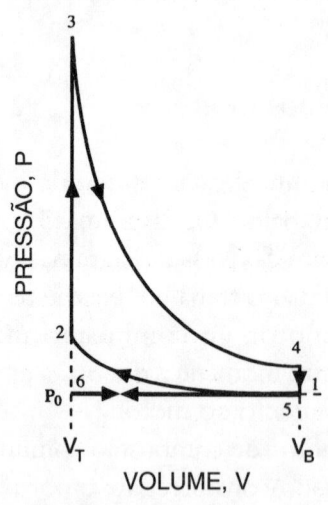

Fig. 16 – Diagrama PV para o ciclo Otto.

Comecemos pelo momento de admissão. O êmbolo encontra-se em P_s, o ponto morto superior. Durante este momento o volume aumenta de V_T para V_B, ou 6 → 1 na figura 16. O segundo momento é o da compressão, representado como 1 → 2. Num motor real, a vela dispara perto do fim deste momento, o que induz um aumento repentino da pressão, representado por 2 → 3. Nesta altura, a temperatura aumenta consideravelmente. No nosso diagrama, partiremos do princípio de que Q_{in} é introduzido no motor.

O momento de explosão é mostrado através de 3 → 4. Durante este momento, a pressão e a temperatura diminuem, à medida que o volume aumenta de V_T para V_B. Num motor verdadeiro, a válvula de escape seria aberta perto do fim deste momento, o que levaria à saída da maior parte dos gases de escape (4 → 5). No nosso motor idealizado, substituímos esta perda por Q_{out}. No último momento, o escape, o êmbolo efectua o movimento 5 → 6, e a válvula é aberta de modo a que a pressão seja constante. O êmbolo encontra-se uma vez mais no topo, de forma a recomeçar o ciclo.

A eficiência térmica teórica é-nos dada por

$$E_t = 1 - (1/(V_B/V_T)^4),$$

em que V_B/V_T é a taxa de compressão. Os valores da eficiência dados por esta fórmula situar-se-ão normalmente à volta dos 50%. As eficiências térmicas efectivas são, geralmente, de cerca de 30%. Por fim, a área no interior da curva representa o trabalho realizado ao longo do ciclo.

O ciclo de Carnot

Já tivemos oportunidade de verificar que uma quantidade considerável de calor é expelida através do sistema de escape. Trata-se, claro está, de energia desperdiçada, pois o calor é uma forma de energia. Será que é possível minimizar estas perdas de calor, tornando assim o motor mais eficiente? Seria excelente se pudéssemos aproveitar todo o calor produzido pelo motor, mas isso é impossível.

Nunca ninguém fabricou um motor a calor que não desperdice uma parte significativa do calor que lhe é fornecido. De facto, segundo uma das leis fundamentais da termodinâmica, conhecida como a segunda lei da termodinâmica, nunca ninguém conseguirá. Não me esqueci da primeira lei: ela estabelece simplesmente o princípio da conservação da energia (isto é, que nenhuma energia pode ser obtida ou perdida num sistema fechado). A segunda lei diz-nos que nem todo o calor de um motor pode ser convertido em energia. No entanto, estranhamente, não há qualquer problema com o processo inverso: toda a energia de um sistema pode ser convertida em calor.

Um jovem engenheiro francês, Sadi Carnot, estava interessado em saber a quantidade de trabalho que um motor a calor poderia efectuar. O principal interesse de Carnot era o motor a vapor, mas os princípios que desenvolveu aplicam-se a todos os motores a calor, incluindo o motor de combustão interna. Nessa altura (início do século XIX), os motores a vapor eram muito pouco eficientes (tinham uma eficiência de cerca de 5%). Isto significava que se perdia à volta de 95% da energia calorífica resultante da queima do combustível. Carnot estava determinado a descobrir a forma de melhorar esta eficiência. Começou por ignorar os detalhes do motor e por se concentrar unicamente no facto de este ser abastecido de energia na forma de calor a alta temperatura (chamemos-lhe T_2). O motor executa trabalho e rejeita calor a uma temperatura mais baixa (T_1).

Carnot estava interessado em maximizar a eficiência do motor, tendo em conta que o calor era fornecido à temperatura T_2 e conduzido para escape à temperatura T_1. Idealizou então o que hoje se chama o motor Carnot. À semelhança do que fizemos anteriormente, podemos desenhar um diagrama PV deste motor (fig. 17). O ciclo de Carnot é o motor a calor com maior eficiência. De particular importância é o facto de ser limitado por duas curvas isotérmicas (ou seja, com a mesma temperatura em toda a sua extensão). Deste modo, o calor é fornecido a uma única temperatura alta, sendo expelido a uma única temperatura baixa.

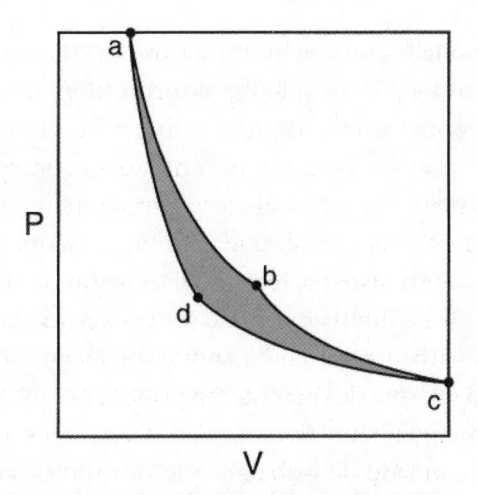

Fig. 17 – Diagrama PV para o ciclo Carnot.

É fácil demonstrar que nenhum motor a funcionar entre as temperaturas T_1 e T_2 pode ser mais eficiente do que o motor Carnot. Este é, obviamente, um motor idealizado, no qual não se registam perdas por atrito ou radiação de calor. Qual é a sua eficiência? Se utilizarmos temperaturas absolutas (Kelvin) (*), podemos representá-la por

$$E_{carnot} = 1 - T_1/T_2.$$

Trata-se da eficiência máxima que um motor a calor pode atingir. Desta equação, salta à vista que, se quisermos maximizar a eficiência, temos de fazer com que T_1, a temperatura de escape, seja a mais baixa possível, e T_2, a temperatura do motor, a mais alta possível. A única forma de obter uma eficiência de 100% seria conseguindo que $T_1 = 0$ K, o que é impossível segundo a terceira lei da termodinâmica.

(*) Unidade de medida de temperatura termodinâmica equivalente a 1/273,16 do ponto triplo da água (0,01° C) *(N. do T.)*.

É claro que, na prática, nenhum motor de combustão interna se consegue aproximar da eficiência de um motor Carnot. Ocorrem diversos tipos de perdas de energia.

O motor diesel

Até agora, temos vindo a falar exclusivamente do motor de combustão interna, mas existe um outro motor que é bastante utilizado em carrinhas e carros: trata-se do motor diesel. A principal diferença deste motor reside no facto de não necessitar de uma vela para proceder à ignição do motor.

Este motor foi o resultado do espírito inventivo de Rudolf Christian Diesel. Quando era jovem, Diesel viu uma versão, em cilindro de vidro, do antigo «pau de fogo» chinês: um golpe rápido de um detonador acendia uma pequena mecha no interior de um cilindro, por intermédio do calor da compressão. Para Diesel, este processo parecia um milagre, e deixou-lhe uma recordação indelével.

A bíblia de Diesel, por ele estudada diligentemente, era o livro de Carnot sobre a termodinâmica e os motores. O seu propósito era aumentar a eficiência do motor a vapor (o motor de combustão com vela estava, nessa altura, ainda em fase de desenvolvimento). Após muitas experiências, Diesel mostrou que a mistura gasosa, se comprimida a alta pressão, sofreria ignição e combustão. Esta seria a base do seu «motor diesel» a quatro tempos.

O motor diesel a quatro tempos é bastante parecido com o motor de ignição a quatro tempos. No momento de admissão, o êmbolo move-se para P_i e a válvula de admissão abre-se, entrando o ar no cilindro. Fecham-se entretanto as válvulas de admissão e escape e o êmbolo move-se para cima, comprimindo o ar. Antes de atingir a ignição, dispositivos de alimentação injectam combustível no interior do cilindro. O combustível entra em combustão e o êmbolo move-se para baixo, realizando o tempo de explosão. No momento final, o tempo de escape, a válvula de escape é aberta e os gases são expulsos.

Os motores diesel utilizam combustível diesel, em vez de gasolina, pois é mais eficiente: contém, aproximadamente, mais 10% de energia por litro que a gasolina. A turbo-compressão é especialmente desejável nos motores diesel porque possibilita uma eficiência de combustível ainda maior, para além de potência acrescida.

O motor de rotação

O motor dotado de êmbolos tem algumas desvantagens, e muitos engenheiros têm vindo a tentar substituí-lo por um sistema mais eficiente. Entre as alternativas com maior sucesso contam-se os chamados motores de rotação, o mais conhecido dos quais é o motor Wankel, inventado na década de 50 pelo alemão Felix Wankel. Este sistema tem sido utilizado pelos Japoneses nos modelos *Mazda*.

O motor Wankel serve-se de um rotor com três vértices, que roda sobre uma engrenagem excêntrica (ver fig. 18). O rotor divide a câmara principal em três secções, e as características normais do motor de êmbolo – admissão, compressão, explosão e escape – ocorrem simultaneamente em qualquer secção da câmara. Tal como no motor de êmbolo, a mistura gasosa entra e é comprimida à medida que o rotor gira. Em seguida, a vela dispara e dá-se a ignição, que produz energia para a rotação. Por último, os gases de escape são expulsos.

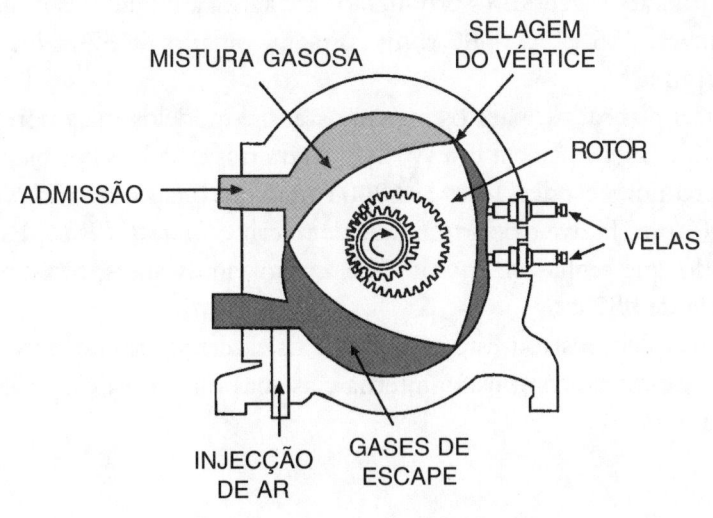

Fig. 18 – O motor de rotação Wankel.

A principal vantagem do motor de rotação reside no facto de não ter cilindros, êmbolos, válvulas e uma biela. Uma vez que estes não são necessários, o motor tem menos peças em movimento e pode ser mais pequeno e mais leve. Uma outra vantagem do motor Wankel é o facto de produzir um impulso energético a cada volta, em vez de necessitar de dois movimentos, como no motor de êmbolo. Embora um motor de rotação possa fornecer a potência de um motor de êmbolo com o dobro do peso, tem algumas desvantagens: usa aproximadamente mais 20% de combustível, para além de ser muito poluente.

O motor W

A *Volkswagen* introduziu recentemente o motor W. Por que razão quereria alguém fazer um motor em forma de W? Há, na verdade, algumas vantagens. É mais compacto do que um V8 similar, e pode produzir muita potência. A forma mais fácil de pensar neste motor é imaginar dois motores V4, um ao lado do outro. O motor W tem quatro blocos de dois cilindros e possui praticamente a mesma largura de um V8, mas é consideravelmente mais pequeno em comprimento. Os motores produzidos até agora atingem uns muito respeitáveis 275 cv às 6000 rpm, com um binário de 370 Nm às 2750 rpm.

Estão planeados, para os próximos anos, modelos mais potentes. A *Audi* está a planear um W12, que terá três cilindros por bloco. Terá uma potência de 414 cv às 6000 rpm e um binário de 550 Nm às 3500 rpm. Já tive a oportunidade de referir o *Bugatti EB 16*. Está planeado que tenha um motor W e, como vimos antes, terá uma potência de 987 cv.

Como demonstrou este capítulo, a física é importante no que toca ao motor de combustão interna e às suas características. Aliás, é indispensável.

4

O sistema eléctrico

Uma noite, à vinda de umas férias passadas a esquiar, o nosso carro parou repentinamente. Dado que se tratava de um carro relativamente novo, fiquei surpreendido por haver um problema. Apercebi-me rapidamente de que se tratava de uma avaria no sistema eléctrico, e fui verificar os fios, o condensador e os contactos. Em seguida, retirei o rotor e examinei-o com uma lanterna. Tudo parecia estar em ordem. Porém, o carro continuava a não pegar, e por isso tivemos de o mandar rebocar até uma oficina nas redondezas, onde me pus a observar enquanto o mecânico procedia à sua inspecção. Pareceu-me um pouco confuso no início, mas finalmente surgiu um sorriso na sua face.

– Aqui está – disse ele, mostrando-me o rotor. – Tem uma fissura muito fina... quase não se consegue ver.

Olhei para o rotor e vi que ele tinha razão.

Os automóveis já não possuem rotores, logo não preciso de me preocupar com a eventualidade de este problema me voltar a acontecer. No entanto, há muitas coisas que podem correr mal com o sistema eléctrico. Além disso, este sistema tornou-se muito mais complicado. A não ser que sejamos excelentes mecânicos, o emaranhado de fios e dispositivos electrónicos que se encontram debaixo do capô de um carro pode parecer-nos tão complicado quanto o interior de um computador. De facto, a maior parte destes fios está ligada a um computador, já que os computadores são agora uma parte integrante dos carros. Não iremos entrar em detalhes no tocante aos computadores, mas tentarei dar uma ideia de como funciona o sistema eléctrico de um automóvel.

Comecemos com uma pequena contextualização. Como se sabe, o principal componente da electricidade é o electrão, ou melhor, os electrões em movimento. De facto, a corrente eléctrica mais não é do que uma corrente de electrões em movimento ao longo de uma linha de cobre. Porquê cobre? Para responder a esta pergunta, temos de analisar o átomo. Um átomo é composto por um núcleo positivo, rodeado de electrões carregados negativamente, dispostos em diversas órbitas. Os electrões são mantidos em órbita porque as cargas positivas atraem as cargas negativas, e porque ambas são em igual quantidade. O que nos interessa é a órbita mais afastada do núcleo, denominada órbita de valência. Nalguns materiais, conhecidos como condutores, um ou dois electrões nesta órbita estão fracamente ligados ao átomo. Na verdade, podem andar para a frente e para trás entre os átomos contíguos. Num certo sentido, este «vaguear» constitui uma corrente, mas por ser aleatório não adquire particular significado. Porém, se aplicarmos uma carga positiva numa das extremidades do material de cobre, os electrões serão atraídos para esta. Saltarão de átomo em átomo em direcção à carga positiva. Na realidade, o que estamos a fazer é aplicar uma *voltagem* entre as extremidades do condutor.

A voltagem é uma «pressão» aplicada sobre os electrões para que se movam em determinada direcção. Em muitos aspectos, é como a pressão que se aplica à água para que esta possa fluir. De facto, como veremos, há muitas semelhanças entre o fluxo da água e o fluxo da electricidade, e falarei de muitas delas à medida que formos avançando no capítulo.

A voltagem pode ser positiva ou negativa. É a isto que chamamos polaridade, que irá determinar a direcção que os electrões tomarão no fio. Quando num fio aplicamos uma voltagem, ou melhor, um diferencial de voltagem, os electrões movimentam-se e obtemos uma *corrente*. A corrente eléctrica é como a corrente que se obtém com o fluxo da água, e tal como medimos este em litros por segundo, também necessitamos de uma medida do número de electrões em movimento ao longo de um fio. Pode parecer que uma medida conveniente seria o número de electrões em fluxo por segundo, mas quando olhamos com maior atenção vemos que este número anda na ordem dos milhares de milhão de milhares de milhão. Utilizamos portanto uma unidade chamada o *ampere,* que representa cerca de 6 250 000 000 000 000 000 electrões por segundo.

O que é que os electrões fazem à medida que viajam ao longo de um circuito? A sua maior função é, claro está, o trabalho. Fazem rodar um motor, acendem uma lâmpada, fornecem calor, entre muitas outras coisas. Uma pergunta que desde logo se impõe é: como medir este trabalho? O trabalho envolve, naturalmente, voltagem e corrente, de modo que deve estar relacionado com ambas. Na verdade, preferiríamos saber a taxa de realização de trabalho, ou potência – ora, já temos uma unidade de potência: como vimos anteriormente, trata-se do *watt* (ou kilowatt, que representa mil watts). A potência é obtida através da multiplicação da corrente pela voltagem.

Devido ao facto de a potência estar dependente da corrente e da voltagem, ambas são importantes quando se trata de determinar o trabalho. Uma alta voltagem com uma pequena corrente não produz muita potência, e o mesmo se aplica a situações de corrente alta e voltagem baixa. Isto faz-me lembrar uma pergunta que me colocaram uma vez: o que é que pode matar – a alta voltagem ou a corrente elevada? Um casal estava a ter uma discussão sobre isto e queria que eu acabasse com as dúvidas. Respondi-lhes que é necessário que as duas se conjuguem. Uma corrente extremamente alta com uma pequena voltagem não produzirá qualquer dano, e uma alta voltagem com corrente baixa pode dar um choque, mas não provoca a morte.

Há uns anos, tive uma experiência interessante com isto. Estava a dar uma aula sobre electricidade, demonstrando algumas coisas com um gerador Van de Graaff – um aparelho que gera uma carga bastante elevada. Estava a mostrar aos estudantes como uma lâmpada fluorescente se acende quando a seguramos junto à esfera carregada, situada na parte superior do gerador Van de Graaff. No início da aula tinha contado algumas anedotas sobre electricidade e, para grande desilusão minha, mal conseguira arrancar uma gargalhada aos alunos. Enquanto falava sobre o Van de Graaff, apontava para ele; de repente, do gerador saiu um raio, que atingiu a ponta do meu dedo! Devo ter dado um grande salto. Seguiu-se um breve silêncio, e depois a turma inteira começou a rir, e continuaram a rir tanto que se tornou difícil fazê-los calar. Acabei por ter as risadas que planeara, mas não da forma que estava à espera.

Voltando à voltagem e à corrente: há outra coisa importante na electricidade, chamada *resistência*. Voltemos à nossa analogia com o fluxo de água. Se a água canalizada encontrar uma restrição ou um súbito estreitamento do cano, a dimensão do fluxo será reduzida. O mesmo se passa com os circuitos eléctricos; se se verificar uma restrição, o ritmo do fluxo, ou corrente, irá sofrer uma alteração. Esta oposição ao fluxo da corrente eléctrica é denominada resistência. Todos os circuitos têm algum tipo de resistência, que é medida em ohms (designados por Ω).

Fizemos já uma introdução aos três maiores componentes da electricidade: a voltagem, a corrente e a resistência. É natural que se pergunte se existe alguma relação entre os três. E de facto existe – trata-se da chamada lei de Ohm. Iremos defini-la como volts = corrente $\times$ resistência, ou

$$V = IR.$$

Se quisermos saber o valor da corrente num circuito, só temos de reescrever a fórmula como $I = V/R$. Esta relação é particularmente útil para determinar os valores da corrente e da voltagem num circuito; darei alguns exemplos disto mais tarde.

Já tivemos oportunidade de ver que é necessário que o fio no nosso circuito seja um bom condutor. A maioria dos fios é de cobre, que é, evidentemente, um dos melhores condutores. Contudo, para além dos condutores temos também os isoladores, que têm poucos electrões livres e são bastante resistentes à passagem da corrente. Entre os condutores e os isoladores existem os semicondutores, que são importantes no tocante aos transístores e aos díodos. À primeira vista, poderia parecer que os isoladores não são muito úteis nos circuitos eléctricos; no entanto, são bastante importantes, sendo normalmente utilizados para isolar os fios uns dos outros. Sem um revestimento de material isolante, haveria uma grande quantidade de curto-circuitos entre os fios. De facto, um fio como o de uma vela de motor necessita, devido à sua alta voltagem, de bastante isolamento.

Circuitos

Todos os carros possuem um grande número de circuitos eléctricos. O motor de arranque, os carregadores, o sistema de luzes e os diversos acessórios, como o auto-rádio – todos necessitam de electricidade. Em qualquer circuito existem três componentes principais: uma bateria ou fonte de voltagem, fios condutores e uma carga ou resistência (ver fig. 19).

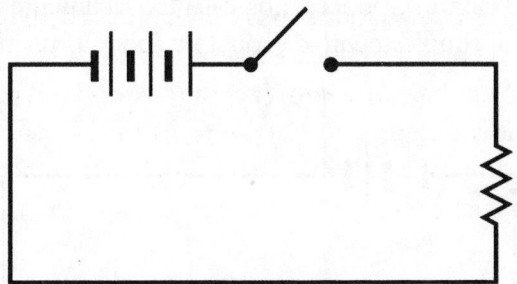

Fig. 19 – Circuito em série simples, com fonte de voltagem e carga (resistência).

Uma das questões que temos de colocar em relação a um circuito é: qual a direcção da corrente? Vimos já que os electrões são atraídos para uma carga positiva; portanto, vão do pólo negativo da bateria, através da carga, em direcção ao pólo positivo. Contudo, devido a uma ironia da história, esta não é considerada a direcção da corrente. A direcção convencionada da corrente é do pólo positivo ao negativo, em oposição ao fluxo de electrões. Isto pode soar um pouco estranho, mas não é assim tão descabido, e acaba mesmo por se tornar conveniente. Em primeiro lugar, costuma-se ligar à terra o terminal negativo da bateria, de modo que faz sentido pensar que a corrente vem do pólo positivo. Em segundo lugar, iremos falar mais tarde sobre transístores e semicondutores, onde temos cargas positivas a percorrer o circuito. Neste caso, a direcção convencional da corrente é apenas a direcção do fluxo das cargas positivas. Utilizaremos a direcção convencional da corrente ao longo deste livro.

Comecemos pelo tipo mais simples de circuito, denominado *circuito em série* (fig. 20). Muitos dos circuitos num automóvel são deste tipo. A resistência na figura 20 poderia representar muitas coisas, como uma lâmpada ou mesmo um resístor (que é importante nos circuitos). Neste caso, iremos supor que a resistência é de 6 ohms. A bateria terá 12 volts, dado que é esta a voltagem comum da bateria de um carro. Com esta informação, podemos aplicar a lei de Ohm para determinar a corrente que irá percorrer o circuito: 12 volts/6 ohms = 2 amps. Note-se que, se tivéssemos vários resístores no circuito, poderíamos calcular facilmente a resistência total – trata-se simplesmente da soma de todas as resistências.

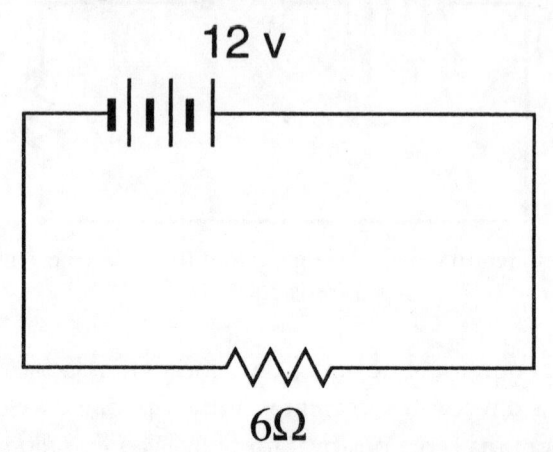

Fig. 20 – Circuito em série com uma bateria de 12V e uma resistência de 6.

Voltemos agora a nossa atenção para a variação de voltagem no circuito. Se colocarmos um voltímetro sobre a resistência de 6 ohms observaremos uma queda de voltagem de 12 volts. Isto diz-nos que 12 volts da bateria foram utilizados pelo resístor. Por outro lado, se tivéssemos vários resístores em série – por exemplo, se o resístor de 6 ohms fosse composto por três resístores de 2 ohms –, então a queda de voltagem entre cada uma deles seria de 2 amps × 2 ohms = 4 volts. Porém, o total entre os três continuaria a ser de 12 volts.

Não é necessário muito conhecimento técnico para perceber que os circuitos em série têm várias desvantagens. À medida que adicionamos mais resistência, a corrente baixa e a queda de voltagem entre cada carga torna-se menor. Isto pode originar problemas num circuito onde seja necessária determinada voltagem ou corrente. Igualmente, se os dois resístores no circuito forem lâmpadas, ou faróis, por exemplo, e se uma se fundir, a outra também se fundirá, devido ao curto-circuito na linha. Não queremos que isto aconteça!

Contornamos estes problemas através do recurso a *circuitos paralelos*. Neste caso, as resistências encontram-se colocadas em paralelo, como mostra a figura 21. Se uma das lâmpadas se fundir, a outra permanecerá acesa, uma vez que a corrente que passa por ela continua fechada. Além disso, e de especial importância, a voltagem ao longo dos dois resístores é a mesma – um requisito quando duas lâmpadas necessitam da mesma voltagem para funcionar. Todavia, note-se que, neste exemplo, pelas lâmpadas está a passar uma corrente menor do que no circuito em série. Lembremo-nos da nossa analogia com a água: se uma conduta de água se dividir em duas, irá haver em cada uma das condutas menos água do que havia na primeira.

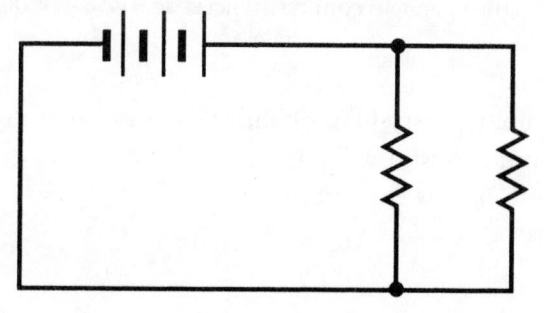

Fig. 21 – Circuito paralelo simples.

Podemos utilizar a lei de Ohm para efectuar aqui alguns cálculos. Imaginemos que a voltagem ao longo de cada um dos resístores (lâmpadas) é de 12 volts. Se a resistência à esquerda for de 3 ohms, a corrente que passa por ela será de 12/3 = 4 amps (fig. 22). A corrente a passar pela outra lâmpada será de 12/4 = 3 amps. E a corrente no circuito principal? Teremos, claro está, de adicionar os dois resístores, mas não o podemos fazer como nos circuitos em série. Os resístores em paralelo devem ser adicionados de forma diferente; devemos utilizar a fórmula

$$R = 1/(1/R_1 + 1/R_2),$$

em que R_1 e R_2 são os dois resístores em paralelo. Neste caso, $R = 1//(1/3 + 1/4) = 1,72$ ohms. Portanto, a resistência no circuito é de 1,72 ohms, o que significa que a corrente será de 12/1,72 = 6,97 amps.

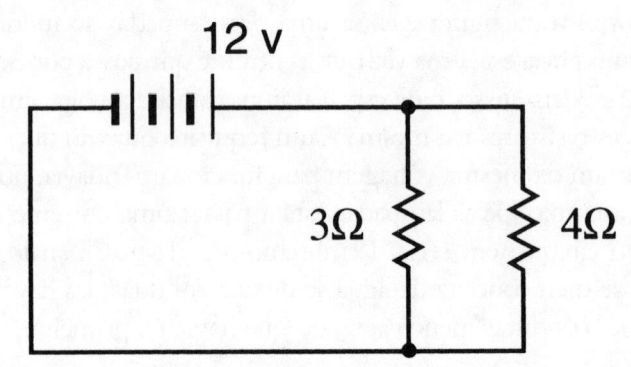

Fig. 22 – Circuito paralelo com resistências de 3W e 4W dispostas em paralelo.

Por último, é possível fazer combinações de circuitos em série e paralelos, como mostra a figura 23. Contudo, estas combinações não são muito usadas em automóveis.

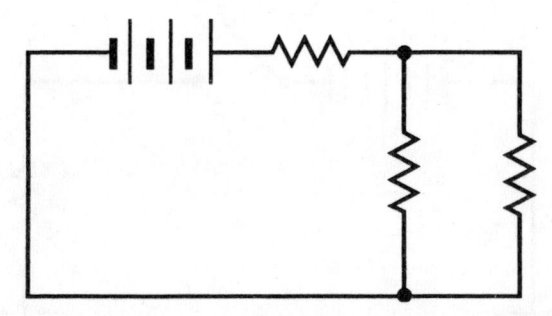

Fig. 23 – Circuito com resistências em série e em paralelo.

Dos diagramas de circuitos que vimos até agora, podemos depreender que é necessário um circuito fechado ou completo para que a corrente possa fluir. Se houver uma interrupção no circuito, teremos um circuito aberto e não haverá fluxo de corrente. Porém, nos automóveis os circuitos completos exigem muitos fios; podemos solucionar este problema recorrendo à *terra*. A maneira mais fácil de fazer isto é utilizar o chassis como parte do circuito (fig. 24). A figura 25 representa esta situação num diagrama de circuito; o símbolo ≑ representa a terra. Uma vedação electrificada funciona desta forma, mas aí o chão é utilizado para completar o circuito. Estas vedações são, na verdade, coisas impressionantes, porque funcionam mesmo sem estar ligadas. Basta aos animais tocarem na vedação uma vez para não voltarem a aproximar-se dela durante vários meses!

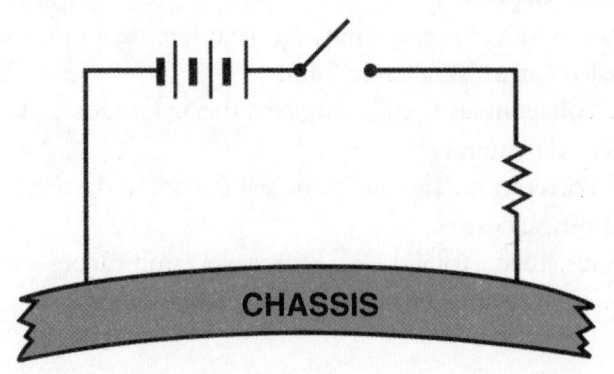

Fig. 24 – Circuito ligado à terra através do chassis.

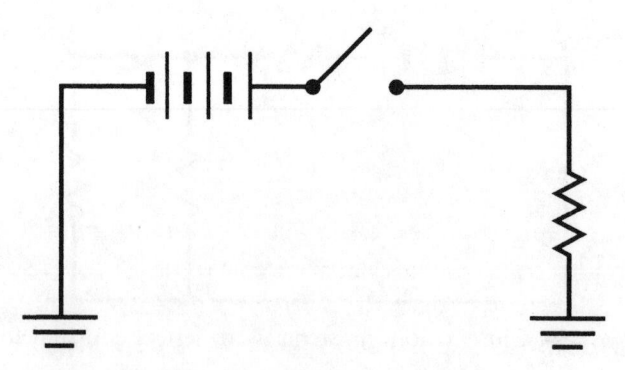

Fig. 25 – Circuito com duas terras.

Podemos agora resumir os circuitos paralelos e em série em dois grupos de regras, para que seja mais fácil recordar:

Circuitos em série
1. A corrente é constante ao longo de um circuito em série.
2. A queda total de voltagem entre as cargas é igual à voltagem da bateria.
3. A queda de voltagem entre cada carga depende da resistência e pode ser calculada através da lei de Ohm.
4. A resistência total do circuito é a soma de todas as resistências.

Circuitos em paralelo
1. A corrente em cada ramificação é diferente, podendo ser calculada através da lei de Ohm.
2. A voltagem entre cada carga é a mesma, sendo igual à voltagem da bateria.
3. A corrente no circuito principal é a soma das correntes nas ramificações.
4. A resistência total dos resístores nas ramificações é menor do que a resistência mais baixa nas ramificações.

Transístores e díodos

Até agora, temos encontrado resístores e baterias nos circuitos. Como veremos, nos circuitos eléctricos dos automóveis podemos encontrar ainda outros dispositivos adicionais, como motores, alternadores, interruptores, entre outros. Durante muitos anos foram utilizados componentes electrónicos – os transístores e os díodos – nos automóveis. Hoje em dia, estes componentes foram já, na sua maioria, substituídos por pequenos pedaços de silicone contendo numerosos componentes electrónicos – os circuitos integrados. No entanto, a maior parte das peças electrónicas no circuito são minúsculos transístores. De facto, por vezes chega a haver à volta de 10 000 transístores num pequeno circuito integrado. A estes circuitos damos o nome de *chips*. Com os carros a tornarem-se cada vez mais dependentes dos computadores, os *chips* assumem especial importância. Não iremos falar muito de *chips*, mas é importante compreen-der os transístores e os díodos.

Comecemos pelos últimos. Os díodos são feitos de material semicondutor, como o germânio ou o silicone. Os semicondutores podem ser de tipo p ou n; por outras palavras, podem ser positivos ou negativos, de acordo com o tipo de carga. Um díodo é constituído por um semicondutor de tipo p e um de tipo n (fig. 26). Esta combinação possibilita o fluxo unidireccional da corrente. Nos circuitos, isto é representado por ─▷─, em que a seta indica a direcção do fluxo da corrente. Uma das aplicações mais importantes dos díodos é a rectificação da corrente que vem de um alternador. Como veremos mais tarde, a corrente originária de um alternador é AC (alternada), mas nós necessitamos de corrente DC (directa ou uniforme) para carregar a bateria e para fazer funcionar os dispositivos do carro. A corrente AC pode ser transformada em DC por intermédio dos díodos. Os díodos são também utilizados para proteger e isolar circuitos vulneráveis de eventuais aumentos súbitos de voltagem ou corrente, em particular os que ocorrem perto de bobinas.

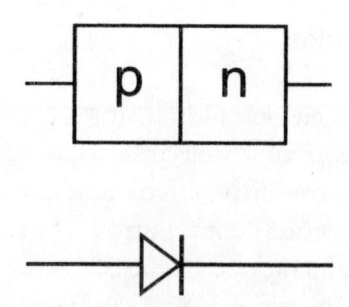

Fig. 26 – Junção p-n e sua representação em circuito.

Os transístores são ainda mais importantes nos circuitos electró-nicos. Na prática, o transístor não é muito mais complexo que o díodo; para obtermos um transístor, basta adicionar ao díodo uma secção n ou p. Existem portanto dois tipos de transístores: npn e pnp. Note-se que há também três ligações. A figura 27 mostra a representação dos transístores num circuito.

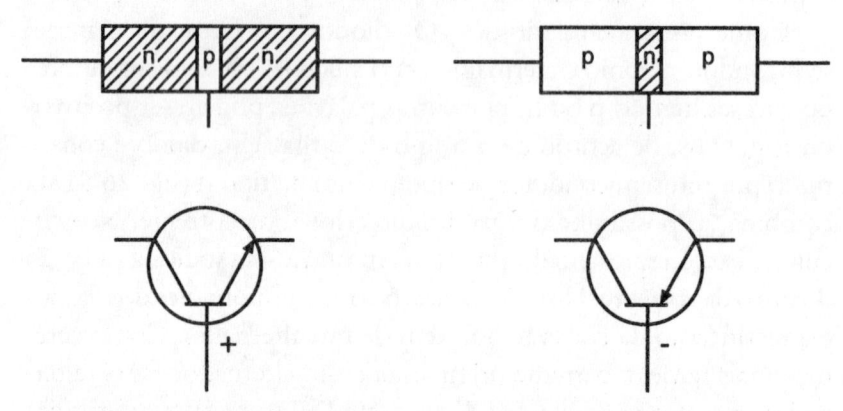

Fig. 27 – Transístores npn e pnp e suas representações em circuito.

Pensar nos transístores como torneiras pode ajudar à compreen-são – a base do transístor é o manípulo da torneira, que controla o fluxo de água. Num circuito eléctrico, a base controla a corrente através de duas secções, às quais damos o nome de emissor e colec-tor. Quando ajustamos ou mudamos a corrente ao nível da base, isto terá um efeito na corrente que vai do emissor ao colector. Isto significa que o transístor é como um amplificador, onde um sinal pequeno controla um sinal de grande dimensão.

Dado que os carros se estão a tornar cada vez mais electrónicos e computorizados, os transístores são muito utilizados. Em particular, são usados no sistema de ignição, no sistema de carga e no sistema de arranque. Na verdade, como mencionei anteriormente, são utilizados hoje em dia circuitos integrados – mas os transístores são um componente importante dos circuitos integrados.

A bateria

A bateria é um componente essencial num veículo: um carro não pode andar sem bateria. Também não anda se a bateria estiver descarregada; pelo menos, o motor não poderá ser posto em funcionamento. A maioria das pessoas teve já experiências com baterias descarregadas. Quando andava na universidade, todas as manhãs costumava dar boleia a alguns colegas. A minha bateria estava a dar as últimas, mas adiei durante muito tempo a compra de uma nova devido ao facto de estar sempre com pouco dinheiro. Todos os dias, a bateria tinha mais ou menos energia suficiente para iniciar o motor. Quando não chegava, tínhamos de empurrar o carro. Após várias manhãs a ter de empurrar o carro, decidi que era altura de comprar uma nova bateria. Quando me encaminhei para o carro e para os passageiros que me esperavam, tinha a certeza de que eles se estavam a perguntar se desta vez o motor iria pegar. Quando me aproximei, vi que eles tinham uma surpresa poisada na relva: uma bateria novinha em folha.

Existem dois tipos de baterias: as recarregáveis e as não recarregáveis. As pilhas pequenas que colocamos nas lanternas são normalmente não recarregáveis. Por outro lado, as baterias dos automóveis são recarregáveis. Irei falar unicamente deste tipo de baterias. Como já tivemos oportunidade de ver, a maior parte das baterias é de 12 volts.

Quando recarregamos uma bateria, não estamos a armazenar electricidade dentro dela. Na verdade, estamos a transformar os agentes químicos no seu interior, para que possa funcionar outra vez – por outras palavras, estamos a possibilitar-lhe condições máximas de funcionalidade. Comecemos por analisar uma célula de bateria normal. É constituída por um eléctrodo positivo e um negativo, um separador entre os dois, e um electrólito. Por sua vez, o eléctrodo é constituído por uma grelha, parecida com uma armação e composta de antimónio ou cálcio. Comprime-se chumbo ou óxido de chumbo contra o eléctrodo, consoante se pretenda um eléctrodo negativo ou positivo. Os eléctrodos são separados por isoladores de plástico ou vidro. O electrólito, a solução na qual os eléctrodos e os isoladores estão colocados, é uma mistura de ácido sulfúrico (H_2SO_4) e água. Em todas as células de bateria são utilizados diversos eléctrodos, e todos eles se encontram ligados em série.

Numa bateria completamente carregada, temos eléctrodos positivos compostos principalmente de óxido de chumbo (PbO_2), e eléctrodos negativos compostos de chumbo esponjoso (Pb). Quando pomos o carro a trabalhar ou quando acendemos as luzes, a bateria descarrega. Vejamos o que se passa. Neste caso, o oxigénio (O_2) do óxido de chumbo liberta-se do eléctrodo positivo e junta-se ao H_2 na solução. Parte do SO_4 resultante da dissolução do ácido sulfúrico combina com o chumbo do eléctrodo negativo; por fim, a outra parte do SO_4 na solução combina com o chumbo do eléctrodo positivo. Se o processo de descarga continuar por tempo suficiente, os dois eléctrodos acabarão como $PbSO_4$ (fig. 28). Neste caso, estando os dois eléctrodos em igual situação, não haverá qualquer diferença potencial entre os dois, o que significa que a bateria está gasta.

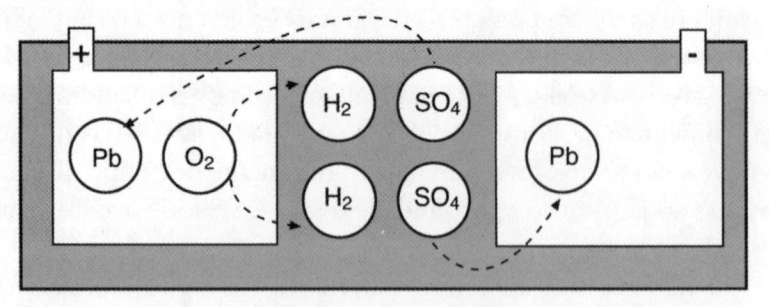

Fig. 28 – Processos químicos numa bateria a descarregar.

Para recarregar a bateria temos de inverter este processo; por outras palavras, temos de fazer com que o eléctrodo positivo volte a ser PbO_2 e o negativo Pb. Para que isto aconteça, o SO_4 do eléctrodo positivo tem de se constituir em solução com o H_2. O oxigénio da solução deve juntar-se ao Pb no eléctrodo positivo, e o SO_4 que se encontra no eléctrodo negativo deve abandoná-lo e juntar-se ao H_2 na solução, de maneira a formar, uma vez mais, ácido sulfúrico (fig. 29).

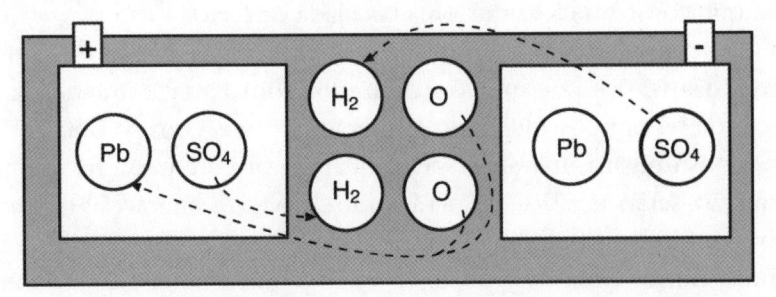

Fig. 29 – Processos químicos numa bateria em carregamento.

Pôr o carro a trabalhar

A primeira coisa que fazemos quando entramos num carro é pô-lo a trabalhar. Para nós, este acto é tão simples como rodar uma chave, mas o que acontece dentro do carro, no seu sistema eléctrico, não é assim tão simples. Analisemos agora este processo.

Comecemos com o motor de arranque. Os princípios da física que estão por detrás do motor envolvem a interacção de correntes e campos magnéticos. Como vimos antes, podemos produzir um campo magnético usando a corrente. De facto, todos os fios com corrente estão associados a um campo magnético. Podemos determinar a direcção deste campo (as linhas dos campos magnéticos vão de norte para sul) se agarrarmos um fio com a mão direita e apontarmos o polegar na direcção da corrente. O campo estará na direcção dos nossos dedos.

Se enrolássemos um fio à volta de um núcleo de ferro e passássemos corrente pelos dois, obteríamos um electroíman. O ferro faz aumentar o campo magnético. O primeiro electroíman foi construído pelo inventor inglês William Sturgeon. Em 1823, Sturgeon deu dezoito voltas com fio de cobre em redor de uma barra em forma de U, e ficou maravilhado ao descobrir que conseguia levantar vinte vezes o peso desta em ferro. Alguns anos mais tarde, em 1829, o físico americano Joseph Henry aproveitou esta descoberta: usando fio isolante, deu centenas de voltas em redor de um núcleo de ferro e assim construiu um electroíman bastante poderoso. Em 1833, fez um que conseguia levantar uma tonelada de ferro.

Podemos encontrar electroímanes em muitas partes do carro. Uma das razões por que são utilizados com tanta frequência é o facto de os campos magnéticos interagirem uns com os outros. Se tivermos dois fios metálicos pelos quais a corrente passa na mesma direcção, serão atraídos um para o outro devido à interacção de campos; se as correntes forem em direcções opostas, os fios repelir-se-ão um ao outro. Com base nisto, vejamos o que acontece quando um fio com corrente é colocado num campo magnético. O campo magnético do fio irá interagir com o campo magnético do íman. Num lado do fio o campo será intensificado, e no outro os campos anular-se-ão um ao outro. O resultado será um campo forte num lado e um campo fraco no outro; uma vez que as linhas do campo magnético se comportam como elásticos esticados, as linhas fortes tenderão a empurrar o fio, como mostra a figura 30.

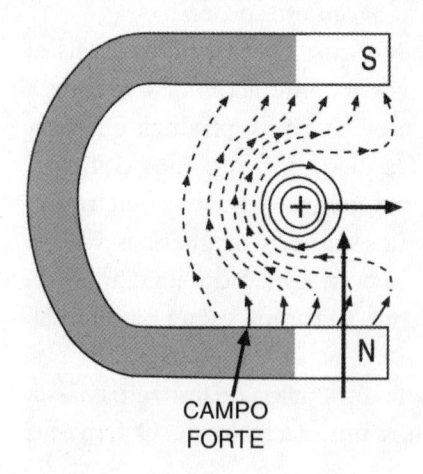

CAMPO
FORTE

Fig. 30 – Fio metálico com corrente num campo magnético. A interacção dos dois campos mag-néticos (fio e íman) tende a empurrar o fio para fora do campo magnético do íman.

Dobremos agora o fio, como mostra a figura 31. O fio dobrado sofrerá uma rotação provocada pelo campo magnético. No entanto, após meia volta já não haverá qualquer força sobre ele. Se conseguir--mos inverter a corrente que passa pelo fio dobrado, a força continuará a rodá-lo. Podemos obter esta inversão introduzindo um comutador e escovas (fig. 32). O comutador tem a forma de dois meios círculos, e podemos potenciar o seu efeito adicionando várias voltas de fio metálico. Com suficientes voltas de fio, obtemos uma armadura – que constitui o principal componente de um motor de arranque.

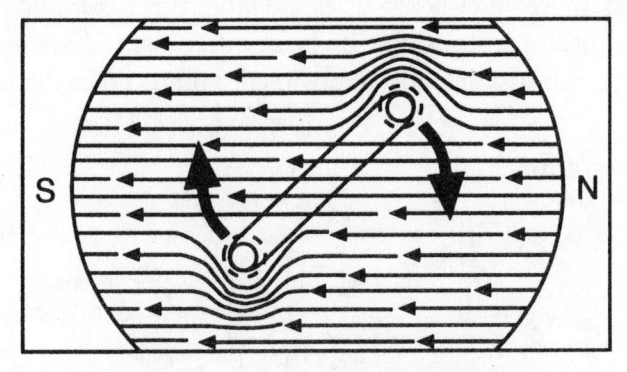

Fig. 31 – Fio dobrado num campo magnético (vista das extremidades). O campo magnético força o fio a rodar.

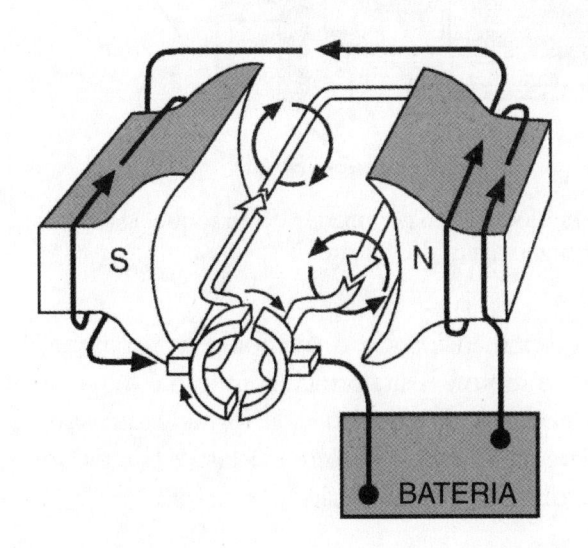

Fig. 32 – Fio dobrado num campo magnético, ligado a um comutador que inverte a corrente.

Portanto, temos agora um motor de arranque, que dá uma volta no momento em que rodamos a chave e arrancamos (ver fig. 33). Numa das extremidades do motor temos o impulsionador do motor de arranque, uma pequena engrenagem que está ligada a uma engrenagem maior no volante do mecanismo. Quando o volante roda, os êmbolos movem-se para cima e para baixo e as velas disparam, pondo o carro a trabalhar. É importante que esta engrenagem se solte o mais rápido possível após o carro começar a trabalhar; se isto não acontecer, poderá danificar consideravelmente o motor e as engrenagens. Isto é obtido por intermédio de uma embraiagem corrediça, ou de desligamento automático. Basicamente, este dispositivo é unidireccional, possibilitando o movimento numa única direcção.

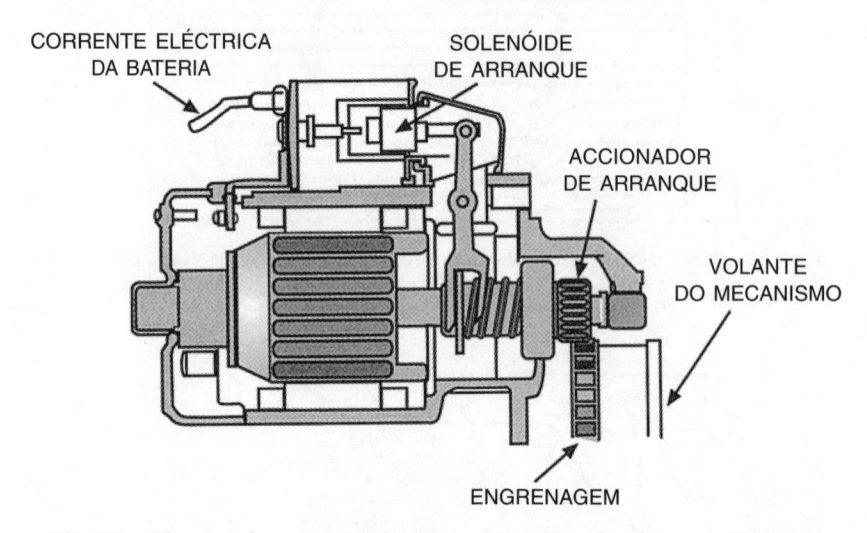

Fig. 33 – Sistema de arranque, com o accionador de arranque ligado à engrenagem do volante.

Para terminar, deve ser mencionado o solenóide de arranque, que está montado sobre o motor. A sua principal função é mover a engrenagem do impulsionador de arranque, de forma a que este engrene no volante. Para além disso, o solenóide liga a bateria ao motor de arranque, permitindo a sua rotação.

O sistema de carga

É necessária uma grande quantidade de corrente para pôr o carro a trabalhar, pelo que a bateria deve ser constantemente recarregada. De facto, ao tentarmos pôr em funcionamento um carro que se recusa a pegar, podemos facilmente acabar por gastar a bateria à força de tanto insistir. Para colocar as coisas de forma simples, tudo aquilo que tiramos de uma bateria deve ser reposto ou recarregado. Além disso, para fazer andar o carro necessitamos de corrente, corrente essa que vamos buscar ao alternador. As pessoas mais velhas lembrar-se-ão com certeza dos dínamos; de facto, os dínamos DC eram comuns nos carros mais antigos, mas hoje em dia todos os carros têm alternadores AC.

Vejamos então os alternadores. Vimos anteriormente que é possível fazer um fio metálico mover-se colocando-o num campo magnético e fazendo passar corrente. Mas o que será que acontece se invertermos as coisas? Imaginemos que o fio se encontra num campo magnético, sem qualquer corrente a passar por ele, e nós começamos a movê-lo. Descobriremos que começa a fluir corrente – por outras palavras, é induzida voltagem no fio metálico (fig. 34). Isto significa que podemos gerar electricidade ao mover mecanicamente um fio num campo magnético. É isto que um alternador faz.

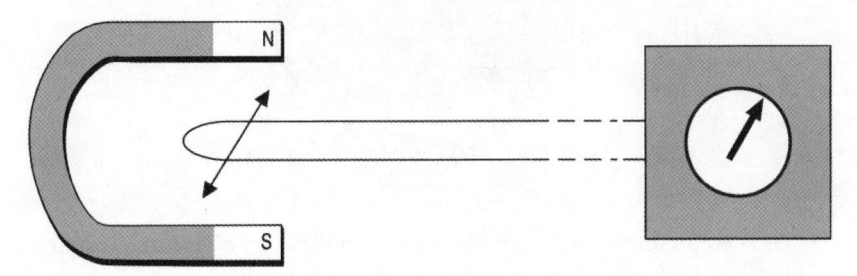

Fig. 34 – Um fio metálico em movimento no interior de um campo magnético cria uma corrente dentro deste.

Um alternador é constituído por duas partes principais: um rotor e uma parte fixa, chamada estator (fig. 35). Como vimos, necessitamos de uma bobina num campo magnético em movimento, ou então de um fio em movimento no interior de um campo magnético estacionário. Acontece que é mais conveniente que seja o campo magnético a mover-se. O campo em movimento é o rotor: este consiste numa bobina de fio que produz um campo magnético, e é colocado entre dois grupos de «dedos» interligados, como mostra a figura 35. Os dedos estão dispostos na direcção norte ou sul, dependendo da sua relação com a bobina. São colocados de tal forma que os pólos norte e sul vão alternando. A corrente é introduzida no rotor através de anéis colectores, similares ao comutador do motor de arranque. O rotor é posto em movimento devido ao facto de estar enganchado ao motor através de uma roldana.

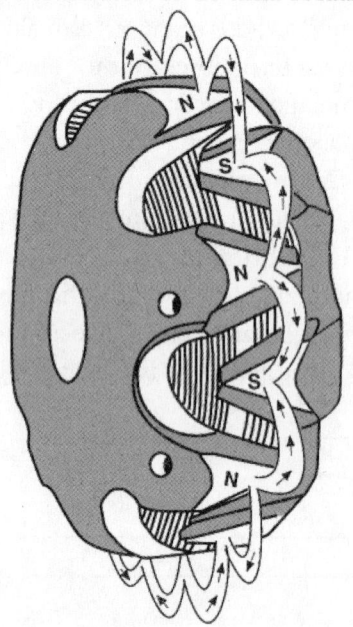

Fig. 35 – Representação de um alternador, mostrando o rotor e o estator. O rotor e o estator são ambos constituídos por bobinas de fio. O rotor move-se; o estator, que o circunda, permanece estacionário.

O estator é uma espécie de invólucro que contém numerosas bobinas que envolvem o rotor. À medida que o rotor se move, as linhas do seu campo magnético atravessam as bobinas do estator e induzem uma corrente eléctrica. As bobinas do estator irão ser sucessivamente expostas a campos magnéticos norte e sul. Deste modo, a corrente que é gerada vai andar para a frente e para trás ao longo das bobinas; por outras palavras, vai ser AC. Porém, nós não queremos AC! Para recarregar a bateria, iremos necessitar de DC. Para além disso, a maior parte dos sistemas do carro necessitam de DC para funcionar. Como podemos obtê-la? É aqui que entram os díodos, de que falámos anteriormente. Podemos usá-los para rectificar a AC (ver fig. 36).

Já sabemos que o díodo permite à corrente fluir apenas numa direcção. Vejamos como isto afecta a AC. Como mostra a figura 36, o díodo bloqueia a corrente que vai na direcção negativa, de maneira que temos semicírculos sem nada entre si. No entanto, se um díodo estiver colocado na direcção oposta, irá bloquear os arcos em alternância. Com uma combinação de díodos adequada, obteremos a corrente representada na figura 36. A partir daqui, é fácil obter DC.

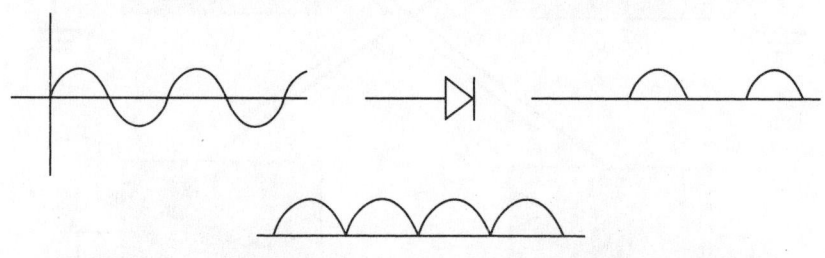

Fig. 36 – Conversão de AC em DC por intermédio de um díodo.

Contudo, agora que já temos DC, deparamo-nos com um problema. A corrente que repomos na bateria e que utilizamos no automóvel tem de ser cuidadosamente regulada. Se o sistema de carga do automóvel estiver a funcionar a 11 volts e a bateria for de 12 volts, esta gastar-se-á rapidamente. Devemos direccionar a corrente para a bateria quando esta estiver em baixo, e devemos parar o fluxo da corrente quando a bateria está completamente recarregada, ou corremos o risco de a sobrecarregar.

Como é que se pode controlar, ou regular, a produção do alternador? Olhando uma vez mais para o rotor e o estator, vemos que o ponto fulcral é a corrente na bobina situada no interior do rotor. À corrente que passa por esta bobina chama-se *corrente de campo*. Se aumentarmos esta corrente de campo, a produção do estator irá também aumentar; da mesma forma, a produção diminuirá se a corrente de campo diminuir. Necessitamos, portanto, de uma resistência variável na bobina atravessada pela corrente de campo. Quando esta resistência variar, a produção do estator irá também variar.

Para que seja eficaz, o regulador deve ser capaz de detectar a voltagem e a corrente em diversas partes do sistema. Em concreto, deve ser capaz de registar as variações de voltagem, como as que ocorrem quando ligamos as luzes. Hoje em dia, os reguladores são computorizados, fazendo parte do computador geral do veículo (ver fig. 37).

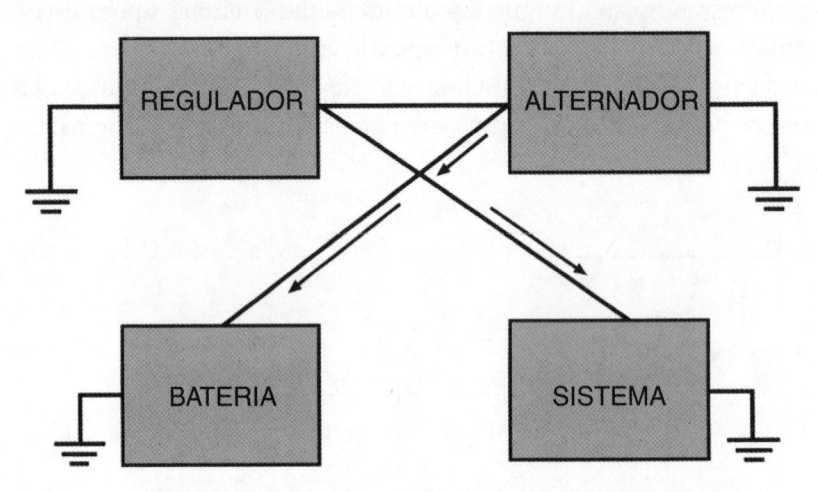

Fig. 37 – Sistema de regulação de um automóvel.

O sistema de ignição

Uma das principais tarefas do sistema eléctrico é fornecer electricidade às velas, para que estas possam iniciar a combustão da mistura gasosa no interior do cilindro, movimentando assim os êmbolos. A voltagem necessária para isto pode chegar aos 20 000 volts ou mesmo mais – porém, a bateria trabalha apenas a 12 volts. A voltagem necessária é fornecida pela bobina da ignição. Como veremos, a bobina de ignição baseia-se num outro princípio da física, que envolve a interacção entre correntes e campos magnéticos.

Já vimos que se enrolarmos um fio metálico em redor de um núcleo de ferro obtemos um campo magnético forte. Comecemos por aqui. Suponhamos que damos umas centenas de voltas em redor do núcleo, com um fio metálico relativamente grosso – este será o nosso circuito primário. Em seguida, utilizemos um fio mais fino para dar uns quantos milhares de voltas em redor do circuito primário (ver fig. 38). Obteremos assim um circuito secundário. Haverá uma resistência muito maior no circuito secundário, em comparação com o primário, devido ao facto de haver muito mais fio. A seguir, liguemos e desliguemos rapidamente o circuito primário – dantes, isto era feito por intermédio de contactos, mas hoje em dia há dispositivos electrónicos que desempenham esta função. Vejamos o que acontece: quando se liga a corrente, o campo magnético aumenta de intensidade; em seguida, uma vez aberto o circuito pri-

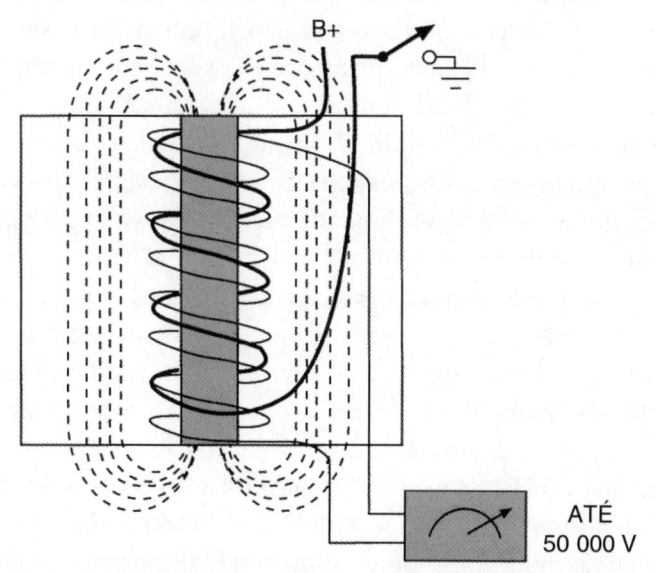

Fig. 38 – Representação da bobina de ignição, mostrando o circuito primário (linha pesada) e o circuito secundário (linha leve).

mário, o campo magnético vai abaixo. Em concreto, o campo corta os fios secundários, induzindo uma alta voltagem no circuito secundário. A dimensão da voltagem está relacionada com o número de voltas nos circuitos primário e secundário, de modo que podemos obter facilmente 20 000 volts a partir do circuito secundário. Esta é a voltagem que será posteriormente aplicada à vela. A corrente será, obviamente, muito baixa.

A bobina de ignição não é mais do que um transformador – um dos meus dispositivos preferidos quando andava no liceu. Construí vários transformadores, esperando usá-los para construir uma «máquina de relâmpagos» de alta voltagem (como o Van de Graaff de que já falei). Porém, decidi abandonar o projecto após umas quantas experiências assustadoras.

A voltagem alta deve ser aplicada na altura certa – por outras palavras, exactamente no momento em que é necessária. Nos sistemas mais antigos, a produção da bobina era direccionada para as velas por intermédio de um distribuidor. Devido ao facto de os automóveis modernos já não terem distribuidores (que estão, aliás, a tornar-se rapidamente em relíquias), não falarei deles neste livro. Hoje em dia, dispositivos electrónicos e sensores desempenham o papel dos antigos distribuidores.

Uma vez que temos, simultaneamente, voltagens extremamente altas e voltagens baixas no sistema de ignição, existe um circuito primário e um circuito secundário. O circuito primário é o circuito de controlo de baixa voltagem; o circuito secundário é o circuito de alta voltagem que alimenta as velas. O circuito geral é parecido com a representação da figura 39. O que se passa ao nível do funcionamento geral do sistema é o seguinte: um sensor detecta o movimento do êmbolo, de forma a determinar o momento em que a vela necessita de disparar. A informação é enviada ao circuito primário, que por seu turno induz um impulso de alta voltagem no circuito secundário. Este impulso irá atravessar o circuito secundário até às velas, fazendo com que estas disparem e iniciem a combustão.

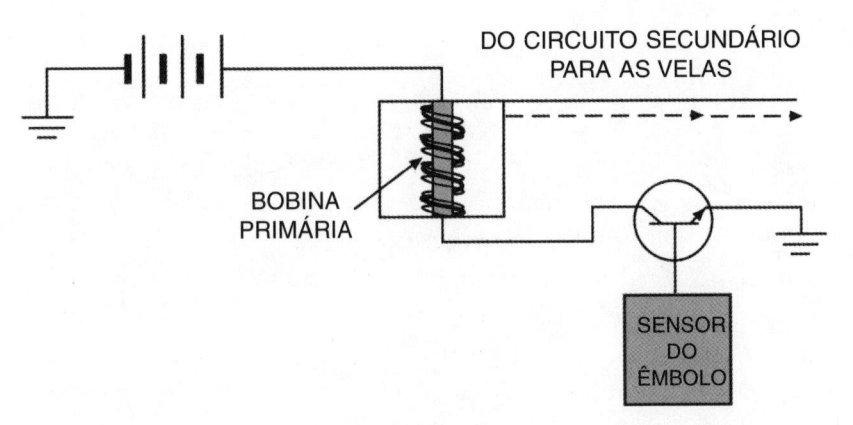

Fig. 39 – Representação do circuito do sistema de ignição.

Existem vários tipos de sensores de êmbolo, ou sensores da po-sição da cambota. A maioria recorre a pequenos campos magnéticos – por exemplo: coloca-se um pequeno íman na cambota e uma bo-bina funciona como sensor; quando o íman passa pela bobina, gera nela uma pequena corrente. Os sensores Hall, muito utilizados, ba-seiam-se no mesmo princípio, ainda que com ligeiras diferenças.

Como vimos, a electricidade e o magnetismo – dois importantes ramos da física – são também determinantes no que toca aos auto-móveis. Sem eles, os carros não poderiam existir.

5

O sistema de travões

Quase toda a gente concorda que é fundamental ter um bom sistema de travões. Seria uma experiência aterradora se porventura de repente tivéssemos de parar e descobríssemos que os travões não funcionavam. Isso nunca me aconteceu, mas há muitos anos algo de semelhante se passou, pouco depois de ter comprado o meu primeiro carro, que era um modelo antigo. No primeiro dia, levei-o para casa cheio de orgulho: sabia que o carro necessitava de muito trabalho, mas era meu. Estava ansioso por experimentá-lo, e por isso fui com um amigo dar uma volta na auto-estrada. Dado que éramos adolescentes, a nossa grande preocupação era saber que velocidade podia atingir o carro. Fiquei contente quando chegou aos 100, e comecei a acelerar mais para ver até onde chegava. Estava tão entusiasmado em aumentar a velocidade que não reparei nos sinais de trânsito com a devida atenção. De repente, apercebi-me que nos estávamos a aproximar de uma curva apertada, e pus o pé no travão. Para meu grande espanto, o carro guinou violentamente para a direita. Assustei-me tanto que quase saí da estrada. Carreguei novamente no pedal do travão, desta vez com mais suavidade, e uma vez mais fomos puxados para a direita.

Íamos ainda a cerca de 80, e a curva apertada estava a aproximar-se. Continuei a travar e, não sei bem como, consegui fazer a curva em segurança. Suspirei de alívio quando finalmente consegui abrandar o carro. Após esta experiência, jurei que iria verificar os travões antes de conduzir qualquer carro.

Os travões modernos estão já a anos-luz dos travões dos carros mais antigos. Os travões hidráulicos foram introduzidos em meados da década de 20 do século XX, e constituíram uma grande inovação. Os travões duplos foram introduzidos em 1968, tornando os carros ainda mais seguros – se um deles falhasse, havia sempre outro de reserva. Hoje em dia, a maior parte dos carros tem travões de disco, e nos últimos anos foi introduzido o ABS, o sistema de travões antibloqueio, que torna os carros ainda mais seguros.

O atrito

A maior parte das pessoas tem noção do que é e para que serve o atrito, nomeadamente durante o Inverno, quando há neve e gelo na estrada e nos passeios. É o atrito que nos impede de dar trambolhões, e é o atrito que faz parar o carro quando travamos.

Quando uma superfície desliza sobre outra pode haver muito ou pouco atrito, dependendo da rugosidade ou regularidade das superfícies. Por exemplo: pode parecer que não há qualquer atrito entre um patim e uma superfície de gelo, mas mesmo nessa situação existe uma pequena quantidade de atrito.

O que causa o atrito? Se olharmos atentamente para uma superfície, encontraremos irregularidades. Por vezes, teremos de utilizar um microscópio para as detectar, mas mesmo assim elas estão lá. À medida que duas superfícies passam uma sobre a outra, as irregularidades de uma apanham as irregularidades da outra, e daí resulta uma força de atrito que se opõe ao movimento. Em suma, cada um dos corpos exerce uma força sobre o outro, e essa força é paralela às superfícies. A força de atrito também pode existir quando não existe movimento entre as superfícies. A força sobre um corpo, por exemplo, pode ser insuficiente para o mover.

Façamos uma experiência. Imaginemos um objecto sobre uma superfície. Como se trata de um livro sobre automóveis, imaginemos que esse objecto é uma roda com pneu. Precisaremos ainda de uma balança de mola (embora não tenha muita precisão, serve para o que queremos). Se empurrarmos levemente o pneu é provável que ele não se mova, e isto deve-se ao atrito que se verifica entre o pneu e a superfície sobre a qual se encontra. Prendamos agora a mola ao pneu, puxando em seguida. Se puxarmos com força suficiente o pneu mover-se-á: de facto, superámos a força de atrito que se opunha ao movimento. Na verdade, essa força não foi completamente superada – se assim não fosse, o pneu continuaria a mover-se indefinidamente, sem qualquer esforço da nossa parte.

Quando o pneu está parado, a força de atrito entre as superfícies é denominada força de atrito *estática*. Assim que o pneu começa a mover-se, a força diminui e passamos a chamar-lhe força de atrito *cinética*. Uma das coisas que se notam imediatamente é que a força de atrito é independente da área de contacto e proporcional apenas à força que mantém as superfícies juntas. Chamamos a isto força *normal*, que designamos habitualmente por N.

Uma vez que a força de atrito depende de N, há uma relação matemática entre as duas: $F \leq \mu N$, em que μ é o coeficiente de atrito, que nos dá a medida de quão rugosas ou regulares são as superfícies de contacto, ou de quão facilmente elas deslizam uma sobre a outra. Usamos o símbolo $\leq$ porque se trata de uma força variável. Por outras palavras, podemos empurrar o pneu com diferente intensidade de força até que se mova.

No entanto, há que ter cautelas. Imaginemos que estamos a puxar o pneu mas este ainda não se está a mover. Neste caso, estamos a lidar com atrito estático e a relação é $F \leq \mu_s N$, em que μ_s é o coeficiente de atrito estático. No entanto, quando o pneu começa a mover-se já não temos variabilidade. Uma só força é necessária para o mover de modo uniforme. Além disso, o coeficiente de atrito diminui assim que o pneu começa a mover-se, de tal forma que já não podemos usar μ_s. O nosso novo coeficiente de atrito será μ_k, e chamar-lhe-emos coeficiente de atrito cinético, cuja fórmula será

$$F = \mu_k N.$$

Note-se que tanto F como N são forças com as mesmas unidades, logo μ_s e μ_k não possuem dimensão; por outras palavras, não têm unidades, sendo um número entre 0 e 1. Um coeficiente de atrito próximo de 0 indica uma superfície muito escorregadia; perto de 1 indica uma superfície rugosa.

Alguns exemplos de coeficientes de atrito são:

	μ_s	μ_k
Borracha sobre betão	0,90	0,70
Cobre sobre vidro	0,68	0,53
Madeira de carvalho sobre madeira de carvalho	0,54	0,32
Latão sobre aço	0,54	0,32
Aço sobre gelo	0,02	0,01

Uma vez que estamos principalmente interessados em carros, consideremos alguns casos de pneus sobre uma estrada de betão:

	μ_s	μ_k
Betão seco – baixa velocidade	0,9	0,7
Betão seco – alta velocidade	0,6	0,4
Betão molhado – baixa velocidade	0,7	0,5

Parar o carro – a desaceleração

Normalmente, quando pensamos num carro, em particular num carro de alta cilindrada ou num carro de corrida, pensamos na sua aceleração. Quanto tempo demora dos 0 aos 100? De facto, se olharmos para as características dos novos carros em qualquer revista da especialidade, esta é uma das primeiras informações fornecidas.

No entanto, é igualmente importante sabermos a resposta à seguinte questão: quanto tempo é necessário para fazer com que o carro pare? Como veremos, há muitas limitações – mesmo que o carro tenha travões excelentes –, uma das quais está relacionada com a força exercida sobre o nosso corpo quando paramos o carro bruscamente (também sentimos esta força ao acelerar). Como se sabe, quando um astronauta levanta voo num foguetão, o seu corpo é alvo da força exercida por vários g. É óbvio, portanto, que os condutores de um automóvel também sentem o efeito dos g quando aceleram ou desaceleram.

Vejamos qual é esse efeito. Ao abrandar a 1 g estamos a desacelerar a 9,75 metros/segundo a cada segundo. Por outras palavras, se começássemos nos 19,5 metros/segundo, em um segundo estaríamos a 9,75 metros/segundo, e aos dois segundos estaríamos a zero. Parece óptimo; porém, se parássemos o carro a 1 g iríamos certamente senti-lo: todos os objectos que não estivessem seguros seriam projectados para a frente, e se tivéssemos o cinto de segurança posto ficaríamos provavelmente sufocados com a pressão do mesmo. Por outro lado, se não tivéssemos o cinto de segurança as coisas seriam muito piores.

A taxa máxima de desaceleração que uma pessoa num veículo de passageiros pode aguentar situa-se entre os 0,6 e os 0,8 g. Na maioria das vezes travamos com uma força de aproximadamente 0,2 g. Qual é a força exercida sobre o nosso corpo nessas travagens? Digamos que o passageiro pesa 72 kg. Com 0,8 g sentiria uma força de 57,6 kg (se estivesse com o cinto posto); com 0,6 g sentiria uma força de 43,2 kg; com 0,2 g a força exercida seria de 14,4 kg. Apenas esta última paragem seria razoavelmente confortável.

Obviamente, a 0,8 g a paragem é muito más rápida. É fácil demonstrar que se reduziria a velocidade a 7,85 metros/segundo por cada segundo; assim, se começássemos a travar aos 96,5 km/hora a nossa velocidade em quilómetros/hora seria de 67,17 ao primeiro segundo, 37,8 aos dois segundos e 8,45 aos três segundos. Com 0,2 g estes números seriam: 89,5 km/h ao primeiro segundo; 82,4 aos dois segundos; 75,3 aos três segundos e 68,2 aos quatro segundos. Em suma, nesta última situação passariam mais de doze segundos antes que conseguíssemos parar, o que pode ser mais do que o necessário.

Outra coisa que nos interessa é a distância de travagem, isto é, a distância mais curta necessária para parar sem deslizar ou derrapar. Esta distância é-nos dada por

$$s = v_0^2 / 2g\mu_s.$$

Note-se que estamos a lidar com duas superfícies (o pneu e a estrada) que não estão a deslizar relativamente uma à outra, pelo que devemos usar μ_s.

Uma vez mais, por meio de substituição de números, descobrimos que para uma velocidade inicial de 96,5 km/h (26,8 metros/ /segundo), sobre estrada de betão seco, e sendo $\mu_s = 0,8$, temos uma distância de paragem de 46,1 metros. Quanto tempo é que isto demoraria? Podemos determiná-lo através da fórmula

$$s = \frac{1}{2} at^2.$$

Dá-nos 3,24 segundos. É importante lembrar que esta é a distância de travagem mais curta, e é fácil demonstrar que se trata de uma travagem a 0,8 g, o que transmitiria ao corpo do passageiro uma força de 56,7 kg (supondo que este pesava 72 kg). Escusado será dizer que isto seria muito desconfortável.

Voltando aos coeficientes de atrito que referi anteriormente, vemos que a condição da estrada é também relevante numa travagem – em especial, se a estrada está molhada, seca ou com gelo. O estado dos pneus é também importante, como mostra a tabela 5 (note-se que os valores nesta tabela são aproximados e dependem de muitos factores).

Tabela 5 – Coeficiente de atrito em várias condições, para pneus novos e usados

	Condições climatéricas (μ_s)			
Estado dos pneus	*Tempo seco*	*Tempo húmido (chuva fraca)*	*Tempo húmido (poças de água)*	*Gelo*
A 100 km/h				
Novos	0,9	0,6	0,3	0,05
Usados	0,9	0,2	0,1	0,005
A 130 km/h				
Novos	0,8	0,55	0,2	0,005
Usados	0,8	0,2	0,1	0,001

O que é que isto nos diz? Já vimos que a distância de paragem mínima em estrada seca, a uma velocidade de 100km/h, era de 46,1 metros. Qual será o aumento desta distância em situações de piso molhado ou gelo? Os resultados são os seguintes:

Chuva fraca (pneus novos)	61,5 metros
Chuva fraca (pneus usados)	184,4 metros
Chuva forte (poças de água e pneus usados)	368,8 metros
Gelo (pneus novos e usados)	3688 metros

Estes resultados dão-nos uma ideia de quão perigosas são as estradas molhadas ou com gelo. Sei por experiência própria como uma estrada com gelo pode pôr os cabelos em pé a qualquer condutor. Quando era mais novo frequentava uma universidade a cerca de 320 km da minha terra natal, e parte da estrada seguia por uma zona de montanha com muita neve durante o Inverno. Todos os anos, pelo Natal, quando terminavam os exames, regressava a casa, geralmente com outros estudantes no carro. Sempre me preocupei com a estrada, e tinha correntes para qualquer eventualidade. No entanto, detestava colocar as correntes, porque assim que deixava a zona de montanha tinha de parar para as retirar.

Numa dessas viagens, íamos a cerca de 100 à hora quando subitamente os pneus traseiros começaram a deslizar, talvez devido ao facto de eu ter efectuado uma travagem. Assim que começámos a derrapar, toda a gente se calou enquanto eu tentava recuperar o controlo do veículo. Nada parecia resultar, e tenho a certeza que, vários minutos depois, continuávamos a ir a uma velocidade de cerca de 100 km/h.

O carro continuou a dar voltas, e começámos a descer a estrada ao contrário, parecendo-me que ainda não abrandáramos nada. O declive na berma da ravina era acentuado, no mínimo, mas havia um banco de neve entre a estrada e a ravina, de modo que não estava muito preocupado com esta. O que de facto me preocupava era a possibilidade de dar com outro carro a vir na direcção contrária.

Finalmente, após o que me pareceu uma eternidade, o carro acabou por parar. Ninguém disse nada, mas houve alguns suspiros bastante profundos. O carro estava a apontar na direcção errada. Fomos buscar as correntes e começámos a colocá-las. Foi nessa altura que surgiu um grande camião, daqueles usados para espalhar areia na estrada. O camião parou e o condutor gritou-nos:

– Não é preciso colocarem as correntes! Já espalhei areia daqui até à cidade!

Toda a gente desatou a rir. O condutor do camião deve ter ficado a pensar que éramos um pouco loucos, mas depois dissemos-lhe que não estávamos a viajar na direcção para a qual o nosso carro estava apontado. Não é, portanto, novidade nenhuma que o gelo, com um coeficiente de atrito de 0,001 ou menos, pode ser fatal – nesse dia, tivemos muita sorte.

Tive oportunidade de mostrar que a distância mínima para parar um carro, começando nos 100 km/h com $\mu_s = 0,8$, é de cerca de 46 metros. No entanto, se olharmos para as revistas de automóveis, veremos valores menores. Por exemplo:

Modelo	Distância de paragem dos 100 aos 0 (metros)
Ford Thunderbird	37,5
Audi A8L	37,8
Cadillac Seville STS	36,3
Chevy Camaro SS	36,6
Ford SVT Mustang Cobra	36,9
BMW 540i Sport	36,9
Lexus GS 430	35,1
Mercedes-Benz E430 Sport	35,4
Kia Reo	47,2
Acura TL	38,7
Saab 9³ Viggen	36,9
Volvo S60	36,3

Claro está que estes exemplos se referem a condições ideais. Porque são tão inferiores ao valor que calculámos? Os travões estão, obviamente, em constante evolução, e em resultado disto o coeficiente de atrito dos travões e dos calços está sempre a melhorar. Estes números são apenas uma indicação de quão elevado é o coeficiente. Utilizámos nos nossos cálculos $\mu_s = 0,8$, mas hoje em dia já se utilizam valores mais altos para os carros novos. Claro está que, se calcularmos a força g exercida sobre os corpos para estas distâncias de travagem, descobriremos que anda perto de 1 g.

A sequência de paragem

Para além da pressão exercida sobre o pedal do travão, há vários factores relacionados com a paragem. Geralmente, uma paragem súbita começa com a percepção de um qualquer perigo. O nosso pé reage rapidamente, pressionando o pedal do travão. Alguns segundos depois, o carro pára. No entanto, se atentarmos nos pormenores, vemos que há diversas fases numa sequência de paragem e que cada uma delas pressupõe um certo intervalo de tempo. Cada um desses intervalos é, de facto, muito curto, mas é preciso ter em conta que a 100 km/h o carro percorre uma distância considerável num curto espaço de tempo.

Em primeiro lugar, temos o período de espanto – o curto período de tempo em que nos apercebemos de algum perigo. O nosso pé move-se rapidamente na direcção do pedal. A rapidez com que se chega ao pedal depende do tempo de reacção – os nossos reflexos. Os tempos de reacção podem variar consideravelmente – desde os 0,3 aos 1,8 segundos; apenas os condutores muito experientes e qualificados têm tempos de reacção de 0,3 segundos. Este tempo depende também de outros factores, como a idade, a saúde, a taxa de alcoolemia, a distracção. O tempo de reacção, juntamente com o tempo de espanto, pode demorar um segundo ou mais, dependendo da perícia do condutor. Imaginemos um bom condutor, que consegue desencadear a travagem em 0,5 segundos. A próxima etapa a considerar é o tempo de aplicação, ou o tempo de resposta do sistema de travões, que pode demorar outros 0,3 segundos. Depois, temos o tempo de acumulação de pressão, que pode levar 0,75 segundos. Todos estes factores são mostrados na figura 40.

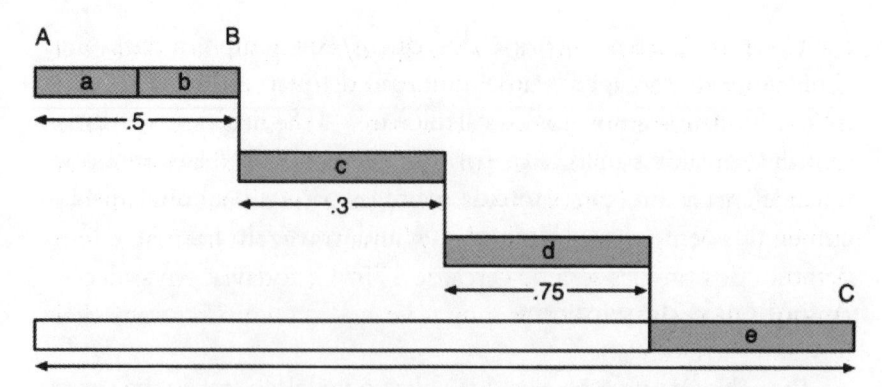

Fig. 40 – A sequência de paragem. A é o ponto no qual o perigo é percepcionado; B é quando se pisa o pedal, ou o início da travagem, e C representa o momento de paragem completa; a é o tempo de espanto, b é o tempo de reacção, c é o tempo de aplicação, d é o tempo de mobilização, e e representa o início do efeito máximo de travagem; a seta na base mostra o tempo total de paragem.

Uma máquina calorífica

Normalmente não pensamos no carro como uma máquina calorífica; porém, no momento de travagem, um carro é exactamente isso. Um veículo em andamento tem energia cinética e, como vimos no capítulo 2, a fórmula para a energia cinética é

$$KE = \tfrac{1}{2}\,mv^2.$$

Além disso, sabemos que a energia se conserva, pelo que só podemos mudar a sua forma. Isto significa que, se quisermos parar o carro, teremos de nos livrar da sua energia cinética, e a única maneira de fazer isto é convertê-la numa outra forma de energia. Esta «outra» forma é, normalmente, o calor. Quando pisamos o pedal do travão geramos uma grande quantidade de calor nos calços e noutras partes dos travões.

Imaginemos que o nosso carro vai a 100 km/h. Quanta energia cinética terá? Um cálculo rápido, para um carro de 1134 kg, dá

$$KE = \tfrac{1}{2}\,mv^2 = \tfrac{1}{2}(W/g)v^2 = 450,177 \text{ kgf/m.}$$

Um BTU anda à volta dos 1157,8 kgf/m, logo temos uma energia cinética de 389 BTU. Isto significa que teremos de nos livrar de 389 BTU de calor antes que o carro pare. À medida que os travões são accionados e o calor é gerado, os travões necessitam de ser arrefecidos através da circulação de ar. O calor irá ainda, obviamente, aumentar a temperatura das rodas. Numa travagem normal, a temperatura dos travões será de cerca de 175° C; todavia, em situações em que seja necessário travar muitas vezes, esta temperatura pode ir dos 260° aos 425°.

O sobreaquecimento dos travões é especialmente preocupante para os camionistas que trabalham em estradas montanhosas; normalmente, os demais condutores não necessitam de se preocupar com esta situação, embora possam por vezes surgir problemas. Uma vez, regressávamos de um acampamento nas montanhas por uma estrada de declive acentuado, cheia de curvas e contracurvas. Quando descíamos na nossa autocaravana, comecei a sentir problemas nos travões, e quando saí para os verificar apercebi-me que crepitavam, de tão quentes que estavam. Durante essa descida, tive de parar várias vezes para «descansar» os travões.

Os calços dos travões

O atrito é extremamente importante na interacção entre a estrada e o pneu, mas é igualmente importante ao nível do calço, o revestimento do travão. Os coeficientes de atrito dos calços do travão variam consideravelmente. Os carros de passageiros possuem normalmente calços de travão com coeficientes entre os 0,25 e os 0,35. Se o coeficiente de atrito for menor do que 0,15, o poder de travagem do veículo será reduzido, e se for superior a 0,55 os travões tenderão a «agarrar» em demasia.

Muitos factores determinam a qualidade de um calço de travão. Entre eles, contam-se a resistência ao enfraquecimento, a durabilidade ao nível do rotor, o tempo de vida do calço, o nível de ruído da actuação. O enfraquecimento é a diminuição que ocorre em quando os travões ficam quentes.

Uma das coisas mais importantes num calço é o material de atrito, ou seja, as fibras de pequena dimensão (ou, por vezes, relativamente grandes) que possibilitam o atrito e a resistência ao calor. A maior parte dos revestimentos dos calços são metálicos, semimetálicos ou sintéticos. O amianto era bastante utilizado para revestir os travões, mas hoje em dia a maior parte dos revestimentos é de alta tecnologia – os calços modernos contêm múltiplas camadas de atrito em material de carbono. Estes novos materiais, para além de terem uma vida útil mais longa, possibilitam uma melhor paragem: permitem uma melhor resposta ao enfraquecimento do travão, reduzem as irregularidades de travagem, eliminam mais eficazmente o ruído e diminuem a poeira resultante da travagem.

A tracção dos pneus e a transferência de peso

Imaginemos que estamos a entrar na última volta da corrida mais importante da época. Estamos em primeiro lugar, mas somos perseguidos pelo piloto favorito, que está poucos metros atrás de nós – podemos vê-lo, pela janela lateral, no nosso campo de visão periférica. Uma última volta, e seguir-se-á a recta final. Aceleramos, depois travamos – no entanto, fizemos a curva com demasiada velocidade. Os espectadores estão todos levantados. Sentimos que os pneus traseiros começam a derrapar. Uma sensação de vazio atinge-nos em cheio no estômago: cometemos um erro. Lutamos para controlar o veículo no momento em que o nosso rival nos ultrapassa. Segundos depois, cruzamos a linha de chegada – em segundo lugar. Rogamos umas quantas pragas por ter deixado os nossos pneus perderem tracção.

A tracção é, de facto, importante. Trata-se da medida do grau de aderência dos pneus à estrada, e depende da chamada *superfície de contacto* – uma superfície no pneu, de forma sensivelmente oval, que está em contacto com o chão. Tudo o que acontece entre o pneu e o carro depende desta superfície. A sua posição no pneu muda, obviamente, à medida que o pneu roda; no entanto, esta superfície tem sempre o mesmo tamanho e, partindo do princípio de que o pneu é perfeitamente uniforme, as suas características são sempre iguais (ver fig. 41).

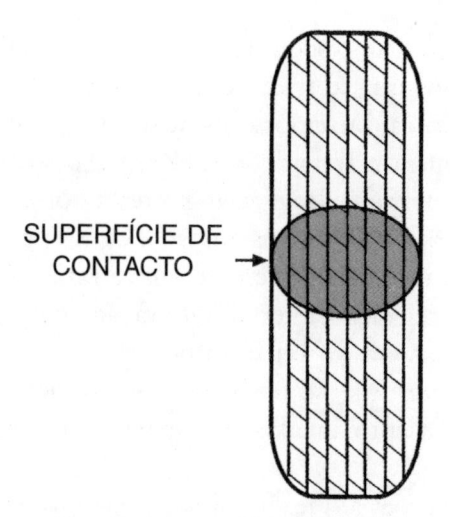

SUPERFÍCIE DE CONTACTO →

Fig. 41 – A superfície de contacto.

Se aplicarmos uma força superior à «aderência» do pneu (a força que o segura), este vai começar a derrapar. Podemos determinar o momento em que isto acontece com a fórmula $F = \mu W$. Sabemos que $W = mg$, em que g é a aceleração provocada pela gravidade. Nem todo o peso do carro está sempre sobre os pneus; a transferência de peso pode também ser causada por travagens, acelerações ou curvas. Para ter essas transferências em conta, aplicaremos um factor x. Assim, $W = xmg$. Ora, a aceleração resultante da força F é $a = F/mx$, e portanto

$$a_{max} = F/mx = \mu W/mx = \mu xmg/mx, \text{ ou } a_{max} = \mu g.$$

Esta é a aceleração máxima que um pneu pode suportar antes de começar a derrapar; surpreendentemente, esta velocidade é independente do peso do carro. É fácil mostrar porquê. Usando as mesmas fórmulas, temos que

$$F/W = \mu = a_{max}/g = a_{max} \text{ (em termos de g).}$$

Agora, retiremos um pneu do carro e carreguêmo-lo com um peso. Suponhamos que se trata de um peso de 45 kg. Utilizando uma balança de mola, puxemos o pneu até este se mover e registemos o valor na balança. Trata-se de F; W será o peso do pneu adicionado a 45 kg. Determinando a razão entre os dois, admitamos que chegamos a $a_{max} = 0,9$ g. Se pusermos 90 kg no pneu e fizermos a mesma coisa, teremos um F diferente, mas a razão continuará a ser 0,9 g. Assim, a aceleração anterior à derrapagem do pneu é a mesma. Por outras palavras, o pneu irá derrapar à mesma aceleração, independentemente do peso envolvido. Na prática, isto é verdade apenas em termos aproximados, mas para o que queremos é um bom começo.

Com as conclusões a que chegámos, podemos definir o chamado *círculo de tracção* (ou *círculo de atrito*) (fig. 42). Suponhamos um pneu que derrapa a 1 g. Podemos desenhar um círculo com a aceleração numa das direcções, a travagem na direcção oposta, e a viragem (à direita e à esquerda) na perpendicular. Representamos o movimento com uma seta. A partir do círculo traçado na figura 42, conclui-se que não haverá qualquer tracção disponível para efectuar uma mudança de direcção se o pneu estiver a utilizar toda a sua tracção para acelerar ou travar. Ao tentarmos virar, o pneu deslizará. De igual modo, se estivermos a virar perto do limite de 1 g, não terá tracção para travar ou acelerar – se tentarmos fazê-lo, o carro irá deslizar. Como veremos no capítulo 9, o círculo de tracção é particularmente importante para pilotos de corrida.

As derrapagens podem levar à perda de controlo do carro, podendo por isso ser muito perigosas. Porém, uma pequena derrapagem controlada pode ser vantajosa. De facto, um pneu produz a sua tracção máxima ao deslizar 20%, uma vez que a zona de contacto com a superfície da estrada é maior (deslizar a 20% produz apenas ligeiras marcas de derrapagem). Todavia, com taxas de derrapagem superiores a 20%, o condutor pode perder o controlo do veículo.

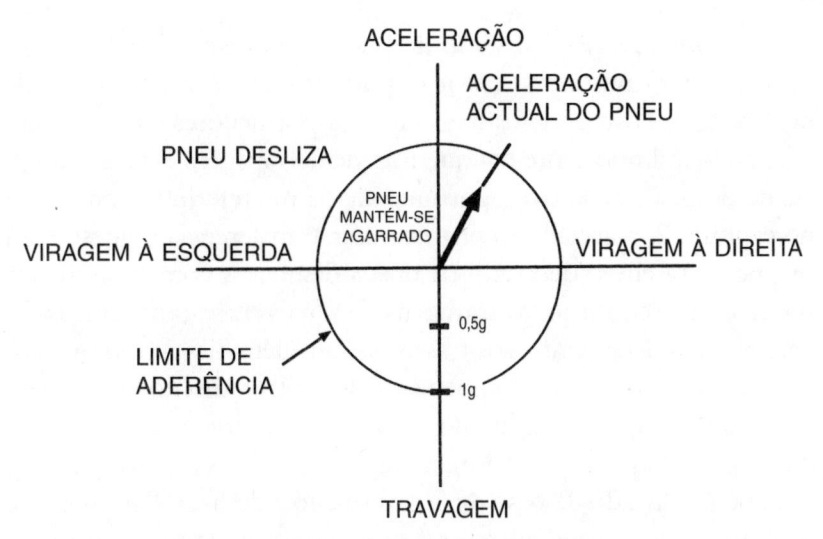

Fig. 42 – O círculo de tracção. O pneu mantém-se agarrado à estrada
dentro do círculo, mas desliza fora deste.

Igualmente importante para os condutores é o *ângulo de derrapagem*, ou seja, a distância angular entre a direcção a que a roda viaja
e a direcção da superfície de contacto. Mencionei anteriormente que
a fórmula $F = \mu W$ é apenas verdadeira em termos aproximados, já
que se aplica unicamente a pneus não elásticos. Ora, nós sabemos
que os pneus verdadeiros são elásticos. Em especial, a forma dos
pneus muda consideravelmente sob o efeito das forças a que está
sujeita – ora, estas deformações têm efeitos no deslizamento, criando o referido ângulo de derrapagem.

Devido ao facto de ser elástico, ao ser esticado e deformado o
pneu irá transmitir força para a roda e, consequentemente, para o
carro. Um pneu pode ser deformado de diversas formas. Em primeiro lugar, temos a *deformação radial*, que se manifesta por uma
protuberância na parte lateral do pneu, junto à superfície de contacto. Em segundo lugar, a *deformação axial*, que tende a puxar o pneu
para fora do aro da jante. Em terceiro lugar, a *deformação por torção*,
a diferença ao nível de deformação axial entre a parte de trás e a
parte da frente da superfície de contacto. Finalmente, temos a *defor-*

mação ao nível da circunferência do pneu. Todas estas formas de deformação têm um efeito em μ e, portanto, em F e no ângulo de derrapagem. Discutiremos mais tarde os pormenores deste ângulo.

Também importante em questões de derrapagem é a transferência de peso, a que já tive oportunidade de me referir. Como vimos no capítulo 2, a aceleração provoca uma transferência de peso para os pneus traseiros, deixando os pneus dianteiros com uma menor tracção; por seu turno, as travagens dão mais tracção aos pneus dianteiros, em detrimento dos traseiros. Para além disso, as viragens à direita dão mais tracção ao pneu situado no lado direito e menos ao pneu esquerdo; de igual modo, as viragens à esquerda fazem com que o pneu esquerdo tenha mais tracção do que o direito. Quando um pneu é aliviado de peso está mais sujeito a deslizar. Por exemplo, quando a tracção dos pneus traseiros sofre uma redução, torna-se mais provável que estes derrapem, fazendo deslizar a parte traseira do carro numa determinada trajectória. Estas derrapagens estão normalmente associadas a situações de bloqueio de travões.

Num capítulo anterior, chegámos a uma fórmula para a transferência de peso. Utilizando esta fórmula, podemos calcular a transferência de peso num carro de 1585 kg com uma distribuição de peso de 55/45% à volta do centro da massa. Para diferentes valores de g, teremos as seguintes distribuições (indicando, respectivamente, o peso à frente, o peso atrás e a quantidade de peso transferida): para 0,2 g, 59/41%, 59,9 kg; para 0,4 g, 53/37%, 119,7 kg; para 0,6 g, 67/33%, 180,1 kg.

A hidráulica e o sistema de travões

Deixemos agora as paragens, as derrapagens e a tracção. Analisemos o sistema de travões em si. Como vimos anteriormente, os primeiros automóveis tinham travões mecânicos que eram muito pouco eficientes, tornando-se mesmo perigosos em determinadas situações. Em meados da década de 20 do século passado surgiram os travões hidráulicos, que constituíram uma grande evolução face aos antigos travões mecânicos.

Os travões hidráulicos permitiram uma diminuição considerável da distância de paragem. A sua principal vantagem é o facto de possibilitarem a aplicação de uma força igual em ambos os calços de travão, pelo que o poder de travagem no lado esquerdo do carro é igual ao poder de travagem no lado direito – o que nos ajuda a parar de uma forma regular e contínua.

O sistema de travões é constituído por um calço de travão, uma unidade de disco de travagem e um sistema de canalização de freio, que estabelece a ligação ao cilindro principal da roda. As linhas de canalização de freio partem do cilindro principal em direcção às rodas; são normalmente em aço, à excepção da parte junto das rodas, onde, devido ao movimento, o aço tem de ser substituído por um material flexível (ver fig. 43).

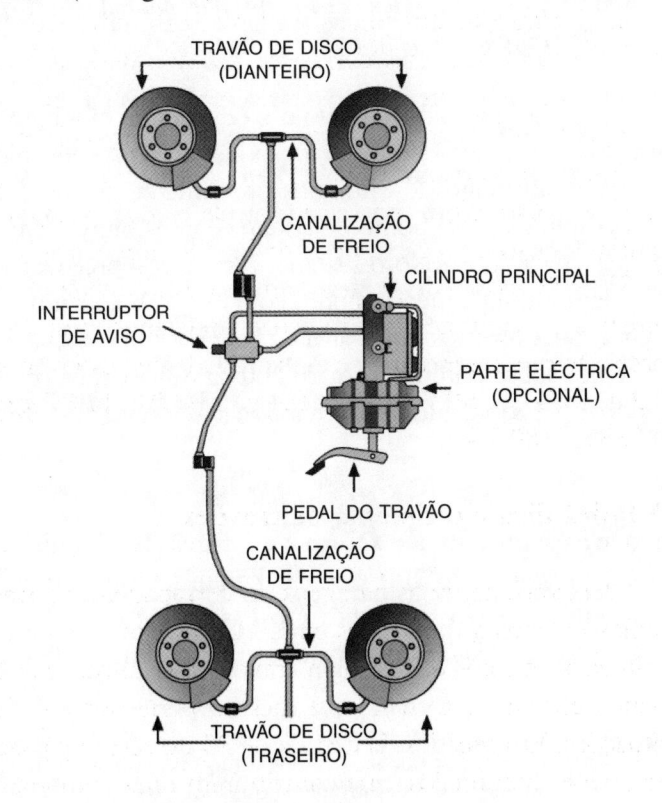

Fig. 43 – O sistema de travões

Quando pisamos o pedal do travão, o cilindro principal, que é basicamente uma bomba hidráulica, dá pressão ao óleo do travão e empurra-o pelos tubos de aço até às rodas. Uma válvula reduz a pressão inicial nos travões dianteiros, para que os traseiros comecem a travar ligeiramente antes. O óleo no sistema encontra-se sobre pressão, e esta pressão é aplicada sobre os pequenos pistões no calibrador. Isto faz com que o calço do travão se encoste ao rotor – o atrito daí resultante faz parar o carro.

O princípio no qual se baseiam os travões hidráulicos foi descoberto em 1650 pelo físico francês Blaise Pascal. Este princípio é conhecido como a lei de Pascal:

A pressão exercida sobre um líquido confinado num espaço fechado é transmitida, sem diminuição de intensidade, em todas as direcções, agindo com força igual em todas as áreas iguais.

A principal razão que leva ao uso de sistemas hidráulicos nos automóveis é o facto de os líquidos, não podendo ser comprimidos, fluírem facilmente ao longo de caminhos previamente elaborados. Assim, a pressão aplicada num ponto do sistema é transmitida, sem diminuição de intensidade, por todo o sistema. Para se compreender isto melhor, imaginemos um pequeno cilindro com um êmbolo e um fluido no seu interior. Suponhamos que a área da base do êmbolo é de 4 cm^2 e que exercemos sobre ela uma força de 200 kg. Qual será a pressão sobre o fluido? A pressão e a força são relacionadas através da fórmula

$$p = F/a,$$

em que p é a pressão, F é a força e a é a área. Isto significa que, neste caso, a pressão é de 200/4 = 50 kg/cm^2. Outra unidade normalmente utilizada em hidráulica é o Pascal (ou o kiloPascal = 1000 Pascals) (*). A relação entre os dois é: 1 kg/cm^2 = 98,0665 kP.

(*) Pascal: unidade de pressão definida como a pressão uniforme que, actuando sobre uma superfície plana de um metro quadrado, exerce perpendicularmente a essa superfície uma força total de um newton *(N. do T.)*.

Pascal descobriu também que os líquidos podem ser utilizados para transmitir movimento. Devido ao facto de a pressão ser transmitida sem qualquer diminuição ao longo do fluido, sabemos que, se um êmbolo for empurrado um centímetro para baixo, um outro êmbolo de área igual, situado noutra parte do sistema, irá mover-se também um centímetro (fig. 44).

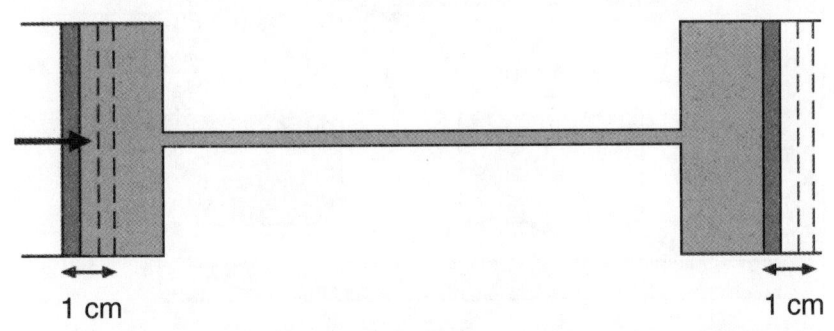

1 cm   1 cm

Fig. 44 – O princípio de Pascal. Se o êmbolo da esquerda for empurrado um centímetro, o da direita terá um movimento de igual valor – supondo que ambos têm o mesmo tamanho.

O que acontecerá se o tamanho do segundo êmbolo for diferente? Imaginemos um êmbolo com um centímetro de diâmetro. A sua área será de $\pi r^2 = 3,141(0,5)^2 = 0,785$ cm², e se o empurrarmos um centímetro o volume será de 0,785 cm³. Por outras palavras, serão deslocados 0,785 centímetros cúbicos de líquido. Se o segundo êmbolo tiver um diâmetro de 0,5 centímetro, a sua área será de 0,154 cm² e terá um movimento resultante de 0,785/0,154 = 5 centímetros.

Podemos ainda fazer variar a força exercida sobre um êmbolo num sistema fechado. Consideremos um sistema com três êmbolos, tal como mostra a figura 45. O êmbolo A tem uma área de 1 cm², o B tem uma área de 0,5 cm² e o C uma área de 2,5 cm². Se aplicarmos uma força de 100 kg em A teremos (recorrendo a $F = pa$) 50 kg de força em B e 250 kg em C. É de notar, todavia, que a distância através da qual a força foi exercida varia em cada caso. A força em C é de 250 kg, mas é exercida através de uma distância de apenas 1/2,5 da distância original.

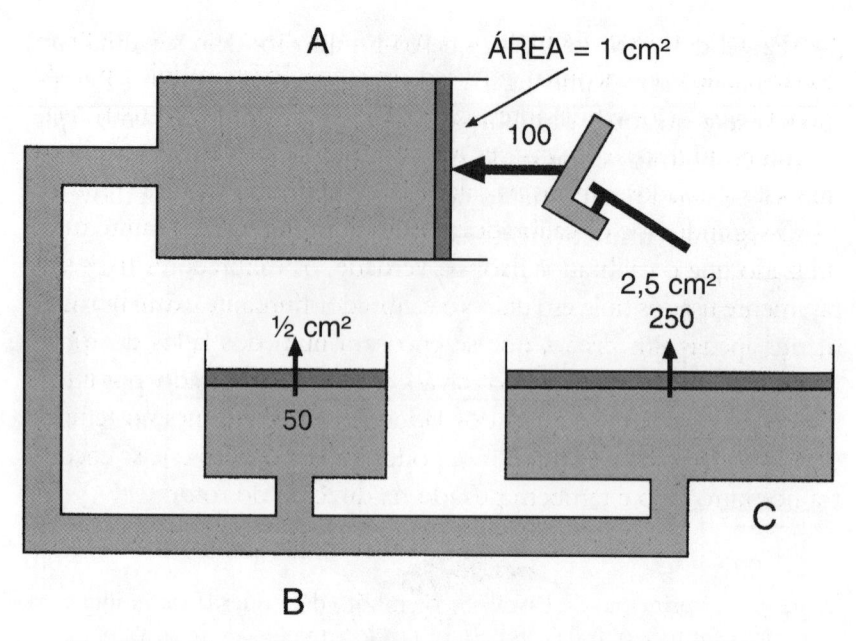

Fig. 45 – Aplicação do princípio do Pascal a êmbolos de diferentes tamanhos.

Os travões de disco

Hoje em dia, são utilizados travões de disco e travões de maxilas e tambor. Alguns carros possuem ainda travões de disco à frente e travões de tambor atrás, mas estes últimos estão cada vez mais a ser postos de parte. Em breve serão uma relíquia do passado, e por isso não irei falar muito deles.

Num travão de disco, no momento da travagem, os calços de travão são apertados contra um rotor de metal. Basicamente, o travão consiste, por um lado, num rotor de metal liso, em forma de disco e que gira com a roda; e, por outro, num componente estático montado sobre o disco, chamado *compasso de calibre* ou *calibrador*. A travagem ocorre quando o calibrador força os calços contra os dois lados do disco em rotação (ver fig. 46).

O calibrador é constituído por um pistão, ou conjunto de pistões, e pelo calço do travão. Quando se trava, o óleo do travão dirige-se para os travões e empurra o pistão, que, por sua vez, irá pressionar o calço de encontro ao disco ou rotor. Existem dois tipos de calibradores: fixos e flutuantes. Os primeiros permanecem fixos relativamente ao disco, com pistões em ambos os lados deste. Quando os travões são usados, ambos os calços são empurrados contra o rotor.

O segundo tipo de calibrador, o calibrador flutuante, é muito mais utilizado que o calibrador fixo; na verdade, os calibradores fixos são raramente usados hoje em dia. No calibrador flutuante existe normalmente apenas um pistão, que se encontra num dos lados do rotor. Assim que pisamos o pedal do travão, o calço é empurrado, por intermédio do pistão, contra um dos lados do rotor. Ao mesmo tempo, devido ao facto de o calibrador se poder mover, o calço que se encontra no outro lado é também puxado na direcção do rotor.

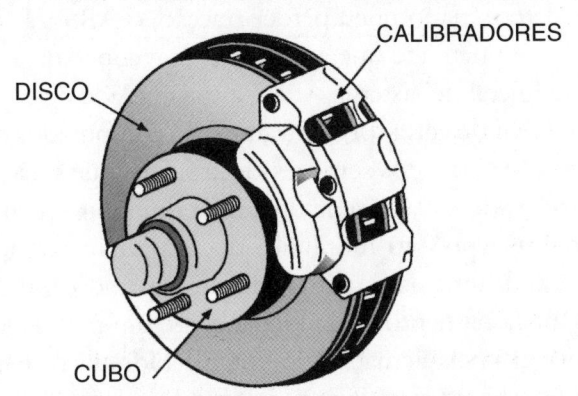

Fig. 46 – Travões de disco.

Os travões de disco têm vantagens e desvantagens. São refrigerados pela circulação do ar, pelo que se mantêm mais frescos que os travões de maxilas e tambor. No entanto, necessitam por vezes de intensificadores eléctricos.

O ABS

O ABS, ou sistema de travagem antibloqueio, tem como objectivo evitar as derrapagens que ocorrem quando os travões bloqueiam.

Na maior parte dos casos, este sistema permite uma travagem segura e eficaz. Foi usado pela primeira vez no final da década de 60, e em meados da década de 80 era já bastante comum. Hoje em dia, o ABS é equipamento de série em muitos carros novos.

Este sistema de travagem não produz necessariamente uma paragem mais curta em qualquer superfície. Em betão seco, uma travagem com recurso a travões normais é praticamente igual a uma travagem com ABS. Contudo, quando perdemos tracção numa estrada molhada ou com gelo, o ABS dá-nos um tempo de travagem mais curto e (o que é ainda mais importante) permite-nos manter o controlo do carro.

O ABS monitoriza a velocidade de cada roda, o que lhe permite determinar quais os pneus que estão a funcionar correctamente e quais não estão. Por outras palavras, o ABS verifica a tracção dos pneus: se determinado pneu perder tracção, o ABS irá soltar o travão sobre esse pneu, até que a tracção seja recuperada.

A parte fulcral do sistema ABS é a sua unidade de controlo electrónico (UCE); de certa forma, trata-se do computador do sistema. O UCE recebe sinais dos sensores electrónicos que estão montados sobre as rodas. Se a rotação de uma roda diminuir repentinamente, o UCE reduz a pressão hidráulica do respectivo travão. O UCE monitoriza cada uma das quatro rodas em separado. Quando o ABS entra em funcionamento, o condutor sente um pulsar no pedal do travão, causado pela actuação do sistema hidráulico. Estas «pulsações» podem chegar às quinze por segundo.

É importante manter uma pressão regular sobre o pedal do travão enquanto o sistema ABS se encontra activado. Em situações de deslize ou derrapagem, estamos acostumados a carregar com força nos travões; porém, isso já não é necessário, dado que o ABS o faz por nós.

O sistema ABS é um contributo valioso para a segurança dos automóveis modernos, mas não pode fazer tudo. O excesso de velocidade, as curvas apertadas e as travagens bruscas podem causar derrapagens, e nem todas serão minimizadas pelo ABS. De facto, podem ocorrer derrapagens antes que o ABS seja activado. De qualquer forma, o ABS diminui consideravelmente a distância de paragem e ajuda-nos a manter o controlo sobre o veículo.

6

O sistema de suspensão e a transmissão

No filme *Swordfish*, há uma cena em que John Travolta está a ser perseguido por agentes inimigos ao volante de *Lincoln Navigators* pretos. Travolta conduz um elegante *TVR Tuscan* azul, um carro desportivo produzido numa pequena fábrica de automóveis de Bristol, na Inglaterra. Numa perseguição emocionante, Travolta consegue escapar aos *Navigators*, um dos quais levantou voo, deu uma volta no ar e acabou por se ir desfazer contra o telhado de um pequeno restaurante. No fim da cena, o carro de Travolta está totalmente cravejado de balas mas, como é natural, ele sai ileso de toda a situação.

Com acrobacias deste tipo, os carros têm de ter bons sistemas de suspensão. Afinal, é a suspensão que amortece os saltos e solavancos decorrentes da condução quotidiana. Apesar deste tipo de condução não ser propriamente a situação normal para a maior parte dos condutores, a suspensão não deixa de ser uma parte importante nos automóveis: estabelece a ligação entre as rodas e o corpo do veículo, e torna a condução mais suave e mais segura. Neste capítulo, iremos debruçar-nos sobre o sistema de suspensão e sobre a transmissão, cuja função é transferir a potência ao eixo motor e posteriormente às rodas.

A suspensão

Todos os condutores já tiveram a infeliz experiência de viajar em estradas cheias de buracos ou lombas. A estrada que vai até à minha casa na montanha é de gravilha, e por vezes a superfície está de tal forma ondulada que quase tenho de parar para reduzir as vibrações – e isto com um sistema de suspensão moderno. Nem quero imaginar como seria se não tivesse esse sistema. Felizmente, a maior parte do tempo conduzimos sobre superfícies suaves, ou pelo menos em estradas sem muitas lombas ou irregularidades. No entanto, quase todas as estradas têm lombas; se não fosse a suspensão, iríamos certamente sentir todas as irregularidades do piso.

Os sistemas de suspensão possibilitam não só uma condução mais confortável, mas também uma outra coisa igualmente importante: asseguram que as quatro rodas do veículo estão em permanente contacto com o chão. Se as rodas estivessem ligadas rigidamente ao chassis, isto não seria possível: em qualquer momento, pelo menos uma delas teria perdido o contacto com o solo. Uma situação deste tipo seria, obviamente, bastante perigosa.

As vibrações são inevitáveis em qualquer condução, mas nem todas as vibrações são desconfortáveis. Além disso, o conforto na condução é afectado por outras coisas, como as oscilações da carroçaria, a inclinação do carro ou as numerosas sacudidelas. Se o carro oscila excessivamente quando curva, se dá um sacão para trás no momento da aceleração, ou se se inclina para a frente nas travagens (o chamado «mergulho»), então a condução pode tornar-se muito incómoda. Porém, as vibrações no carro são normalmente consideradas as principais contrariedades deste tipo, uma vez que são constantes.

Note-se que nem todas as frequências de vibrações são irritantes. Muitos concordam que frequências na ordem das 60 a 90 vibrações por minuto (vpm) não constituem qualquer desconforto. Isto está, sem dúvida, relacionado com o facto de estes valores estarem próximos do número médio de vibrações de uma pessoa a andar – trata-se portanto de uma vibração corporal com a qual a maior parte das pessoas está familiarizada. Por outro lado, valores de vibração entre 30 e 50 vpm tendem a causar enjoo em muitas pessoas, enquanto que valores mais altos (ou seja, das 200 às 1200 vpm) são considerados desagradáveis e desconfortáveis por quase toda a gente. A cabeça e o pescoço são particularmente sensíveis a valores entre as 1000 e as 1200 vpm. Frequências desta magnitude estão normalmente relacionadas com vibrações ao nível dos pneus ou do eixo.

As vibrações estão associadas à suspensão do carro. As suspensões variam consideravelmente em «elasticidade» – indo das muito suaves às muito rígidas. Para que tenhamos uma viagem confortável, a suspensão deve ser relativamente suave; todavia, se for demasiado suave o veículo irá padecer de um excesso de «deslocamento vertical». Esta é a distância que a suspensão percorre à medida que leva a cabo o seu ciclo de compressão e expansão. Uma grande quantidade de deslocamento vertical torna o carro difícil de controlar.

Um automóvel com suspensão suave sofre muitas oscilações ao nível da carroçaria quando efectua uma curva a alta velocidade. Para além disso, tende a mergulhar em demasia nas travagens bruscas, e a «acocorar-se» nas acelerações mais intensas. Assim, há que conseguir um meio-termo: a suspensão deve ser suficientemente rígida para que o carro seja fácil de controlar, mas suficientemente suave para que a condução seja confortável.

Para além de ter como função providenciar conforto para o condutor e passageiros, a suspensão tem ainda outras incumbências. Tem de manter as rodas e os pneus direitos, para que o máximo de banda de rodagem do pneu esteja em contacto com a estrada. Igualmente, o carro deve permanecer sempre o mais direito possível. Isto significa que, quando fazemos uma curva apertada, a suspensão tem de compensar as forças que actuam sobre o carro e o fazem oscilar.

A tarefa da suspensão é complicada, porque as rodas dianteiras e traseiras desempenham, geralmente, funções diferentes. Com a excepção dos modelos de tracção dianteira, as rodas traseiras estão associadas com a tracção e as dianteiras com a direcção do automóvel. Devido a esta organização, as rodas dianteiras têm requisitos mais complicados ao nível da suspensão.

Uma das complicações é o chamado *efeito Ackermann* – que deve o nome a Rudolph Ackermann, um cidadão inglês que, no início do século XIX, assegurou a patente de um sistema desenhado para compensar este efeito (ver fig. 47). As duas rodas dianteiras de um carro possuem uma determinada distância entre si; deste modo, quando se faz uma curva, a roda dianteira interior vira com um ângulo mais pronunciado. Isto deve-se ao facto de a roda interior se mover ao longo de uma circunferência de raio menor. A diferença angular entre as duas rodas constitui o chamado *ângulo Ackermann*, que aumenta quando as rodas fazem curvas mais acentuadas. Em curvas pouco acentuadas, esta diferença é de reduzida importância, mas em curvas que envolvem ângulos mais apertados esta diferença é significativa, devendo por isso ser compensada.

Esta compensação pode ser feita por vários tipos de mecanismos de correcção de direcção, todos relativamente simples. Na maior parte dos casos, estes mecanismos não compensam a totalidade dos ângulos de viragem, mas os pneus e a livre actuação dos componentes da direcção asseguram a compensação. Como tivemos oportunidade de ver, os pneus sofrem uma deformação considerável quando um carro curva; como auxílio a estas situações, são utilizadas guarnições de borracha em muitas das conexões da suspensão.

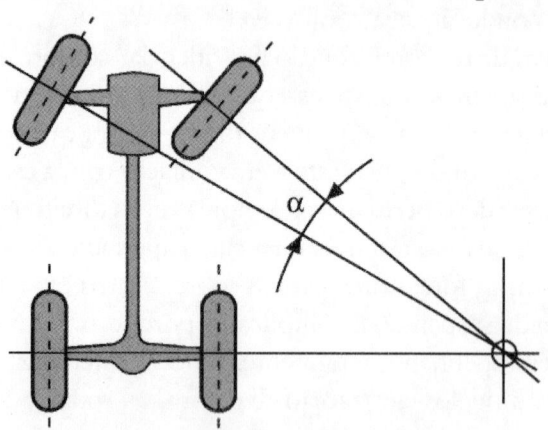

Fig. 47 – O efeito Ackermann. Note-se que a roda dianteira interior tem um ângulo superior ao da roda exterior.

A ligação das rodas ao carro

Referimo-nos ao corpo de um automóvel como um sistema suportado por molas. Por seu lado, as rodas, as ligações da suspensão e os outros componentes do sistema de suspensão compõem a parte não suportada por molas. Basicamente, esta parte não suportada encontra-se entre as molas e a estrada; a parte suportada encontra-se no outro lado das molas. Isto significa que o peso não suportado não sofre qualquer atenuação, reagindo directamente às irregularidades da estrada. Obviamente, o pneu fornece algum amortecimento, mas numa quantidade relativamente pequena. Por outro lado, a suspensão protege o sistema suportado das várias irregularidades da estrada.

Tendo em vista a maximização do conforto e uma melhoria ao nível do controlo, a razão entre a massa não suportada e a massa suportada deve ser a mais baixa possível. Na maior parte dos casos, a massa não suportada por molas constitui 13 a 15% do peso total do veículo. Isto significa que um carro com 1350 kg terá um peso não suportado de cerca de 202 kg, e estes 202 kg reagem directamente às irregularidades da estrada. As forças resultantes desse contacto podem ter um efeito prejudicial no controlo do carro.

Uma forma de manter a razão baixa é usar um sistema de suspensão independente – por outras palavras, um sistema que permita às rodas um movimento com relativa independência. Isto significa que, quando uma roda passa por um buraco, as outras rodas não são afectadas. A independência das rodas é também importante quando se trata de manter as quatro rodas permanentemente em contacto com o solo. Hoje em dia, todos os veículos têm sistemas independentes de suspensão dianteira, e alguns têm já sistemas independentes em todas as rodas.

Comecemos com uma análise geral do sistema de suspensão, vendo em primeiro lugar a forma como este sistema está ligado às rodas. Aos conectores chama-se *braços de comando*, e as conexões podem ser feitas de diversas formas. Uma das mais comuns é a *dupla forquilha*, ou *ligação por braços em «A»*. Neste sistema, os dois braços têm a forma da letra «A», estando um montado sobre o outro (fig. 48). Antigamente este sistema era constituído por dois braços de comprimento igual, dispostos em paralelo. Esta disposição fazia com que as rodas se inclinassem nas curvas, o que originava danos e deformação. Porém, não demorou muito tempo até que se descobrisse que era muito melhor utilizar braços de comprimentos diferentes, dispostos de uma forma não paralela. De facto, com braços de comprimento desigual os engenheiros de automóveis puderam conceber sistemas que possibilitavam um controlo quase total sobre os movimentos das rodas. O braço superior é, invariavelmente, o mais curto dos dois. As pontas dos braços possuem juntas esféricas que permitem à roda manobrar com facilidade. As outras extremidades são revestidas com casquilhos de borracha, e as molas helicoidais são normalmente colocadas entre os braços.

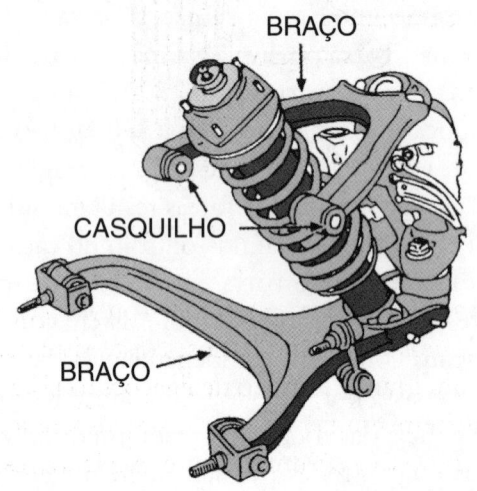

Fig. 48 – Suspensão em forquilha, com braços em forma de A.

Um outro tipo de suspensão bastante comum é a suspensão MacPherson (fig. 49). Foi inventada em 1945 por Earl MacPherson, da Ford Motor Company, e foi usada pela primeira vez no *Ford* inglês de 1950. Neste sistema, o braço superior do sistema de dupla forquilha é substituído por uma barra de torção, uma espécie de perna de grande dimensão, ligada à estrutura do carro, e que absorve os choques. Monta-se uma mola helicoidal sobre o dispositivo de absorção de choques; a barra de torção apoia-se numa base que parte do cubo da roda. O sistema MacPherson é relativamente simples, tendo-se por isso tornado bastante popular. Possui, no entanto, uma desvantagem: dado que a barra de torção é relativamente longa, é necessário que o capô e o pára-choques estejam mais elevados.

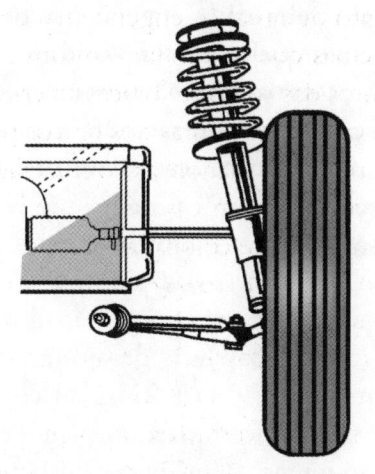

Fig. 49 – Suspensão MacPherson.

Finalmente, temos o sistema *multibraço* (ou *multilink*), que é cada vez mais usado nos carros modernos. Neste sistema, as rodas são suportadas por um grande número de ligações, ou braços. Devido ao facto de existirem muitas ligações, esta suspensão pode ser afinada com maior precisão, permitindo um excelente resultado ao nível do controlo do veículo.

Sistemas de suspensão computorizados

Nos sistemas de suspensão convencionais, as características da condução e do controlo são determinadas por quem as concebe e, por isso, apresentam-se fixas na maior parte das vezes. No entanto, há sistemas em que estas características são passíveis de mudança, não só manualmente pelo condutor, mas também automaticamente, por intermédio de um sistema computorizado. Estes sistemas, a que damos o nome de sistemas electrónicos, estão dependentes de um computador. O sistema de suspensão está equipado com sensores cuja função é transmitir informação para o computador central, que assim monitoriza e processa vários dados: a oscilação, a inclinação, a distância do chassis do carro à estrada, a velocidade de viragem, o raio de curvatura e a velocidade angular das rodas. Nos sistemas mais avançados, o computador processa os dados e muda automaticamente a suspensão, consoante as circunstâncias. Nos sistemas mais simples, as alterações à suspensão são feitas manualmente e só permitem a mudança de uma condução suave para outra mais rígida, com melhor comportamento.

Um dos sistemas mais avançados hoje em dia é o da *Mercedes-Benz*; trata-se do ABC («*Active Body Control*»), um sistema de suspensão activa no qual os braços estão equipados com cilindros hidráulicos de auto-reforço, passíveis de ajustamento, que neutralizam as forças normalmente transmitidas ao corpo do carro. Este sistema permite uma condução mais ou menos suave, e os ajustamentos possíveis são imensos, incluindo ajustamentos para a inclinação e para a oscilação. Treze sensores têm a função de transmitir dados para o computador central. Devido ao grande sucesso deste sistema, outros fabricantes de automóveis estão a desenvolver mecanismos similares, e é apenas uma questão de tempo até que dispositivos como o ABC se tornem comuns.

Rolamento

Quando um carro está a fazer uma curva, é alvo de uma força centrípeta que tende a fazê-lo inclinar-se. Esta força, similar à que sentimos ao fazer rodar uma bola presa por um fio, é contrariada pela força de atrito que existe entre os pneus e a estrada. Quando um carro é alvo da acção de uma força centrípeta, inclina-se – e cabe ao sistema de suspensão manter esta inclinação nos valores mínimos.

A inclinação é conhecida normalmente como rolamento, e dá-se em torno de um eixo chamado o *eixo de rolamento*. Na maioria dos carros, é fácil determinar a posição deste eixo. O primeiro passo é determinar o *centro de rolamento* das rodas dianteiras (fig. 50). O procedimento é diferente consoante o tipo de sistema; começarei pelo sistema de dupla forquilha (braços em «A»). Neste sistema, temos dois braços que podem estar dispostos em diferentes ângulos. Iremos supor que os braços estão dispostos tal como mostra a figura 50. Esta é apenas uma possibilidade entre muitas, mas serve para exemplificar o método a utilizar. Se prolongarmos os dois braços através de linhas pontilhadas, como mostra a figura, eles irão cruzar-se num ponto chamado o *centro instantâneo*. Chamamos-lhe assim porque este centro varia consoante o sistema de suspensão esteja ou não comprimido; porém, o facto de o centro instantâneo não ser sempre o mesmo não irá constituir qualquer problema para o que queremos fazer. A cada roda corresponde um centro instantâneo.

Após encontrar o centro instantâneo, desenha-se uma linha partindo da base do pneu e atravessando o centro instantâneo; repete--se a operação para a outra roda. O centro de rolamento é o ponto de intersecção das duas linhas. Este é o ponto em torno do qual se dá o rolamento para as rodas consideradas.

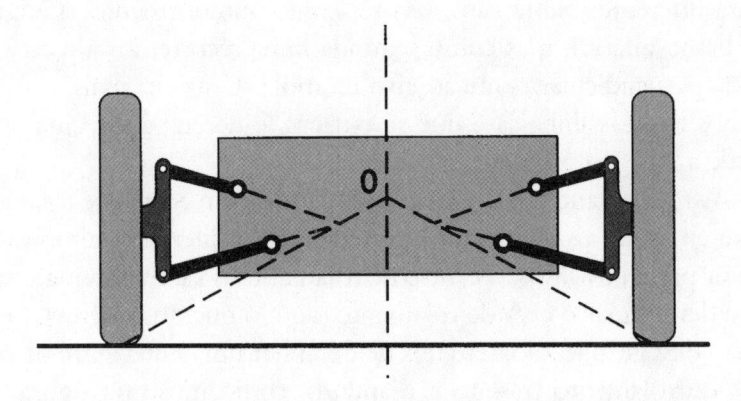

Fig. 50 – A determinação do centro de rolamento. Neste caso, o centro é 0, que se encontra acima do solo.

Na prática, o centro de rolamento pode situar-se em qualquer parte. Na maior parte dos casos, o centro de rolamento está acima do solo (como o exemplo da figura), mas pode situar-se ao nível do solo – seria o caso se os braços fossem paralelos – e mesmo debaixo da terra (fig. 51).

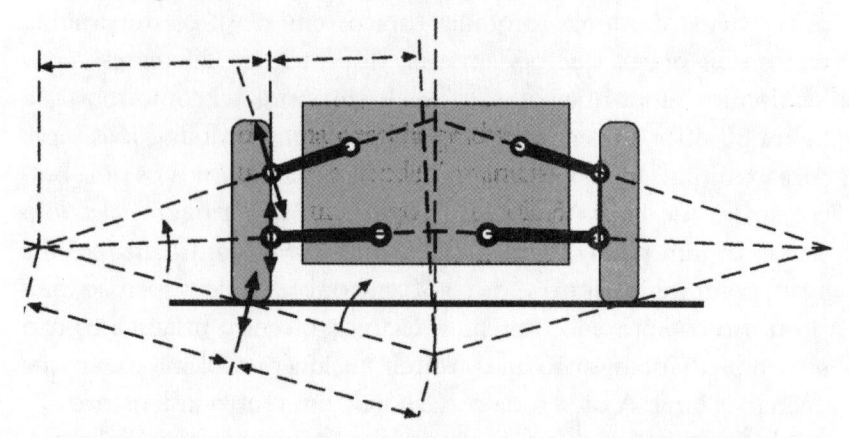

Fig. 51 – O centro de rolamento para diferentes ângulos de braços. Podemos ver que o centro se pode situar abaixo do nível do solo.

Com o sistema MacPherson, não temos um braço superior, de modo que precisamos de determinar o centro de rolamento de maneira diferente. Neste caso, usa-se, como anteriormente, o ângulo do braço inferior, mas como segunda linha recorremos à recta que passa perpendicularmente ao eixo da mola. Uma vez mais, prolongamos as duas linhas até que se cruzem, e desenhamos uma linha desde a base do pneu até este ponto.

As rodas dianteiras e traseiras têm ambas um centro de rolamento, e em geral os dois centros situar-se-ão a diferentes alturas. Na maior parte dos casos, o centro de rolamento traseiro será mais alto. Para determinar o eixo de rolamento, aquilo que nos interessava no início desta explicação, teremos de desenhar uma linha entre os centros de rolamento traseiro e dianteiro, como mostra a figura 52. Este é o eixo em torno do qual o carro tende a inclinar-se no momento da curva.

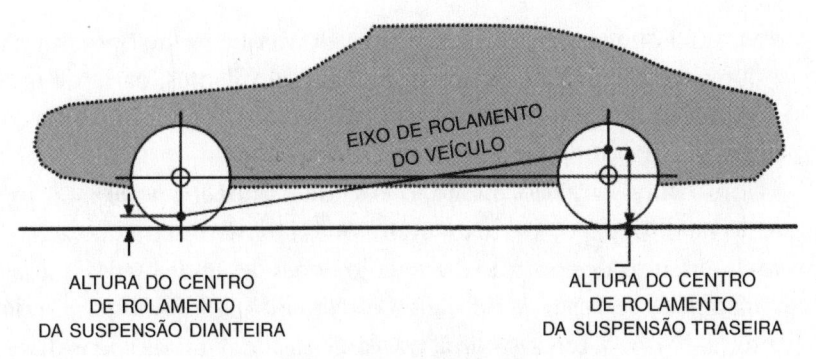

Fig. 52 – O eixo de rolamento de um carro.

Percebe-se por que é que o carro sofre, nas curvas, o efeito de uma força. Mas por que é que o carro tem de se inclinar? Para que haja rolamento tem de existir um esforço de torção. Vejamos com mais atenção. Falámos anteriormente do centro de gravidade do carro – trata-se do ponto sobre o qual todo o peso do carro se apoia e, geralmente, não coincide com o eixo de rolamento. Uma vez que a força centrípeta actua sobre o centro de gravidade e que a força de torção actua em redor do eixo de rolamento, nesta situação estamos perante um esforço de torção. Note-se que a alavanca de torção é a distância perpendicular entre os dois pontos. A esta torção chama--se *binário de rolamento*, ou *torção de rolamento* (fig. 53).

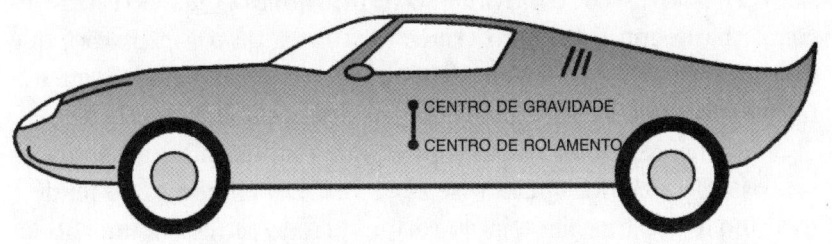

Fig. 53 – Existe um binário de rolamento entre o centro de rolamento e o centro de gravidade.

Resumindo e concluindo: o binário de rolamento provoca uma rotação à volta do centro de rolamento, e as molas absorvem o esforço de torção daí resultante, comprimindo-se. Existem, assim, duas forças: uma que provoca a inclinação e outra que se lhe opõe. Uma vez que estas forças não são exactamente equivalentes, dá-se de facto alguma inclinação, normalmente pequena. A torção que causa a inclinação é denominada *resultante*.

Como vimos anteriormente, o eixo de rolamento pode estar inclinado na direcção da parte dianteira ou da parte traseira do carro – as características de controlo do veículo dependerão de qual das duas circunstâncias se verifica. Se o eixo estiver inclinado na direcção da dianteira do carro, teremos uma tracção considerável nas rodas dianteiras e menor tracção nas traseiras; o resultado será uma excessiva sensibilidade da direcção do automóvel. Se, por outro lado, o eixo estiver inclinado na direcção da traseira do veículo, a tracção estará também desequilibrada em detrimento das rodas dianteiras. O resultado será uma maior dificuldade em fazer com que a direcção do carro obedeça às nossas ordens.

Os estabilizadores são outro componente importante do sistema de suspensão. Irei analisar apenas um tipo de estabilizador: a barra anti-rolamento, também conhecida por barra estabilizadora. Esta barra estabelece uma ligação entre as duas rodas traseiras ou as duas rodas dianteiras (ou mesmo entre todas), e a sua função é impedir que o veículo se incline em demasia nas curvas. A barra não afecta o sistema de suspensão em si, e apenas tem efeito quando o movimento vertical num dos lados excede o movimento vertical noutro. Quando isto acontece, a barra anti-rolamento exerce uma força de compensação, que limita a inclinação. Para além disso, a barra contribui ainda para atenuar a força que afecta a aderência dos pneus durante as curvas.

Finalmente, temos os eixos-pivô, que estão localizados sobre os braços de comando. Quando se trava bruscamente, o carro tende a mergulhar (a parte dianteira baixa), e quando se regista uma aceleração forte o carro tende a «acocorar-se» (a parte traseira baixa). Os eixos pivô têm configurações que ajudam a controlar estas tendências.

Em relação ao rolamento, os engenheiros responsáveis pela concepção do automóvel devem ter em conta a chamada *rigidez de rolamento* – o esforço de torção exercido pela suspensão quando tenta puxar o carro de volta à sua posição normal. Para uma dada força lateral, a rigidez de rolamento depende da altura dos centros de rolamento, da rigidez das molas e dos efeitos da barra anti-rolamento. Alterando as configurações de qualquer um destes parâmetros, os engenheiros podem influir na rigidez de rolamento do veículo.

Os sistemas de suspensão variam muito nos carros modernos. A tabela 6 mostra-nos a composição deste sistema em alguns exemplos representativos.

Tabela 6 – Os sistemas de suspensão em vários carros de 2002

Modelo	Tipo de suspensão (dianteira/traseira)
Ford Focus ZTS	Braços de comando (A), molas helicoidais, amortecedores, barra anti-rolamento/ /multibraço, molas helicoidais, amortecedor, barra anti-rolamento
Audi A8L	Multibraço, molas helicoidais, barra anti-rolamento/ /multibraço, molas helicoidais, barra anti-rolamento
Cadillac Seville STS	Barras de torção MacPherson com controlo electrónico, molas helicoidais, barra anti-rolamento/multibraço, molas helicoidais, controlo electrónico de amortecedores, barra anti-rolamento
BMW 540i Sport	Barras de torção MacPherson, molas helicoidais, barra anti-rolamento/multibraço, molas helicoidais, barra anti-rolamento
Lexus GS 430	Braços de comando (A) superior e inferior, molas helicoidais, barra anti-rolamento/ /braços de comando superior e inferior, molas helicoidais, barra anti-rolamento
Dodge Stratus ES	Braços de comando superior e inferior, molas helicoidais, barra anti-rolamento/ /multibraço, molas helicoidais, barra anti-rolamento
Honda Accord EX	Braços de comando superior e inferior, molas helicoidais, barra anti-rolamento/ /multibraço, molas helicoidais, barra anti-rolamento

As molas

As molas são um componente essencial de qualquer suspensão. Podem ser usadas molas helicoidais ou molas laminadas, mas iremos analisar unicamente as primeiras. Associada a qualquer mola está uma determinada constante, normalmente designada por k, que nos dá uma medida da sua rigidez. Um valor de k elevado indica uma mola rígida, enquanto que um valor de k baixo indica uma mola macia. Em termos matemáticos, a relação é

$$F = kx,$$

em que F é a força exercida sobre a mola e x é a distância da sua compressão ou extensão (fig. 54). A título de exemplo, imaginemos que um homem com 90 kg, ao sentar-se ao volante, comprime em cinco centímetros as molas de um carro. O coeficiente k da mola será

$$k = F/x = 90/5 = 18 \text{ kg/cm.}$$

Quando os pneus do carro atingem uma lomba, uma determinada força é exercida sobre a mola, fazendo-a vibrar. Com efeito, a mola oscila ou vibra com uma determinada frequência, que pode ser facilmente calculada. O período T, ou tempo para uma vibração completa (o ciclo de uma mola), é-nos dado por

$$T = 2\pi \, (m/k)^{\frac{1}{2}}.$$

Para exemplificar, imaginemos uma vez mais que o tal homem de 90 kg comprime as molas de um carro, como no exemplo anterior, e que o carro pesa 1130 kg. Determinámos que k era 18 kg/cm, logo

$$T = 5,77 \text{ segundos.}$$

A frequência de vibração v será $1/T$ – o que nos dá 10 vpm.

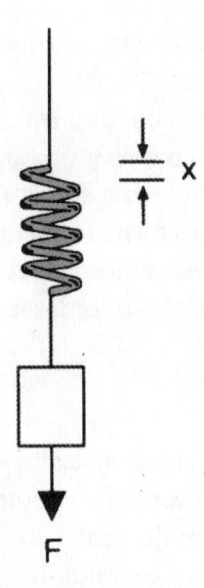

Fig. 54 – Um peso ligado a uma mola. A mola distende-se ao longo da distância x.

Na prática, não são apenas as molas a determinar as frequências de vibração que sentimos num carro em movimento. As molas estão ligadas a várias partes da suspensão, de modo que temos de abordar o sistema na sua totalidade. O ritmo a que o sistema de suspensão se comprime, em resposta ao peso sobre ele imprimido, é denominado taxa de deflexão estática, e é esta taxa que irá determinar a frequência natural de um veículo. Os engenheiros que projectam o automóvel necessitam de saber o valor desta frequência, uma vez que se trata de uma frequência a evitar. Se a frequência resultante da passagem do carro por lombas e irregularidades da estrada coincidir com a frequência de ressonância, a suspensão não irá absorver os impactos; pelo contrário, irá ampliá-los.

A frequência natural de um sistema de suspensão pode ser obtido através de

$$f_n = 188/d_s,$$

em que d_s é a deflexão estática em centímetros, e f_n são as vibrações por minuto.

Independentemente do facto de a irregularidade da estrada estar perto ou em equivalência à ressonância, uma vez comprimida a suspensão continuará a oscilar – ora, se estas oscilações continuassem indefinidamente a condução tornar-se-ia deveras desconfortável. De facto, as oscilações devem ser amortecidas o mais rapidamente possível, e esta é a função dos amortecedores.

A absorção dos choques

Quando as molas são amortecidas pelos amortecedores, localizados perto de cada roda, as oscilações duram apenas um ciclo, ou menos do que isso. Existem diferentes tipos de amortecedores, mas normalmente consistem num êmbolo comprimido dentro de um cilindro cheio de óleo. À medida que o carro vai passando por buracos e lombas na estrada, o êmbolo move-se para cima e para baixo no interior do cilindro; uma vez que o cilindro está ligado ao chassis do carro, este mantém-se relativamente imune a vibrações. À medida que o êmbolo se move no interior do cilindro, numerosas válvulas deixam o óleo fluir por entre as diversas partes daquele. Uma vez que o êmbolo possui várias válvulas, a velocidade da passagem do óleo pode ser regulada. A velocidade do movimento do êmbolo está, pois, dependente do tamanho das válvulas: válvulas de grande dimensão possibilitam ao êmbolo mover-se mais depressa, enquanto que válvulas mais pequenas tendem a torná-lo mais lento.

A transmissão

Com uma grande quantidade de engrenagens e de combinações possíveis, a transmissão é uma das partes mais complicadas de um automóvel. Trata-se, também, do principal componente do conjunto que transmite a potência às rodas traseiras. Existem dois tipos de transmissão: a manual e a automática. Hoje em dia, a maior parte dos carros tem transmissão automática, e portanto este capítulo irá debruçar-se principalmente sobre esta (*). Nas transmissões manuais, a selecção das mudanças é feita manualmente através de uma alavanca de mudanças, e a junção das engrenagens é realizada por intermédio de uma embraiagem. Por outro lado, na transmissão automática tudo é feito automaticamente, e a embraiagem é substituída por um conversor de binário.

A transmissão é basicamente um dispositivo de transferência e multiplicação de binário, que possui uma mudança de inversão de marcha e pode ser utilizada para travar. Está normalmente localizada por detrás do motor (em alguns casos, encontra-se um pouco mais distante deste). A travagem com a caixa de velocidades é especialmente importante para veículos de grande dimensão, em particular quando estão a descer uma estrada inclinada. Todos nós já passámos por camionetas ou camiões a utilizar a caixa de velocidades para travar em descidas acentuadas.

O motor é o principal mecanismo de produção de binário no veículo. Os êmbolos fazem rodar a cambota, gerando binário que é transmitido às rodas traseiras. No entanto, este binário não pode ser fornecido directamente às rodas traseiras, devido às numerosas condicionantes que afectam um carro em movimento. Se, por exemplo, o esforço do motor for demasiado intenso, o carro irá abaixo. A transmissão evita estas situações através de um aumento de binário.

São, na verdade, as próprias características do motor a constituir uma das razões que levam a que o seu binário não seja suficiente para mover o veículo em todas as condições de condução. A figura 55 compara graficamente o binário e as rotações por minuto num motor normal. Vemos que, ao contrário do que se poderia esperar, um binário máximo não é atingido com um valor máximo de rpm; pelo contrário, o valor máximo de binário é atingido a 50% ou 60% da capacidade do motor em termos de rpm. Isto tem, obviamente, um efeito no desempenho.

(*) Note-se que o autor é natural dos Estados Unidos, país onde a maioria dos carros em circulação usa este tipo de transmissão *(N. do T.)*.

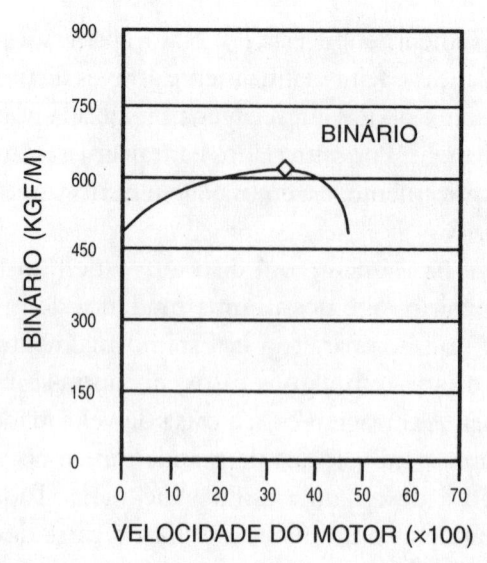

Fig. 55 – O binário em função da velocidade do motor

A produção de binário do motor depende de vários factores. Em primeiro lugar, depende do esforço a que este é submetido. Para condições iguais, a produção de binário será maior numa situação de grande exigência. Em segundo lugar, o motor produz apenas o binário que necessita numa determinada situação. Finalmente, como já vimos, se o esforço sobre o motor se tornar demasiado grande, o carro irá abaixo.

O binário máximo de um motor depende de vários factores, como o tamanho do cilindro, a taxa de compressão, a amplitude do movimento do êmbolo ou a qualidade da mistura gasosa. Quando aceleramos, entra no cilindro uma certa quantidade de mistura gasosa, criando um determinado binário. À medida que continuamos a pisar o pedal do acelerador, a qualidade da mistura gasosa no interior do cilindro aumenta até atingir o seu máximo. Se o esforço sobre o motor se tornar demasiado, será necessário um aumento de binário, e é aqui que entra a transmissão: o binário pode ser aumentado através da passagem para uma mudança mais baixa. Numa transmissão automática, tudo isto é feito automaticamente.

Analisemos agora as principais características de uma transmissão. A transmissão permite obter diferentes amplitudes, de acordo com as interacções entre as diversas engrenagens (rodas dentadas). As transmissões automáticas seleccionam a engrenagem adequada de acordo com a carga sobre o motor, a velocidade do motor e a velocidade do veículo. Dentro da transmissão encontram-se os «planetários», dispositivos destinados a obter diferentes razões de engrenagem e, portanto, diferentes mudanças para a frente e uma para trás. Se a razão de engrenagem for, por exemplo, 3:1, isto significa que o motor roda três vezes para cada volta do veio de transmissão. Estamos especialmente interessados na razão geral entre a energia proveniente da transmissão e a que é transmitida às rodas.

A transmissão é um multiplicador de binário, mas não é o único. A conversão de binário é também possível através do conversor de binário; porém, neste caso, a conversão é contínua, o que significa que qualquer razão é possível. Por último, os carretos propulsores associados às rodas traseiras têm também uma razão de engrenagem fixa – normalmente entre 3:1 e 5:1. Para obter a razão total de engrenagem, temos de multiplicar todos estes valores.

As mudanças e o seu funcionamento

As engrenagens no interior da transmissão têm a forma de rodas dentadas. São feitas de aço de alta qualidade, de forma a poderem aguentar a força que sobre elas é exercida. Nas engrenagens mais simples, os dentes são cortados a direito; porém, hoje em dia, todas as engrenagens utilizadas nos sistemas de transmissão têm dentes cortados a um determinado ângulo. Este facto permite aumentar a potência das engrenagens e diminuir o ruído provocado pelo seu funcionamento.

Quando duas engrenagens de raio diferente se encaixam uma na outra, temos o que se chama uma vantagem mecânica (designada normalmente por VM). A vantagem mecânica é definida por

$$VM = (\text{força transmitida}) / (\text{força recebida}).$$

A melhor maneira de perceber isto é imaginar uma alavanca e um fulcro. Se aplicarmos uma força F_1 numa das extremidades da alavanca (como mostra a figura 56), será exercida uma força considerável (F_2) na outra extremidade. Utilizaríamos uma alavanca se quiséssemos, por exemplo, mover uma rocha que não pudéssemos levantar. Como vimos anteriormente, o binário (ou esforço de torção) é definido matematicamente como Fl; integrando isto no sistema acima referido dá

$$F_1 l_1 = F_2 l_2.$$

Suponhamos que l_1 é sete vezes maior do que l_2, e que a força que estamos a aplicar (F_1) é de 50 kg. Teremos uma força resultante (ascensional) de

$$F_2 = (l_1/l_2)F_1 = 50\ (7) = 350\ \text{kg}.$$

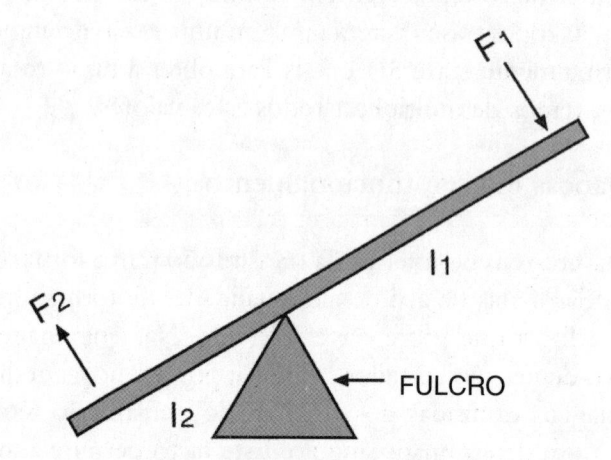

Fig. 56 – Alavanca e fulcro. F_1 é a força aplicada; F_2 é a força resultante; l_1 e l_2 são diferentes comprimentos.

Apliquemos a fórmula a um conjunto de duas engrenagens. Imaginemos que o raio da engrenagem maior é r_2 e o da engrenagem menor r_1. A título de exemplo, r_2 equivale a 2 cm e r_1 equivale a 6 cm. Suponhamos que se exerce um binário de 100 kgf/m na engrenagem mais pequena. Podemos facilmente calcular a força que será transmitida à engrenagem maior através dos dentes da engrenagem. Uma vez que o binário é força x distância perpendicular, temos que

$$T_1 = 100 = F_1\, r_1 = F_1(2/12),$$

ou $F_1 = 600$ kg, sendo T o binário, ou torção (fig. 57). Esta força será aplicada sobre a extremidade do dente da segunda engrenagem, que dista 6 cm do seu centro, ou ponto de fulcro. Portanto, o binário na engrenagem de maior dimensão será

$$T_2 = F_1 r_2 = 600\ (6/12) = 300\ \text{kgf/m}.$$

Em conclusão, o binário recebido a partir do veio primário é de 100 kgf/m e o binário transmitido (ou seja, o binário da engrenagem maior) é de 300 kgf/m. Isto significa que o binário associado à engrenagem maior é três vezes superior. A VM é, portanto, igual a 3.

Uma forma mais fácil de determinar a VM é contando os dentes nas duas engrenagens. Se a engrenagem maior tiver N dentes e a menor n, a VM será N/n. Por exemplo, no caso citado acima: se o número de dentes na engrenagem menor for 8 e na engrenagem maior 24, poderíamos rapidamente determinar o binário transmitido a partir da razão 24/8.

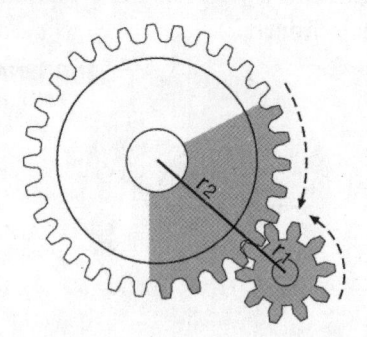

Fig. 57 – Duas engrenagens encaixadas uma na outra, uma de raio r_1 e outra de raio r_2.

É importante ter em conta que, no caso de um aumento de binário, haverá sempre uma redução da velocidade das engrenagens. Se, por exemplo, a produção de binário da engrenagem maior for três vezes superior à da engrenagem menor, esta irá rodar três vezes mais rápido do que aquela. Por outras palavras, as suas rpm serão três vezes superiores.

As engrenagens planetárias

Como tivemos oportunidade de ver, o principal componente da transmissão é o conjunto de engrenagens planetárias. Trata-se de uma combinação engenhosa de engrenagens que permite obter diferentes razões de engrenagem – possibilita três ou quatro mudanças para a frente e uma de marcha-atrás.

Este sistema deve o nome às suas semelhanças com o sistema solar. A engrenagem central é a engrenagem «solar», e na sua órbita encontram-se três engrenagens planetárias (os planetários ou «satélites»). Os planetários encaixam numa roda de coroa, ou engrenagem anular, que se encontra na parte exterior do sistema (ver fig. 58).

As engrenagens mantêm-se sempre em contacto umas com as outras, de modo que não se regista nenhum «arranhar» de mudanças, como nas caixas de velocidades manuais. Cada uma das engrenagens está encaixada no seu próprio pivô, e as três engrenagens planetárias são suportadas por um transportador. A engrenagem anular, na qual encaixam as engrenagens planetárias, possui dentes na sua circunferência interna.

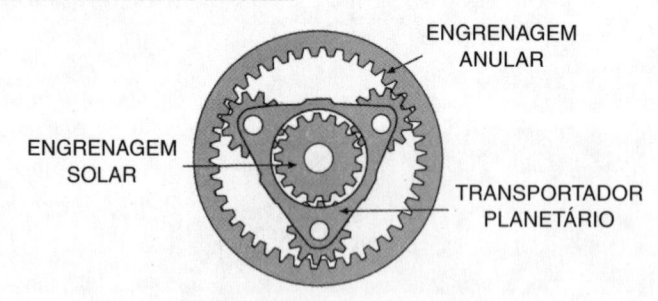

Fig. 58 – Sistema de engrenagens planetárias, representando a engrenagem solar, o transportador planetário e a engrenagem anular.

O sistema de planetários consegue produzir seis diferentes razões de engrenagem, para além de uma opção de condução directa. As várias razões de engrenagem são obtidas mantendo estacionário um dos componentes do sistema, e fazendo com que um seja a engrenagem de recepção (a partir do veio primário) e o outro a engrenagem de transmissão (através do veio de transmissão). Para a opção de condução directa, que é a mudança mais alta, a recepção e a transmissão devem ter a mesma velocidade.

Não irei calcular a razão para todos os casos, mas darei alguns exemplos a partir dos quais será fácil calcular o resto. Como primeiro exemplo, imaginemos que o veio de recepção comanda a engrenagem solar, e que a coroa comanda o veio de transmissão. Neste caso, o transportador encontra-se estacionário. Para obter a razão de engrenagem temos de dividir o número de dentes na engrenagem de transmissão pelo número de dentes na engrenagem de recepção. Suponhamos que a roda de coroa tem 40 dentes e que a engrenagem solar tem 18. Teríamos então

engrenagem de transmissão (solar) / engrenagem de recepção (coroa) = 18/40 = 0,45,

o que significa que a razão seria 0,45:1. Como podemos ver, o binário de transmissão é menor que o binário recebido, pelo que a velocidade do veio de transmissão será superior.

Como segundo exemplo, suponhamos que o veio de recepção está ligado ao transportador planetário e que a roda de coroa está ligada ao veio de transmissão. Uma vez mais, para obter a razão de engrenagem teremos de dividir o número de dentes na engrenagem de transmissão pelo número de dentes na engrenagem de recepção – no entanto, neste caso a recepção é efectuada por intermédio do transportador, que não possui dentes. O número associado ao transportador é a soma do número de dentes da coroa e da engrenagem solar. Teremos, portanto,

$$\frac{\text{engrenagem de transmissão (coroa)}}{\text{engrenagem de recepção (coroa + solar)}} \quad \frac{40}{40+18} = 0,69$$

A razão é 0,69:1. Assim, se o veio de recepção comandar a roda de coroa e o transportador comandar o veio de transmissão, obteremos uma razão de 1,45:1. Neste caso, dar-se-ia um aumento de binário e uma redução da velocidade do veio de transmissão. As restantes razões de engrenagem podem ser calculadas da mesma forma. No total, existem seis combinações possíveis, cada uma com uma razão de engrenagem diferente.

As engrenagens devem, obviamente, ser mantidas no seu lugar – é esta a função de dispositivos como as embraiagens multidisco, as embraiagens de rotação unilateral ou as cintas de atrito. Através de pressão hidráulica, estes elementos fixam um dos membros do trem de engrenagens. A pressão é conduzida ao elemento apropriado por um corpo de válvulas hidráulicas que transmite a pressão do fluido. Geralmente, estas válvulas são conhecidas como os *membros de reacção* da transmissão.

Engrenagens planetárias compostas

Na prática, os fabricantes ligam um dos três membros ao veio de transmissão, o que limita o número de razões de engrenagem a duas mudanças para a frente, ou uma para a frente e outra de marcha-atrás. Claro está que isto não é suficiente. Para ultrapassar este defeito, as engrenagens planetárias são compostas; por outras palavras, são usados dois sistemas de engrenagens planetárias em conjunção um com o outro. Existem duas disposições habituais para engrenagens compostas: o sistema Simpson e o sistema Ravigeaux.

No sistema Simpson, dois sistemas planetários partilham a mesma engrenagem solar. O sistema Ravigeaux tem duas engrenagens solares, dois conjuntos de planetários e uma roda de coroa comum. Com qualquer um destes sistemas compostos podem ser obtidas três mudanças para a frente e uma marcha-atrás.

A conversão do binário

O conversor de binário efectua a transferência de binário do motor para a transmissão. Substitui a embraiagem das transmissões manuais, e funciona por intermédio de forças hidráulicas fornecidas por um óleo de transmissão, em rotação pelo sistema. O conversor de binário liga e desliga a potência do motor à transmissão, de acordo com as rpm daquele. Quando o motor está em ponto morto, o fluxo do óleo ao longo do sistema é insuficiente para a transferência de potência; porém, à medida que as rpm aumentam, aumenta também o fluxo do óleo, gerando uma força hidráulica entre as palhetas que permite o fluxo da potência. A potência é então transmitida a partir do motor para o veio primário da transmissão, que está ligado às engrenagens planetárias (ver fig. 59).

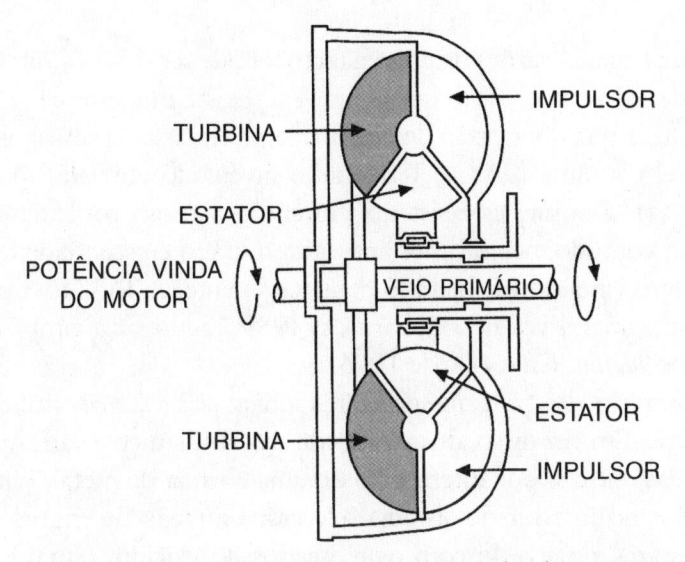

Fig. 59 – Secção transversal do conversor de binário, representando o impulsor, o estator e a turbina.

Os principais componentes do conversor de binário são o impulsor, a turbina, o estator e a tampa. A tampa está ligada à roda volante e transmite a potência do motor ao conversor de binário. O impulsor é comandado pela tampa do conversor e, por seu lado, comanda a turbina. A turbina está ligada ao veio primário, e aqui pode ocorrer alguma multiplicação de binário. O estator ajuda a reduzir o fluxo de óleo do impulsor para a turbina, e está equipado com uma engrenagem unidireccional que lhe permite manter-se estacionário durante os momentos de produção máxima de binário.

O impulsor comanda a turbina da mesma maneira que uma ventoinha ligada à corrente comandaria uma outra que não estivesse ligada. O impulsor e a turbina estão ambos dotados de pás que se movem na mesma direcção.

O conversor de binário permite uma conexão suave e gradual entre o motor e os diversos níveis de exigência a que é submetido.

Transmissões variáveis contínuas

Por que é que as razões de engrenagem têm de ser descontínuas? Na verdade, não é necessário que assim seja. Existe um sistema que pode produzir qualquer razão de engrenagem. Trata-se da transmissão variável contínua (TVC). Tendo sido inventado em 1958 por Hubertus van Doome, este sistema enfrentou alguns problemas e reticências; contudo, nos últimos anos, um número crescente de fabricantes tem vindo a considerá-lo mais seriamente. A TVC foi utilizada pela primeira vez pela Subaru em 1989, tendo sido também utilizada no *Honda Civic HX* de 1996.

Ao contrário das transmissões tradicionais, a TVC não utiliza engrenagens. Em vez disso, duas polias de aço, de diâmetro variável, estão ligadas entre si por intermédio de uma correia de metal. Um computador no interior do sistema selecciona a razão de engrenagem necessária, de acordo com os requisitos do veículo. Uma das vantagens deste sistema é a suavidade nas acelerações. Para além disso, está provado que é eficiente em termos de combustível.

Hoje em dia, quase todos os principais fabricantes de automóveis têm unidades de TVC em desenvolvimento. Está previsto que estas unidades sejam instaladas nos futuros *Audi A4* e *A6*, nos *Honda Civic GX* e *HX*, no *Honda Insight* e no *Saturn Vue*.

7

Aerodinâmica e *design*

Impressionante! Ficamos espantados ao entrar na mais recente feira automóvel. Na edição deste ano, estamos particularmente ansiosos por ver o novo *Thunderbird*. E, tão certo como dois e dois serem quatro, ali está ele. As linhas são… tão aerodinâmicas. A dianteira é como uma lágrima espalmada, e o resto do carro afunila até chegar aos fabulosos pára-choques. Temos a certeza de nunca ter visto nada igual à enorme janela que parece envolver todo o veículo. Trata-se, de facto, de um automóvel elegante, desenhado para ser simultaneamente belo e aerodinâmico.

À medida que percorremos a feira, apercebemo-nos de que hoje em dia os carros são muito mais aerodinâmicos do que há uns anos. Uma das razões para esta tendência é o facto de os modelos aerodinâmicos consumirem menos combustível.

O que é a aerodinâmica? Para o físico, a aerodinâmica é um ramo da física que trata da interacção entre um objecto e o ar à sua volta, à medida que o objecto percorre esse ar. A compreensão aprofundada da aerodinâmica é absolutamente crucial para a aviação, e tem vindo nos últimos anos a tornar-se cada vez mais importante para os automóveis.

As forças criadas pelo fluxo de ar em redor de um carro dependem de vários factores: a forma do veículo, a sua velocidade relativamente à do ar, e outras coisas, como as protuberâncias na sua superfície. A velocidades reduzidas, estas forças são normalmente de baixa intensidade, mas com velocidades altas podem afectar seriamente o desempenho do automóvel. A estabilidade, a tracção dos pneus, a capacidade de controlo – todas são afectadas pelo fluxo de ar, não esquecendo ainda a importante questão da poupança de combustível. A potência do motor tem de superar as forças aerodinâmicas, e isto requer um consumo acrescido de combustível.

Os especialistas da aerodinâmica estão primeiramente interessados na *resistência aerodinâmica* do automóvel. A resistência aerodinâmica total é composta por cinco diferentes tipos de resistência: forma, sustentação, atrito de superfície, interferência e fluxo interno. Discutirei em pormenor cada um destes tipos, mas mais tarde; por agora, bastará uma pequena descrição. A *resistência de forma* depende da forma e da configuração do veículo: quão suavemente o ar passa ao longo dos contornos do carro, e de que forma se afasta na parte traseira. A *resistência de sustentação* resulta das diferenças de pressão entre o topo e a base do veículo, diferenças essas que criam um efeito de sustentação. A *resistência de superfície* é o resultado da viscosidade do carro – por outras palavras, da quantidade de atrito que existe entre as várias camadas de ar ao seu redor. A *resistência de interferência* é provocada por saliências no corpo do carro, e a *resistência interna* pela passagem do ar através do seu interior.

A quantidade de resistência provocada por estas forças varia consideravelmente. Em termos percentuais, para um automóvel de passageiros normal podemos ter em conta as seguintes resistências: 55% de forma; 16% de interferência; 12% interna; 10% de superfície; 7% de sustentação.

Nos carros antigos, o escasso interesse pela aerodinâmica estava relacionado com as baixas velocidades. O interesse despontou pela primeira vez na Alemanha, conferindo-lhe uma vantagem de dez anos sobre as outras nações. Durante a I Guerra Mundial, a Alemanha construiu vários túneis de vento para testar os seus aviões de combate. O tratado assinado no final da guerra proibiu à Alemanha a concepção e teste de novos aviões, pelo que os túneis de vento acabaram por ser utilizados para testar a aerodinâmica dos automóveis. Em resultado disto, registaram-se importantes avanços. Em 1921, por exemplo, Edmund Rumpler apresentou o seu Tropfenwagen, que tinha uma resistência aerodinâmica inferior a um terço da resistência dos restantes automóveis da época. Todavia, este veículo não era propriamente o mais confortável. Dois anos mais tarde, em 1923, Paul Jerey, um *designer* nas oficinas de aviação da *Zeppelin,* introduziu a «forma-J» (o J vem de Jerey, e não da forma do carro) (ver fig. 60). Jerey demonstrou que um carro com uma inclinação traseira gradual tinha uma resistência de cerca de metade da dos outros carros. No entanto, uma vez mais surgiram problemas com o conforto dos passageiros, que não impediram que este *design* inspirasse vários modelos *fastback* nos anos 40 e 50, incluindo os Citroën e os Porsche.

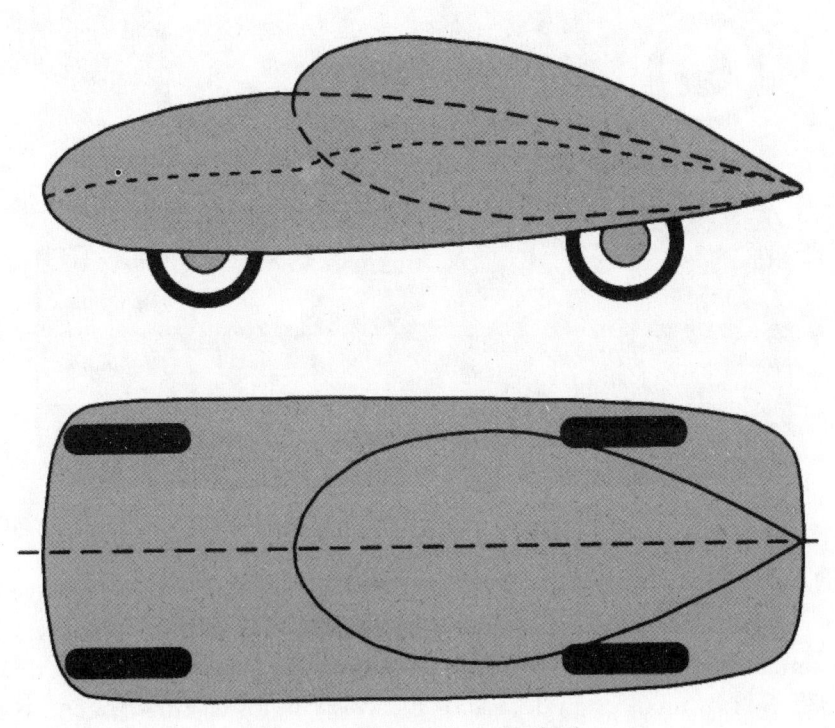

Fig. 60 – Forma-J, ou *fastback*.

Em finais do ano de 1935, no Aerotech Institute, na Alemanha, deu-se um outro avanço de grande importância. Um engenheiro encontrava-se a testar um veículo com uma traseira longa e arredondada. Desapontado com os resultados, e num acto de desespero, cortou a traseira do protótipo. Quando voltou a fazer os testes de aerodinâmica, descobriu, com grande surpresa, que a resistência havia melhorado; em concreto, a traseira não parecia afectar o resultado. Quase na mesma altura, Wunibald Kamm, em Estugarda, demonstrou na teoria e na prática que uma traseira embotada fazia diminuir a resistência total. Hoje em dia, damos a esta forma o nome de «forma-K», devido ao apelido Kamm (ver fig. 61).

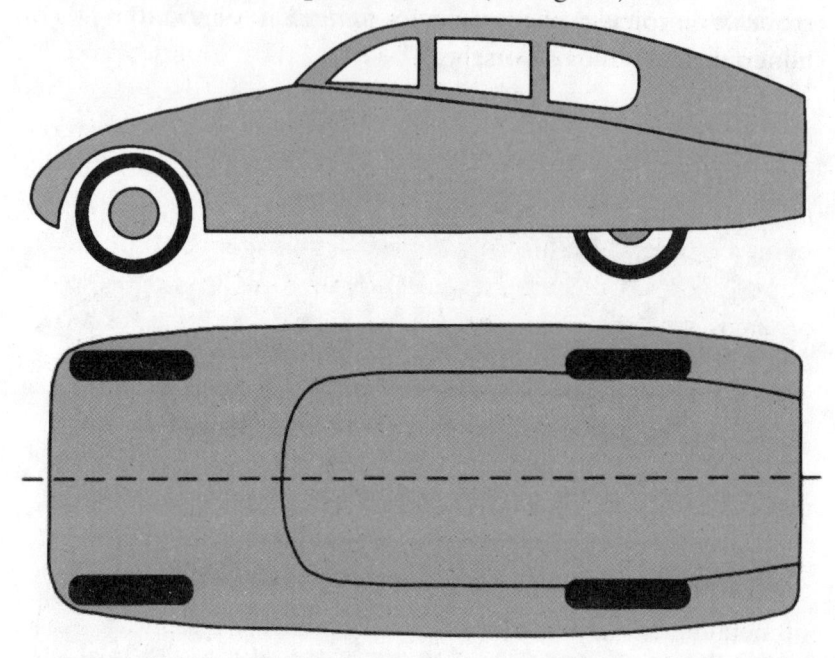

Fig. 61 – Forma-K, ou *bobtail*.

Aos progressos registados na Alemanha seguiram-se pesquisas similares realizadas na França e na Alemanha, durante a década de 20. Só nos finais desta década os Estados Unidos da América entraram na corrida. Os primeiros desenvolvimentos foram levados a cabo em Michigan, na Universidade de Detroit, e alguns dos resultados mais interessantes foram obtidos por W. E. Lay, que mostrou que a traseira do veículo é irrelevante se a dianteira não estiver adequadamente desenvolvida. Lay mediu a resistência de uma caixa quadrada sobre rodas, e em seguida arredondou os cantos, tornando-os mais aerodinâmicos; para sua surpresa, descobriu que a resistência caía para metade do valor anterior.

A Chrysler começou a interessar-se pela aerodinâmica dos automóveis na década de 30, e a Ford pouco tempo depois. Porém, verificaram-se poucos progressos nos automóveis de passageiros, uma vez que, na altura, o principal interesse era o desenvolvimento de modelos de corrida. Smokey Yunick, um piloto de *stock-cars*, foi um dos primeiros a interessar-se pela aerodinâmica. Yunick apercebeu-se que a parte de baixo do seu carro estava a criar bastante resistência, de modo que resolveu acoplar uma espécie de revestimento de metal no bojo do veículo. Teve tanto sucesso que a NASCAR baniu imediatamente o uso destes dispositivos. No entanto, Yunick continuou a estudar outras formas de ganhar vantagem aerodinâmica, e outros pilotos começaram a fazer o mesmo. A Chrysler começou a testar os seus carros de corrida em túneis de vento, e foi a partir destes testes que resultaram os modelos *Charger 500* e *Dodge Daytona* – modelos tão bem sucedidos que rapidamente tiveram seguimento.

A aerodinâmica dos automóveis de passageiros

Ainda que tenham sido realizados testes esporádicos, até aos anos 60 nenhum dos grandes fabricantes se preocupou muito com a aerodinâmica dos carros de passageiros. O combustível era barato; as grandes barbatanas, os pára-choques vistosos e as capotas altas estavam na moda, e devido ao facto de se venderem muitos carros, ninguém quis estragar a festa. Porém, os túneis de vento depressa mostraram que as barbatanas e os pára-choques de grandes dimensões estavam longe de ser aerodinâmicos, e os fabricantes de carros aperceberam-se de que a economia de combustível estava em causa. No entanto, só após o choque petrolífero do início da década de 70 se começou a fazer alguma coisa de concreto.

Como é que se testa a aerodinâmica de um carro? Na verdade, todos os dados possíveis contribuem para um número simples, chamado o *coeficiente de resistência* (c_r). Se soubermos este número, aprenderemos quase tudo o que há a saber sobre a aerodinâmica do veículo em questão. Deixarei para depois os detalhes acerca do cálculo deste coeficiente; por agora, analisarei o que este número nos diz sobre os automóveis.

O coeficiente de resistência é baseado na resistência de uma folha de metal quadrada; com vento, esta folha tem um c_r de 1,0. No início das investigações, partiu-se do princípio que este seria o valor máximo, mas mais tarde foi demonstrado que outras formas produzem um c_r mais elevado. Os carros mais antigos tinham normalmente um c_r de 0,7, valor que tem vindo a diminuir ao longo dos anos. Hoje em dia, os valores mais baixos são inferiores a 0,3. *Grosso modo*, podemos dizer que um carro tem uma aerodinâmica fraca se tiver um c_r de 0,5, uma aerodinâmica sofrível (mas, actualmente, pouco aceitável) se o c_r for 0,4, e uma acrodinâmica boa se o c_r for 0,3 ou menos.

Em meados da década de 80, os c_r iam dos 0,5 aos 0,3. Estranhamente, eram os carros luxuosos a possuir os c_r mais elevados. O *Chrysler Fifth Avenue* tinha um c_r de 0,48. Por outro lado, o *Audi 500S* tinha um c_r de 0,33. O limiar mínimo dos coeficientes não diminuiu muito até inícios da década de 90, e hoje em dia os melhores carros têm ainda um c_r de cerca de 0,3. A principal diferença é que agora existem mais modelos com coeficientes à volta deste valor mínimo. Isto é surpreendente se tomarmos em conta que o Tropfenwagen de Rumpler, em 1921, tinha um c_r de 0,28.

À medida que a poupança de combustível se torna cada vez mais importante, o design aerodinâmico ganha protagonismo. Já foi provado, por exemplo, que uma melhoria de 10% no c_r aumenta o rendimento do combustível em 5%. Isto significa que um progresso de 0,4 para 0,3 na maioria dos carros reduziria o consumo de combustível nos Estados Unidos em 10%, permitindo poupar dezenas de milhões de litros.

Quais são os valores do c_r para alguns carros modernos? Este valor não é tão popular como a potência em cavalos, o binário ou o tempo dos 0 aos 100, mas alguns fabricantes publicam-nos ocasionalmente: *Jaguar X-type 2.5 Sp*, 0,33; *Mazda MBV ES* de 2000, 0,34; *BMW M3* de 2000, 0,33; *Mercedes-Benz C32 AMG* de 2002, 0,27; *Audi S4 amt*, 0,32; *Infiniti Q45* de 2002; 0,30; *Honda Insight*, 0,25.

Trata-se obviamente, de carros desportivos, ou de carros de passageiros aerodinâmicos. Grande parte dos veículos na estrada são camiões e veículos todo-o-terreno, e os seus c_r são muito maiores. Na maioria dos casos, os valores nem sequer são divulgados.

Linhas aerodinâmicas e fluxo de ar sobre o carro

Chamamos *linha aerodinâmica* a uma pequena secção do fluxo de ar sobre um automóvel, e *padrão de fluxo de ar* ao conjunto de linhas aerodinâmicas. Este padrão depende da forma do carro, bem como da velocidade da sua passagem através do ar. Pode ser visto num túnel de vento, se se utilizar um gás opaco, como fumo.

As linhas aerodinâmicas nas proximidades de um automóvel são bastante complexas. Na parte dianteira, estas linhas seguem normalmente os contornos do carro, mas podem também separar-se. De particular importância é o atrito interno, ou viscosidade, do ar. Foi provado pelo francês Jean Le Rond D'Alembert em 1744 que se a viscosidade fosse igual a zero, não haveria forças tangenciais em acção sobre a superfície de um objecto, e portanto não haveria qualquer troca de forças entre o ar e o objecto. Por outras palavras, não existiriam forças aerodinâmicas. Este estranho resultado é conhecido como o *paradoxo de D'Alembert*. Claro está que, na prática, não existem fluidos com viscosidade zero, pelo que as forças aerodinâmicas existem.

De facto, a viscosidade gera forças entre as camadas de ar que passam umas sobre as outras. Estas forças são forças de atrito, e dão origem à chamada *camada limite*, ou *camada da superfície do corpo* (fig. 62). A camada de ar em contacto com a superfície do carro tende a agarrar-se, movendo-se com ele. A camada seguinte é arrastada com a primeira devido ao atrito, mas fica gradualmente para trás. A terceira camada fica ainda mais para trás, e por aí adiante. Finalmente, à medida que o carro continua o seu caminho, o ar fica em repouso em relação ao carro, atingindo a mesma velocidade que este. Este arrastamento retardado e gradual dá origem a uma linha desnivelada – a camada limite. Qual a sua espessura? Esta camada é normalmente muito fina – como uma folha – e, de facto, à medida que a velocidade do carro aumenta, tende a ficar ainda mais fina. Porém, ganha em espessura ao aproximar-se da traseira do automóvel. A força de atrito resultante das camadas de ar junto à superfície do carro é denominada *resistência de superfície*. Esta resistência actua numa direcção tangencial à superfície.

Fig. 62 – Camada limite.

Quando o atrito entre as camadas não é elevado, estas deslizam umas sobre as outras com facilidade. Neste caso, temos um *fluxo laminar* (fluxo suave), que ocorre apenas nas situações em que o carro viaja a uma velocidade relativamente baixa. A transição do fluxo laminar para o fluxo turbulento é uma parte importante da aerodinâmica, tendo sido alvo de aturadas investigações. No início do século XX, Osborne Reynolds foi um dos primeiros a estudarem em pormenor este aspecto da aerodinâmica, e em resultado disso referimo-nos hoje em dia aos *números Reynolds*. Estes números dependem do grau de viscosidade, da densidade e da velocidade de um fluido. Se o número Reynolds se situar entre 0 e 2000, o fluxo será laminar; se ultrapassar os 3000, o fluxo será turbulento. A área intermédia é uma região de transição, podendo o fluxo variar entre o laminar e o turbulento (ver fig. 63).

Fig. 63 – Linhas de fluxo de ar em redor de um automóvel.

A resistência de forma

Como vimos anteriormente, a resistência de forma depende fundamentalmente da forma do carro. As forças de atrito produzem diferenças de pressão nos diversos ângulos da superfície, e se somarmos todas estas pressões exercidas sobre a área do carro obteremos a resistência de forma total.

A resistência de forma depende ainda da separação das linhas aerodinâmicas, e do turbilhão provocado pela passagem do carro. Logo, é importante reduzir o mais possível a separação de linhas, e assegurar que o rasto do veículo é mínimo. A energia necessária para criar o turbilhão é retirada da energia utilizada no movimento; desta forma, surge como um factor de redução de potência.

O teorema de Bernoulli

Uma das relações mais importantes na aerodinâmica é representada pelo teorema de Bernoulli. Este teorema foi formulado no século XVIII por Daniel Bernoulli. Bernoulli, que descendia de uma família de matemáticos suíços, é hoje mais conhecido pelas suas investigações sobre o comportamento dos fluidos. Ainda que estivesse particularmente interessado na água e noutros fluidos, as suas ideias também se aplicam ao ar.

Em 1738, Bernoulli demonstrou que, à medida que a velocidade de um fluido aumenta, a sua pressão diminui. Matematicamente, podemos representar isto da seguinte forma:

$$p + \rho\, v^2/2 = \text{constante,}$$

em que p = pressão do ar, ρ = densidade do ar, v = velocidade e $\rho\, v^2/2$ é a pressão dinâmica. A partir daqui, podemos ver que *à medida que aumenta a pressão dinâmica, que depende da velocidade, a pressão do ar diminui – e vice-versa*. Se quisermos ser rigorosos, este resultado é apenas aplicável nos casos em que a viscosidade é zero; contudo, podemos considerar que também se aplica no exterior da camada limite.

Este aumento de pressão é a razão pela qual a asa de um avião produz sustentação. A asa está desenhada de tal forma que a velocidade do ar na parte de cima é maior do que na parte de baixo. Se a velocidade é maior, a pressão é menor (fig. 64). Isto significa que a pressão debaixo da asa é superior, o que produz o poder de sustentação que faz com que seja possível voar.

Observamos a mesma coisa numa bola de futebol rematada com efeito. O efeito é imprimido pelo jogador à bola, de modo que a velocidade do ar varia ao longo da sua superfície. Isto gera diferenças de pressão, que tendem a mudar a trajectória da bola.

Fig. 64 – Linhas de fluxo de ar em redor de uma asa.

Força de resistência e coeficiente de resistência

Podemos calcular facilmente a força de resistência e o coeficiente de resistência (c_r). A força de resistência F_r é-nos dada por

$$F_r = \rho\, v^2\, A_f c_r /2,$$

em que A_f é a área frontal do carro. É conveniente substituir a pressão do ar por um valor médio e adequar as unidades. Assim, temos

$$F_r = (v^2 A_f c_r)/400.$$

Aqui, a velocidade está em milhas por hora e a área frontal A_f em pés quadrados, ao passo que c_r não tem unidade.

Consideremos alguns exemplos. Sabemos que os valores de c_r variam entre 0,5 e 0,3 – partindo deste pressuposto, vamos ter em conta algumas velocidades e imaginar que a área frontal é de 5,5 metros quadrados.

A uma velocidade de 40 mph, a força de resistência seria de

$$F_r = (40^2 \times 18 \times 0,5)/400 = 36 \text{ lb } [16,3 \text{ kg}].$$

A tabela 7 indica os valores para outras velocidades e valores de c_r.

Note-se que se medirmos a força de resistência num túnel de vento, podemos utilizar esta fórmula para calcular c_r:

$$c_r = 400\, F_r /v^2 A_f.$$

A título de exemplo, imaginemos que F_r é de 50 libras [22,7 kg] a uma velocidade de 50 mph [80 km/h]:

$$c_r = (400 \times 50)/ (50^2 A_f \times 18) = 0,44.$$

É conveniente transformar a fórmula para que esta nos dê os valores da resistência em cavalos. Saberemos assim quanta potência é necessária para ultrapassar a resistência aerodinâmica; desta forma, descobriremos qual a importância do valor da resistência no que toca à poupança de combustível. Temos então que

$$F_r \, (CV) = (v^3 A_f c_r)/150 \, 000.$$

Tabela 7 – Força de resistência para várias velocidades e valores de c_r:

c_r	v *(km/h)*	F_r *(quilogramas)*
0,3	65	9,8
	80	15,3
	96	22,0
	112	30,0
	130	39,2
	145	49,6
0,4	65	13,1
	80	20,4
	96	29,4
	112	40,0
	130	52,3
	145	66,1
0,5	65	16,3
	80	25,5
	96	36,7
	112	50,0
	130	65,3
	145	82,7

A uma velocidade de 70 mph [110 km/h] e com um c_r de 0,4, dá $F_r = 16,5$ cv. Se tivermos um automóvel com uma potência de 200 cavalos, pode parecer que não tem importância, mas a 100 mph [160 km/h] temos uma resistência de 48 cv, o que já tem algum significado (ver tabela 8).

Tabela 8 – Equivalência em cavalos da resistência de forma para várias velocidades e valores de c_r:

c_r	v (km/h)	F_r (CV) (valores aproximados)
0,3	65	2,3
	80	4,5
	95	7,8
	115	12,3
	130	18,4
	145	26,2
	160	36,0
0,4	65	3,1
	80	6,0
	95	10,4
	115	16,5
	130	24,6
	145	35,0
	160	48,0
0,5	65	3,8
	80	7,5
	95	13,0
	115	20,6
	130	30,7
	145	43,7
	160	60,0

No entanto, a resistência aerodinâmica não é a única força a opor--se ao movimento do carro. A resistência ao rolamento é também importante. Na maior parte dos casos, é menor do que a resistência de forma, mas isso não quer dizer que não tenha efeitos. Esta resistência é relativamente difícil de calcular; é aconselhável consultar a figura 65.

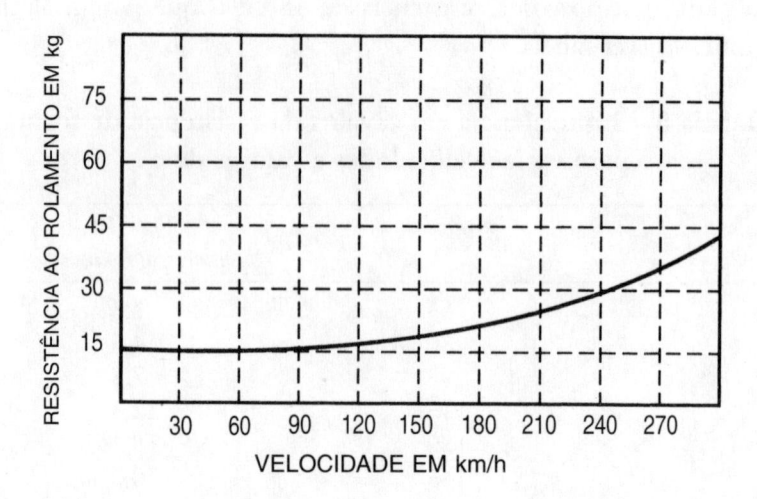

Fig. 65 – A resistência ao rolamento em função da velocidade (valores aproximados).

Área frontal do carro

Na fórmula de cálculo da força aerodinâmica e do coeficiente de resistência, um dos componentes importantes é a área frontal do veículo. Se pretendermos, portanto, reduzir a força de resistência e o c_r, esta área deve ter a menor dimensão possível. A área frontal pode ser determinada utilizando um laser e uma fotografia da parte dianteira do veículo. Recorrendo a uma aproximação, podemos calcular esta área multiplicando 80% da altura do automóvel pela sua largura.

Uma vez que a área frontal e o c_r são ambos de grande importância, vale a pena ter em conta o seu produto, denominado *figura de mérito*. A figura de mérito possibilita-nos uma melhor comparação entre carros. É possível que um veículo com um c_r baixo tenha uma área frontal relativamente grande, e vice-versa. Deste modo, a utilização de apenas um dos valores não nos diz tudo; o seu produto revela-se muito mais útil.

As áreas frontais têm vindo a diminuir consideravelmente nos últimos anos. Os automóveis dos anos 50 tinham normalmente áreas frontais entre 7 e 8 metros quadrados. Hoje em dia, a maioria dos veículos tem uma área frontal de 5,5 metros ou menos. Com uma área frontal de 5,5 metros quadrados e um c_r de 0,3 obtemos uma figura de mérito de 1,65.

A redução da resistência

O objectivo da aplicação da aerodinâmica aos carros é, obviamente, a redução da resistência. Mas até que ponto se pode reduzir a resistência? Como tivemos oportunidade de ver, uma asa de avião tem um c_r de 0,05, mas isto não nos ajuda muito quando se trata de desenhar automóveis de passageiros. Porém, há muito tempo que se sabe que a forma de lágrima, ou peixe, é a forma aerodinâmica ideal (ver fig. 66). Esta forma possui um coeficiente entre 0,3 e 0,4.

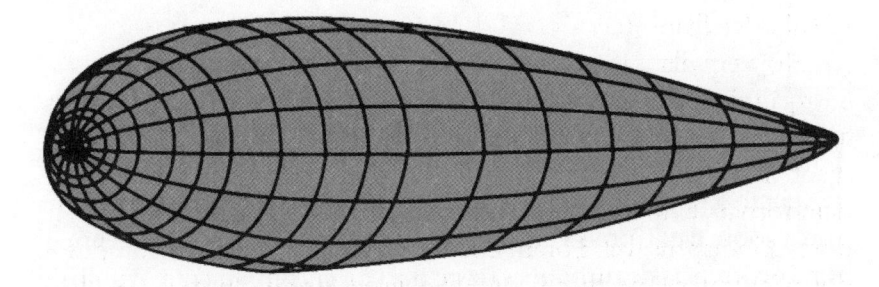

Fig. 66 – O corpo aerodinâmico ideal – a forma de lágrima.

Numa situação ideal de circulação de ar, as linhas aerodinâmicas seguem o contorno do carro da parte dianteira até à traseira, sem se separarem. Porém, na prática isto raramente acontece – mesmo na forma de lágrima registam-se turbulências perto da traseira. Consideremos em mais detalhe o fluxo de ar em redor de um carro, utilizando o diagrama da figura 67. O ar embate e divide-se no ponto A, sendo que uma parte irá fluir sobre o carro e outra parte por debaixo dele. O fluxo de ar sobre o carro divide-se normalmente no ponto B (imediatamente antes do pára-brisas), provocando turbulência. Volta a juntar-se em C, fluindo em seguida ao longo da capota do carro (D), onde pode, por um lado, voltar a dividir-se em E (criando mais turbulência), ou, por outro, abandonar suavemente a superfície do veículo. No caso de uma descida gradual da parte traseira (em forma *fastback*), o fluxo de ar poderá manter-se agarrado à superfície do veículo, originando um pequeno turbilhão no final.

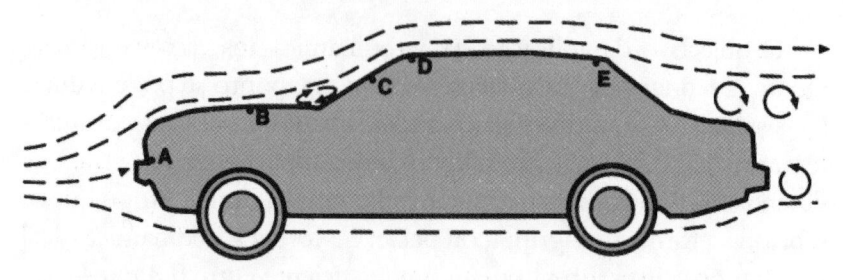

Fig. 67 – Linhas de fluxo por cima e por debaixo de um carro. Observem-se as áreas de turbulência em frente ao pára-brisas e na parte traseira.

Esta turbulência junto à parte traseira do veículo é bastante importante. Se o fluxo se separar da superfície demasiado abruptamente, gerar-se-á um vácuo por detrás do carro, que irá exercer uma força sobre ele. Como vimos anteriormente, uma maneira de impedir a ocorrência de turbilhões deste tipo foi encontrada por Wunibald Kamm e por outros engenheiros alemães, durante a década de 20. Kamm mostrou que a parte traseira da lágrima poderia ser cortada sem aumentar significativamente a resistência aerodinâmica. De facto, cortar esta região aumenta ligeiramente a resistência de forma, mas ao mesmo tempo dá-se uma redução de atrito de superfície, devido à redução de área. Porém, é fulcral que o corte seja feito imediatamente atrás do eixo das rodas traseiras.

A área do corte é denominada *área base*, e deve ter a menor dimensão possível. A técnica de cortar a secção traseira é conhecida como *bobtailing*.

Uma das estratégias para reduzir a resistência é, portanto, manter a forma do veículo o mais semelhante possível à forma ideal de lágrima. No entanto, há outras maneiras. Durante muitos anos, prestou-se pouca atenção à parte de baixo dos carros, mas agora sabemos que nesta área se regista uma quantidade substancial de resistência. O fluxo de ar nesta zona é muito complexo, verificando-se uma considerável turbulência. O carro move-se muito próximo do chão, restringindo o fluxo do ar e aumentando as forças de pressão – analisaremos mais tarde os efeitos destas forças. No geral, o fluxo de ar nesta área é condicionado pela distância entre o chão e a parte de baixo do carro, pela largura e comprimento do veículo e pela rugosidade da superfície em causa.

O fluxo de ar debaixo do carro é particularmente importante nos carros de corrida; por conseguinte, são normalmente utilizados pára-choques curvados e bastante baixos, que funcionam como diques. Estes pára-choques desviam o ar para ambos os lados do carro, reduzindo substancialmente a quantidade de ar a passar por baixo. São muito eficazes na redução da sustentação. Igualmente, recorreu-se à colocação de revestimentos metálicos na parte de baixo dos veículos, mas este estratagema já foi proibido na maioria das competições.

Interferência e outras formas de resistência

Para além dos contornos e da parte de baixo de um carro, há muitas outras coisas que podem provocar resistência. Ainda que possam parecer insignificantes, pequenas protuberâncias, como antenas de rádio, podem criar alguma resistência. Os espelhos laterais, os limpa-pára-brisas, os manípulos das portas – todos estes pequenos elementos contribuem para a criação de resistência. De facto, devido às interacções que estabelecem com o fluxo de ar do próprio carro, a sua contribuição total é geralmente superior à soma das suas contribuições individuais. Estes elementos dão origem à chamada *resistência de interferência*.

As rodas constituem uma outra fonte de considerável resistência. A pressão exercida à volta da superfície da roda difere de ponto para ponto, produzindo resistência. O ar acompanha o movimento circular da roda, o que origina turbulência na forma de vórtices. Estes vórtices interagem com os vórtices criados pelo movimento do veículo. O coeficiente de resistência de uma roda exposta ao fluxo de ar é de 0,45, de modo que a inserção da roda na carroçaria do carro tem as suas vantagens – porém, não deixam de ocorrer algumas complicações (ver fig. 68).

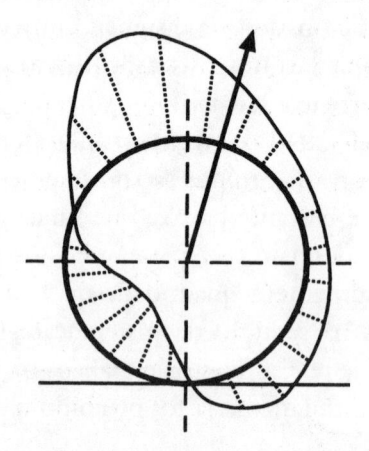

Fig. 68 – Linhas de pressão em redor de um pneu.

Por fim, existe a resistência interna causada pelo ar que passa através do interior do carro. Todos os motores necessitam de entrada de ar para efeitos de refrigeração, e este ar tem que entrar pela dianteira do veículo. De facto, é importante que exista uma diferença de pressão entre o ar na dianteira do veículo e o ar na traseira. Em geral, não há muito a fazer para reduzir esta resistência, que surge assim como um mal necessário.

Sustentação aerodinâmica e *downforce*

Habitualmente, a sustentação não assume grande importância nos automóveis, devido ao facto de a velocidade destes ser normalmente demasiado baixa para produzir sustentação de grande monta. Já tivemos oportunidade de referir que acontece algo de estranho a alta velocidade: o carro parece levantar do chão. Sabemos agora que a sustentação pode ser, de facto, um assunto sério, em especial nos carros de corrida. A sustentação tem, por isso, efeitos determinantes no controlo do carro.

Dá-se sustentação porque o fluxo de ar sobre o carro é mais rápido do que o fluxo de ar ao longo da sua base (fig. 69). Esta situação ocorre, em graus variáveis, em todos os carros. Segundo o teorema de Bernoulli, a pressão diminui com o aumento da velocidade. Deste modo, o topo do carro tem uma pressão menor do que a base, e daqui resulta uma força de sustentação. Podemos ver aqui as semelhanças entre um automóvel e uma asa de avião.

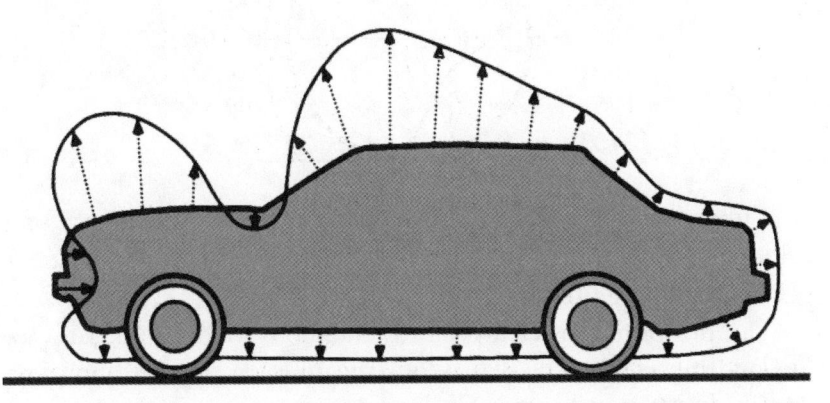

Fig. 69 – Linhas de pressão sobre e debaixo do carro, originando sustentação.

A força de sustentação é-nos dada por

$$F_s = \rho v^2 \, Ac_s/2,$$

165

em que A é a área da parte de baixo do carro e c_s é o coeficiente de sustentação. Adequando às unidades, temos

$$F_s = v^2 \, Ac_s/391,$$

em que v se encontra em milhas por hora e A em pés quadrados, ao passo que c_s é um número, como c_r. Os coeficientes de sustentação podem variar de 0 a 2, ou mais. Dependem fundamentalmente da forma e do ângulo do «nariz» do automóvel, para além, claro está, da forma geral do veículo. Suponhamos que o coeficiente de sustentação é de 0,5 e que A é de 11 metros quadrados. Neste caso, obtemos os seguintes resultados:

v (km/h) (valores aproximados)	F_s (kg)
80	52,2
95	75,1
115	102,2
130	133,5
145	169,0
160	214,1
195	300,5
240	469,5

Conclui-se que a força de sustentação pode ser substancial se a velocidade for elevada – nos carros de corrida, esta força pode andar pelas centenas de quilos.

Um dos principais efeitos da sustentação é a redução de tracção, que pode ter efeitos sérios na velocidade do carro e na força máxima de viragem. Para além de reduzir a sustentação, seria útil aumentar a *downforce*, ou seja, a força que empurra os pneus contra a estrada. No entanto, queremos fazer isto sem aumentar o peso do veículo. Há duas maneiras de aumentar a *downforce*: a utilização de *spoilers* traseiros e o recurso a dispositivos de sustentação negativa, como as asas.

Os *spoilers* foram introduzidos nos modelos de corrida da *Ferrari* no princípio da década de 60, e é por isso que por vezes lhes chamamos *spoilers Ferrari*. Os *spoilers* interferem com o padrão de fluxo de ar sobre a parte traseira do veículo. Produzem uma pressão alta na extremidade superior, que é projectada no sentido inverso, ou seja, para a área da janela de trás. Com um aumento de pressão nesta região, diminui o efeito de sustentação. Estranhamente, provou-se mais tarde que os *spoilers*, concebidos originalmente para reduzir a sustentação, podem contribuir também para a redução de resistência (ver fig. 70).

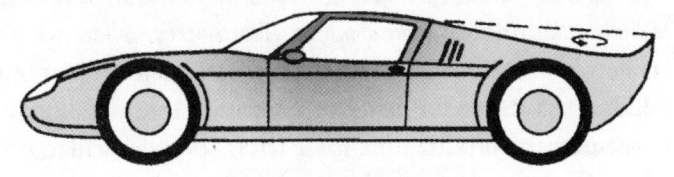

Fig. 70 – Um *spoiler*.

Os *ailerons* são normalmente montados perto da extremidade traseira de um carro de corrida. Trata-se, basicamente, de uma asa de avião montada ao contrário. Toda a gente sabe que uma asa de avião produz sustentação suficiente para fazer descolar o avião. Ora, uma asa montada ao contrário muda a trajectória da força, tornando-a muito eficaz na produção de *downforce*. Para determinar a sustentação de uma asa, podemos usar a mesma fórmula que utilizámos para o cálculo da sustentação de um carro. Neste caso, a área considerada é a área da asa em metros quadrados.

Para sabermos com que tipo de *downforce* podemos contar, ilustremos com alguns exemplos concretos. Suponhamos que o coefi-ciente de sustentação é 0,85 e que a área é de 9 metros quadrados. Para uma velocidade de 193 km/h temos uma F_s = 426 kg. No entanto, isto não é tudo. A sustentação negativa produz resistência – não só resistência de forma, mas também um outro tipo, a que chamaremos *resistência induzida*. A resistência de forma é calcula a partir da fórmula indicada no início deste capítulo. A resistência induzida é determinada por

$$F_i = (c^2 / a) \, v^2 / 4103,$$

em que *a* é o alongamento da asa = envergadura^2/A.

A estabilidade do carro

Na última secção analisámos a sustentação, que pode ser considerada uma forma de «estabilidade de cima para baixo». No entanto, a estabilidade direccional é também importante. Para a compreender, necessitaremos de ter em conta o ângulo de derrapagem e a guinada – conceitos que não estão directamente relacionados com a aerodinâmica. Porém, a aerodinâmica afecta a estabilidade a altas velocidades.

Já vimos o ângulo de derrapagem. Trata-se da diferença angular entre a trajectória dos pneus e a direcção para a qual estão apontados. A flexibilidade da borracha dos pneus permite este desalinhamento. O pneu que derrapa produz uma força lateral perpendicular, e a magnitude desta força depende da amplitude do ângulo de derrapagem e da força normal que empurra o pneu contra a estrada.

Quando o condutor roda o volante, cria-se um ângulo de derrapagem, que por sua vez produz uma força lateral que empurra o carro numa determinada trajectória. Esta força age sobre os pneus dianteiros, que estão à frente do centro de gravidade do carro. Daqui resulta um esforço de torção. Assim, o carro começa a rodar em relação ao seu centro de gravidade. Esta rotação tem o nome de *guinada*, ou rotação em volta do eixo vertical. Quando isto acontece, os pneus traseiros desenvolvem também um ângulo de derrapagem e uma força lateral. No entanto, esta força encontra-se atrás do centro de gravidade, pelo que contraria a força criada na dianteira.

Todavia, olhando com maior atenção, podemos ver que o ângulo de derrapagem nos pneus dianteiros é maior do que nos traseiros, pelo que o carro continua a guinar. De facto, se o condutor não fizer algo, estas guinadas farão com que o movimento do veículo se torne instável e entre em pião. O condutor deve ajustar a posição do volante para evitar esta situação.

Nalguns casos, pode mesmo ser necessário modificar algo no carro ou nos pneus, de forma a assegurar que a torção gerada pelos pneus dianteiros difira da torção gerada pelos traseiros. Neste contexto, recorre-se normalmente a uma diferenciação no enchimento ou mesmo no tamanho dos pneus.

8

A Física das colisões

Dois carros aceleram em direcções opostas numa estrada. Um dos condutores começa a cabecear de sono. O carro atravessa o traço separador, aproximando-se do veículo que vem na direcção oposta. O segundo condutor trava a fundo, tenta desviar-se, mas não consegue evitar o choque. Os dois carros colidem frontalmente. O primeiro condutor é projectado através do pára-brisas e acaba, já morto, na capota do outro carro. O segundo condutor embate contra o volante e fica ferido; porém, ao contrário do primeiro, sobrevive ao acidente. Os dois carros tinham o mesmo peso e viajavam a velocidades semelhantes – assim, pode parecer estranho que o segundo condutor tenha sobrevivido, uma vez que o primeiro perdeu a vida. Afinal, à primeira vista as condições são iguais para os dois condutores. No entanto, analisando atentamente vemos que há uma *grande* diferença. Um dos condutores estava preso ao assento do carro pelo cinto de segurança, enquanto que o outro não.

Admito que esta história é algo macabra, mas acho que cumpre o objectivo de transmitir uma mensagem: os cintos de segurança salvam vidas. Sabemos que, devido à lei da inércia, um objecto em movimento irá continuar em movimento, com a mesma velocidade e direcção, a não ser que sobre ele actue uma força exterior. O condutor que morreu no acidente não tinha o cinto de segurança posto, e portanto não estava preso ao carro. Ao dar-se a colisão, o condutor continuou a mover-se com a mesma velocidade que o carro tinha antes de colidir, atravessando o pára-brisas e indo pelos ares até embater na capota do outro carro. A força do impacto com o pára--brisas e o choque contra a capota do segundo carro serviram para abrandar o seu movimento, mas não impediram a morte. O condutor que sobreviveu estava preso ao carro pelo cinto de segurança, de forma que sentiu o mesmo movimento e a mesma desaceleração do carro – o que acabou por salvar a sua vida.

Choque contra um objecto sólido fixo

A física é importante para a compreensão dos acidentes de automóveis. Como veremos, existe uma grande variedade de situações possíveis. Uma das mais simples é o choque de um carro contra algo sólido e imóvel, como uma árvore ou uma parede. Podemos determinar facilmente a força do carro ao atingir a parede – esta é a mesma força que o corpo do condutor irá sentir. Imaginemos que o carro vai a 80 km/h e que pára em 0,04 segundos. Já falámos dos dois conceitos da física necessários para resolver este problema: trata-se do momento linear e do impulso. O momento é massa $\times$ velocidade, ou mv, e o impulso I é

$$I = Ft,$$

em que F é a força e t é o tempo de actuação da força. Podemos relacionar os dois recorrendo à segunda lei de Newton, o que dá

$$F = ma = m(v\text{-}v_0)/(t\text{-}t_0),$$

em que v_0 é a velocidade inicial e t_0 é o tempo inicial, que podemos tomar por zero. Reescrevendo isto, temos

$$F = \Delta mv/t$$

ou

$$Ft = \Delta mv.$$

Se o peso do carro for de 1360 kg, a sua massa será de 1360/ /14,59, ou cerca de 94 slugs (sendo o slug uma unidade de massa), e a sua velocidade (80 km/h) será de 22,3 metros/segundo. Substituindo estes valores na nossa fórmula (*), dá

$$F = 94(73,3)/0,04 = 172\ 255 \text{ libras } [78\ 134 \text{ kg}].$$

Escusado será dizer que se trata de uma força incrível, que pode provocar grandes estragos. É inimaginável aguentar este tipo de peso. Para conhecermos um outro aspecto da questão, convertamos este peso para unidades g. Podemos fazer isto através de $a = F/m$. Através de substituição, temos 558,8 m/seg², o que corresponde a uma força de cerca de 57 g. Poderá o corpo humano aguentar tamanha força e sobreviver? Os parâmetros de segurança regulamentados dizem que é possível a uma pessoa sobreviver a desacelerações até 80 g. No entanto, o que é mais importante é o período de tempo dentro do qual a desaceleração ocorre: nestes casos, tem de ser extremamente curto. Para além disso, pressupomos que os bocados aguçados de metal e de vidro, originados pelo embate, não matam o passageiro – e há uma grande probabilidade de que isto aconteça. Mais tarde, veremos que se pode definir um índice de gravidade (IG) que tenha em conta, simultaneamente, a aceleração e o tempo. Este índice dá-nos uma boa estimativa das probabilidades de sobrevivência.

A colisão frontal

A colisão frontal é uma das mais comuns e mortíferas formas de colisão. Trata-se de um problema unidimensional, logo de resolução relativamente fácil. Uma variação da colisão frontal é a situação em que os dois carros estão a ir na mesma direcção e um bate no outro por trás (fig. 71). Os raciocínios matemáticos necessários para interpretar esta situação não são diferentes – só muda o sinal.

(*) Para não desvirtuar a fórmula, mantiveram-se os valores em pés (73,3) e procedeu-se meramente à conversão do resultado para quilogramas *(N. do T.)*.

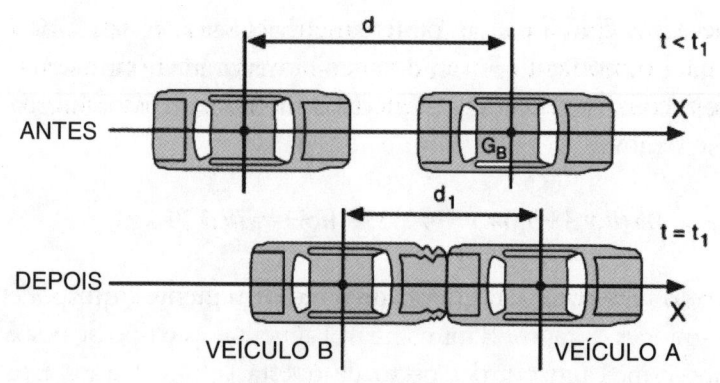

Fig. 71 – Dois carros envolvidos num choque por trás.

Em primeiro lugar, necessitamos de comparar o momento linear antes e depois da colisão. Para isto, recorremos ao princípio da conservação do momento, que nos diz que o momento total antes de uma colisão é igual ao momento total após a colisão. Matematicamente, isto pode ser expresso da seguinte forma:

$$m_1 v_1 + m_2 v_2 = m_1 V_1 + m_2 V_2,$$

em que m_1 e m_2 são as massas dos dois carros, v_1 e v_2 são as velocidades antes da colisão e V_1 e V_2 são as velocidades após a colisão.

Se soubermos quais as velocidades antes da colisão, temos ainda duas incógnitas, de modo que não podemos resolver o problema. No entanto, há duas situações que são passíveis de resolução.

1. A colisão perfeitamente elástica entre dois veículos, na qual os veículos ressaltam após a colisão.
2. A colisão perfeitamente inelástica, em que os dois veículos permanecem juntos após a colisão.

A primeira destas situações não tem grande interesse devido ao facto de na prática nunca ocorrer; todavia, é fácil de resolver, de modo que a analisaremos com brevidade. A segunda situação tem interesse, dado que ocorre ocasionalmente.

Comecemos com a colisão perfeitamente elástica. Já sabemos a fórmula para o momento linear, e temos também uma outra equação. Numa colisão deste tipo, a energia cinética é conservada, de modo que temos

$$\tfrac{1}{2}\,m_1 v_1^{\,2} + \tfrac{1}{2}\,m_2 v_2^{\,2} = \tfrac{1}{2}\,m_1 V_1^{\,2} + \tfrac{1}{2}\,m_2 V_2^{\,2}.$$

Podemos reescrever estas duas equações da seguinte forma:

$$m_1(v_2^{\,2} - V_1^{\,2}) = m_2(V_2^{\,2} - v_2^{\,2})$$
$$m_1(v_1 - V_1) = m_2(V_2 - v_1).$$

Dividindo a primeira pela segunda, dá

$$v_1 - v_2 = V_2 - V_1.$$

Isto diz-nos que a velocidade de aproximação dos dois veículos antes da colisão é igual à velocidade de separação após a colisão. Obviamente que esta é a situação esperada numa colisão perfeitamente elástica. Podemos também determinar V_1 e V_2, as velocidades após a colisão, mas estas são normalmente de pouco interesse, de modo que iremos ignorá-las.

Passemos agora ao caso mais interessante das colisões perfeitamente inelásticas, nas quais os dois carros permanecem juntos após a colisão. A nossa equação para o momento será

$$m_1 v_1 + m_2 v_2 = (m_1 + m_2)\,V,$$

em que V é a velocidade comum após a colisão. Desta vez não temos uma equação para a energia, dado que a energia não se conserva após a colisão. A título de exemplo, imaginemos que dois veículos, um de 1360 kg e outro de 1815kg, se envolvem numa colisão frontal. O carro de 1360 kg viaja a uma velocidade de 80 km/h e o outro a uma velocidade de 95 km/h na direcção oposta. As massas respectivas são de 125 e 93,75 slugs, e as velocidades em metros por segundo são 22,4 e 26,9. Substituindo, vemos que V, a velocidade dos dois carros após a colisão, é de 12,8 m/seg na direcção inicial do carro de 1815 kg. Devido ao atrito, não manterão esta velocidade por muito tempo.

Na realidade, a maioria das colisões situa-se algures entre estes dois casos ideais. Por outras palavras, as colisões não são nem perfeitamente elásticas nem perfeitamente inelásticas. Portanto, para lidar com estes fenómenos, necessitaremos do *coeficiente de restituição*. Designado por e, define-se matematicamente por

$$e = (V_1 \text{-} V_2) / (v_2 \text{-} v_1) = \text{velocidade de separação/velocidade de aproximação.}$$

No caso da colisão entre dois carros, é difícil determinar e com exactidão. O valor varia entre 0 e 1, correspondendo os dois extremos às duas situações ideais que analisámos. O coeficiente de restituição de uma bola a saltar é relativamente fácil de calcular. Se deixarmos a bola cair de uma altura a_1, e se ela ressaltar para uma altura a_2, o coeficiente de restituição será a_1/a_2. Salta à vista que não podemos medir da mesma forma o coeficiente de restituição numa colisão entre automóveis, pelo que temos de recorrer a estimativas.

Em termos do coeficiente de restituição, as velocidades dos dois veículos após a colisão são relativamente fáceis de determinar:

$$V_1 = [(m_1 \text{-} em_2)\, v_1 + m_2\, (1+e)\, v_2] / (m_1 + m_2)$$
$$V_2 = [m_1\, (1+e)\, v_1 + (m_2 \text{-} em_1)\, v_2] / (m_1 + m_2).$$

Na explicação acima, vimos que numa situação de colisão perfeitamente elástica a energia cinética se conserva. Ora, isto não é verdade nos outros casos. Na verdade, se calcularmos a energia cinética total antes da colisão e a compararmos com a energia cinética total após a colisão, veremos que os dois valores não são iguais. De facto, parecerá que se perdeu grande parte da energia cinética. Para onde terá ido? À primeira vista, parece que a energia não se conservou, mas já sabemos que isto não é possível; a energia tem de se conservar de alguma forma. Então, o que é que lhe terá acontecido? A energia não se perdeu, mas foi transformada em diferentes formas de energia, sendo que a maior parte se tornou energia calorífica. Ambos os carros ficaram danificados e esmagados na colisão, e é necessário uma grande dose de trabalho, ou energia cinética, para fazer isto. Para além disso, é provável que tenha havido energia sonora e talvez alguma energia irradiante, de modo que podemos somar todas estas formas de energia para obter o valor inicial.

Colisões em duas dimensões

Muitas colisões não ocorrem em vias rápidas ou auto-estradas, e nem sempre se trata de choques frontais ou traseiros. Na verdade, as colisões nos cruzamentos são mais frequentes do que as colisões em auto-estrada. Nestes casos, os princípios físicos aplicáveis são mais complicados, devido ao facto de estarmos a lidar com duas dimensões. No entanto, não deixa de haver uma forma de resolver o problema; a única diferença é que agora necessitaremos de recorrer à trigonometria. Tomando o eixo horizontal como o eixo x e o vertical como o eixo y, podemos projectar as velocidades ao longo de dois eixos (fig. 72). Isto é bastante fácil. Na figura 72, a velocidade v é v co-seno θ ao longo do eixo x, e v seno θ ao longo do eixo y. Após projectarmos as velocidades em ambos os eixos, consideramos que o momento se conserva ao longo das trajectórias x e y, de modo que o problema pode ser resolvido como nas situações anteriores.

Na vida real, as coisas podem ficar um pouco mais complicadas. Um carro não é um ponto, e a colisão num cruzamento pode ocorrer de muitas formas. Por exemplo, a dianteira de um dos carros pode embater contra a dianteira do outro, ou com a parte central, ou mesmo com a traseira. No caso de uma colisão com a parte dianteira ou traseira, o primeiro carro irá imprimir uma rotação, ou torção, ao segundo carro – rotação essa que devemos ter em conta se quisermos obter resultados exactos. Para além disso, um dos condutores pode aperceber-se da colisão no último momento e tentar desviar-se para a evitar. Neste caso, os ângulos de colisão

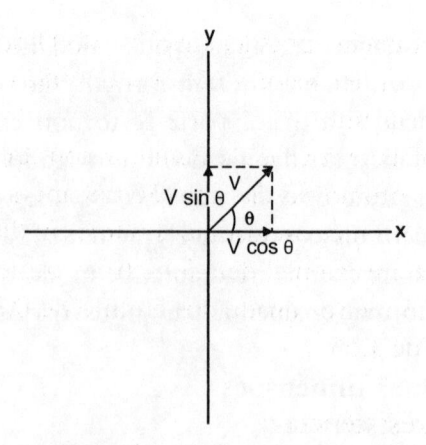

Fig. 72 – Uma colisão em duas dimensões. Necessitamos de recorrer à
trigonometria para encontrar uma solução.

dos dois carros seriam diferentes. Poderíamos, contudo, lidar com
este caso da mesma forma – mas deveríamos ter em atenção essa
diferença de ângulos. Outro aspecto importante é saber se os veículos têm as rodas bloqueadas após a colisão. Esta situação pode ocorrer se as deformações provocadas pelo choque forem suficientes para
impedir as rodas de rodar. Também isto deve ser tido em conta num
cálculo detalhado (ver fig. 73).

Hoje em dia, são utilizados computadores para simular colisões,
e isto ajuda bastante nos cálculos matemáticos. Nas simulações mais
avançadas, em que são considerados factores como a geometria da
dianteira dos veículos e o ponto exacto de colisão, os cálculos podem tornar-se muito complicados, pelo que o auxílio dos computadores é indispensável. Foram criados vários programas de computador para tratar especificamente de colisões de automóveis.

A reconstituição de acidentes

Quando se dá um choque num cruzamento, tudo o que temos
são as posições finais dos carros e as marcas dos pneus. Em muitos
casos, e especialmente naqueles que vão a tribunal, é importante conseguir reconstituir o acidente. Isto significa determinar as velocidades

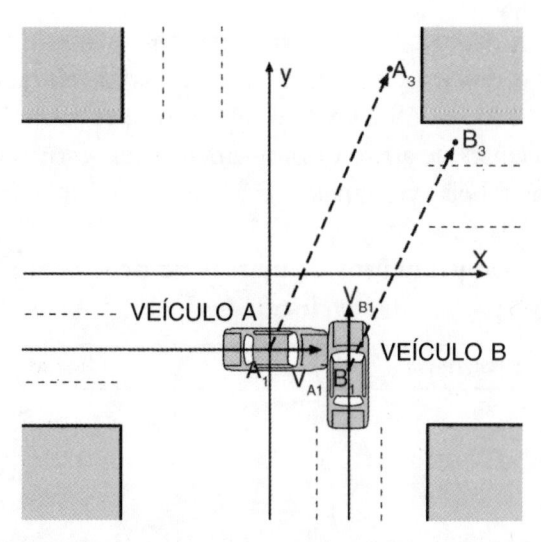

Fig. 73 – Uma colisão num cruzamento. As setas mostram a trajectória dos carros após a colisão.

iniciais dos dois carros antes da colisão. É particularmente importante saber se algum dos carros estava a infringir o limite de velocidade.

Uma boa pista é, obviamente, o comprimento das marcas dos pneus. Há, no entanto, um problema: para que deixe marcas, um carro tem de ter as rodas totalmente bloqueadas. Portanto, só podemos determinar a velocidade após o condutor travar e, consequentemente, bloquear as rodas. Assim, o valor real da velocidade inicial é ligeiramente superior ao valor resultante dos nossos cálculos. Se quisermos obter um valor melhor, teremos de fazer uma estimativa do tempo de reacção do condutor, e do tempo que demora até os travões bloquearem as rodas.

Se tivermos o valor do comprimento das marcas dos pneus, a velocidade inicial pode ser obtida através de

$$v = 16,5 \ (\mu c)^{\frac{1}{2}},$$

em que μ é o coeficiente de atrito entre os pneus e a estrada, c é o comprimento das marcas dos pneus, e v é a velocidade em quilómetros por hora. Como exemplo, imaginemos que $\mu = 0,7$ e que o comprimento das marcas é de 12,2 metros. A velocidade será de 16,5 $(0,7 \times 12,2)^{\frac{1}{2}} = 48,2$ km/h. Utilizemos esta fórmula para diferentes coeficientes de atrito e comprimentos, de forma a podermos elaborar uma tabela (ver tabela 9).

Tabela 9 – Comprimentos de marcas de pneus para diferentes velocidades

Comprimento da marca (m)	μ	Velocidade inicial (km/h)
12,2	0,5	39,6
	0,6	43,4
	0,7	46,8
	0,8	50,0
15,2	0,5	44,2
	0,6	48,4
	0,7	52,3
	0,8	55,8
18,2	0,5	48,4
	0,6	53,1
	0,7	57,3
	0,8	61,3
24,4	0,5	56,0
	0,6	61,3
	0,7	66,3
	0,8	70,8
30,5	0,5	62,6
	0,6	68,5
	0,7	74,0
	0,8	78,8
36,5	0,5	68,5
	0,6	75,1
	0,7	81,1
	0,8	86,7
42,7	0,5	74,0
	0,6	81,1
	0,7	87,5
	0,8	93,6
48,8	0,5	79,2
	0,6	86,7
	0,7	93,6
	0,8	100,1

Na tabela 9, consideramos que o carro pára em resultado do atrito entre a estrada e os pneus. No entanto, em muitos casos as marcas dos pneus terminam numa colisão, de modo que não podemos determinar a velocidade inicial. Se soubermos o valor da velocidade inicial, o comprimento da marca dos pneus dir-nos-á a velocidade a que o primeiro carro embateu no segundo. Embora não se trate de um valor preciso, a velocidade inicial de um carro pode ainda ser obtida a partir de uma apreciação dos danos que provoca no segundo carro.

Igualmente importante na reconstituição de um acidente é saber o intervalo de tempo durante o qual ocorre o impacto. Normalmente, este intervalo é muito curto – uma fracção de segundo. Como exemplo, imaginemos que um carro colide com outro que está parado num cruzamento, e que o segundo carro é projectado a uma distância de 60 cm (0,6 m) pelo impacto, sofrendo danos na chapa de 30 cm (0,3 m). A primeira coisa a fazer é determinar a velocidade média durante o impacto. Se soubermos a velocidade de impacto podemos calcular a velocidade média, já que a velocidade final é zero. Se a velocidade de impacto fosse, por exemplo, de 16 km/h, então a velocidade média seria de 8 km/h (2,24 m/seg). O tempo de impacto seria, portanto

$$t = 0,9 \text{ m} / 2,24 \text{ m/seg} = 0,4 \text{ segundos.}$$

O índice de gravidade

Seria bom se tivéssemos uma medida da gravidade de um acidente – por outras palavras, um número que nos pudesse dizer a probabilidade da ocorrência de vítimas mortais ou feridos graves. Na verdade, temos a nosso dispor uma medida deste tipo – trata-se do índice de gravidade. Designaremos este índice por IG. Matematicamente, define-se como

$$IG = (a/g)^{5/2}t,$$

em que a/g é a força g exercida sobre o corpo dos passageiros no momento do impacto, e t é o tempo do impacto.

Para dar um exemplo, consideremos uma outra situação. Suponhamos que um carro começa a atravessar um cruzamento mas é subitamente forçado a travar devido a uma criança que se atravessa a correr. Entretanto, uma carrinha de caixa aberta, entrando no cruzamento numa trajectória perpendicular, não pára no semáforo e vai embater, sem qualquer travagem, contra o carro. Após o acidente, a polícia chega à conclusão de que as marcas dos pneus têm um comprimento de 25,3 metros e que o coeficiente de atrito entre a estrada e os pneus era de 0,7. Iremos supor que a colisão é inelástica e que os dois veículos permanecem juntos após a colisão.

O peso do carro é de 1380 kg e o seu condutor pesa 68 kg, o que dá um total de 1448 kg. A carrinha pesa 1700 kg e o seu condutor 90 kg, para um total de 1790 kg. Consideremos em primeiro lugar a força retardadora do carro. É-nos dada por

$$F = \mu mg = 0,7 \ (1448) = 1014 \text{ kg.}$$

A partir do princípio da conservação do momento linear para uma colisão inelástica, temos que

$$m_1 v_1 + m_2 v_2 = (m_1 + m_2) V.$$

Sendo que $v_1 = 0$, v_2 (a velocidade da carrinha) $= 3148/1790 \ V$. A desaceleração durante a colisão é

$$a = -F/m = -3 \text{ m/seg}^2.$$

Agora, usando $V^2 = 2ap$, em que p é o comprimento da marca deixada pelo pneu, obtemos a velocidade da carrinha e do carro imediatamente após a colisão: trata-se de 12,4 m/seg, ou aproximadamente 45 km/h. Portanto, a velocidade da carrinha antes de atingir o carro era 1,81(45) = 81,4 km/h.

Para avançar com estes cálculos, teremos de fazer algumas aproximações. Precisamos de saber a magnitude dos danos nos veículos, assim como o tempo necessário para provocar estes danos. Ambos os valores são difíceis de quantificar, e por isso não entrarei em pormenores. Utilizaremos portanto os valores que obtivemos anteriormente, quando se tratava de um carro a embater contra uma parede. O tempo era de 0,04 segundos e a força g era de 57. Sendo assim,

$$IG = (57)^{5/2} (0,04) = 981.$$

Geralmente, parte-se do princípio de que, se o SI for inferior a 1000, as pessoas envolvidas no acidente sobreviverão. Neste caso, foi por pouco.

O comportamento em acidente

O comportamento em acidente é uma medida que nos diz o que acontece a um automóvel envolvido num acidente. Em concreto, este indicador dá-nos uma medida do grau de dano que devemos esperar. O mais desejável é, obviamente, um alto grau de comportamento em acidente; por outras palavras, queremos que os danos sejam mínimos. Por conseguinte, na análise desta medida temos de determinar se faltava alguma coisa, algo que tornaria a colisão menos perigosa. Especificamente, tendo em conta o que sabemos sobre os mecanismos dos acidentes, e dado que temos meios de estimar a gravidade dos mesmos, podemos determinar se os ocupantes do carro poderiam ter saído da colisão com menos ferimentos.

É importante notar que o comportamento em acidente não é a mesma coisa que segurança do veículo. Ao lidar com o comportamento em acidente, partimos do princípio de que a colisão já ocorreu, e não estamos preocupados em saber de quem foi a culpa, ou se o acidente poderia ter sido evitado. O grau de segurança de um veículo depende de vários factores que podem ser importantes para evitar acidentes, como o ABS, bons índices ao nível da direcção e do controlo, tipo de pneus, entre outros. Porém, um veículo relativamente seguro pode ter um fraco comportamento em acidente. Mesmo que esteja apetrechado com todas as características apropriadas para evitar acidentes, pode ter algumas que causem mais ferimentos do que o necessário.

Em relação ao comportamento em acidente, assumem especial importância os cintos de segurança, os *airbags*, as protecções laterais, as zonas de deformação, os encostos de cabeça, o revestimento interior. Uma zona de deformação, para os que não estão familiarizados com o termo, é uma zona na dianteira do veículo que foi concebida para se dobrar ou «amarrotar», de forma a absorver alguma da força da colisão. Uma estrutura de metal protege o condutor atrás desta zona. A zona de deformação permite retirar pressão sobre outras áreas do veículo.

Hoje em dia, os carros já estão equipados com a maior parte das características mencionadas. Todavia, estas características são incorporadas em maior ou menor grau, consoante o modelo. Ao considerar o comportamento em acidente, devem ser tidos em conta todos os tipos de colisão, nomeadamente colisões frontais, colisões laterais em qualquer um dos lados, colisões por trás, e vários tipos de colisões oblíquas ou tangenciais. Devem ser também considerados factores como o eventual embate dos passageiros contra o painel de instrumentos ou contra o volante. Os volantes que recolhem, por exemplo, fazem com que o carro tenha um melhor comportamento em acidente. Para além disso, devem ser acauteladas situações como a possibilidade de saída do veículo ou o risco de incêndio.

Como determinar o comportamento em acidente? Esta questão leva-nos aos testes de segurança.

Testes de segurança (*crash tests*)

Subitamente, um carro precipita-se na nossa direcção. Travamos a fundo e preparamo-nos. O choque é inevitável. Quais serão as consequências? Em grande medida, a gravidade do acidente dependerá da classificação de segurança do nosso carro. Nos Estados Unidos existem duas grandes escalas para avaliar a segurança: uma utilizada pela autoridades governamentais e outra pelas principais companhias de seguro(*). A primeira é da responsabilidade da National Highway Transportation Safety Administration (NHTSA), a segunda do Insurance Institute for Highway Safety / Highway Loss Data Institute (IIHS/HLDI). A classificação do governo é baseada na atribuição de estrelas, sendo que cinco estrelas é a classificação máxima. Dois bonecos de teste, munidos de sofisticados dispositivos de recolha de dados, são colocados nos bancos da frente com o cinto de segurança posto. Em seguida, o carro colide, à velocidade de 50 km/h, contra uma barreira não deformável. A estes testes é dado o nome de NCAP (*New Car Assessment Program*).

Os dispositivos colocados nos bonecos medem a aceleração da cabeça e do peito, para além da pressão nas coxas, no momento em que o carro atinge a barreira. Os dados resultantes são introduzidos num programa de computador. As estrelas são então atribuídas ao veículo, consoante o resultado dos cálculos informáticos. A classificação máxima é de cinco estrelas; neste caso, o comportamento do veículo excedeu os parâmetros governamentais, de modo que se pode supor que, com uma velocidade similar, a probabilidade de ferimentos graves em caso de acidente será de apenas 10%. Uma classificação de quatro estrelas significa que o veículo excedeu os parâmetros governamentais, havendo no entanto uma probabilidade entre 10 e 20% de ferimentos graves. Três estrelas significam que o carro passou o teste, mas por pouco, encontrando-se, por assim dizer, no limiar. Menos de três estrelas equivale a ter chumbado o teste.

Tal como nos testes governamentais, os testes do IIHS/HLDI também recorrem a bonecos. Neste caso, os carros são classificados qualitativamente: bom, aceitável, no limiar e fraco. Os primeiros três passam os parâmetros governamentais, o último não.

Nos testes governamentais, os dispositivos estão concebidos essencialmente para verificar o comportamento dos cintos de segurança e dos *airbags*. Para além disso, estes testes avaliam ainda as características da estrutura do chassis. Na Europa são realizados testes semelhantes aos do IIHS/HLDI. Nos últimos anos, têm vindo a

---

(*) Na União Europeia, é a Euro NCAP que efectua estes testes *(N. do R.)*.

tornar-se comuns os testes de impacto lateral e, mais recentemente, têm sido realizados testes de capotagem. Ambas as situações são importantes no que toca às colisões, mas estes testes estão ainda a dar os primeiros passos, de modo que pouco direi deles.

Os testes da NHTSA e do IIHS/HLDI têm contribuído grandemente para aumentar a segurança dos carros modernos. Hoje em dia, quase todos os carros vêm equipados com *airbags*, zonas de deformação e outros, tornando-os muito mais seguros do que os carros dos anos 50, 60, ou mesmo das décadas seguintes. Uma análise aos últimos anos permite-nos ainda concluir que os resultados do NCAP têm melhorado bastante na maioria dos veículos, o que nos permite concluir com toda a certeza que os fabricantes têm levado estas coisas a sério.

As classificações de segurança dos carros podem ser encontradas em numerosas publicações. Na internet, podem ser consultadas em *www.highwaysafety.org*. A tabela 10 mostra-nos algumas dessas classificações. Salta à vista que nem sempre os dois testes são concordantes.

Tabela 10 – Classificações de segurança para vários veículos de 2002

Modelo	NHTSA (condutor/passageiro)	IIHS/HLDI
Audi A6	**** / ****	Aceitável
Buick LeSabre	***** / *****	Bom
Chevy Impala	***** / *****	Bom
Honda Civic Sedan	***** / *****	Aceitável
Infiniti QX4	**** / *****	No limiar
Isuzu Rodeo	**** / ****	Fraco
Lincoln LS	***** / *****	Bom
Mercury Sable	***** / *****	Bom
Ford Taurus	***** / *****	Bom
Oldsmobile Aurora	**** / ****	Bom
Plymouth Neon	**** / ****	No limiar
Saturn LS	**** / *****	Aceitável

Embora estes testes sejam úteis, não deixam de ter falhas. Os testes avaliam apenas situações de choque contra uma barreira não deformável, a uma velocidade de 50 km/h – no entanto, a maioria dos acidentes não é deste tipo. De facto, a maior parte dos acidentes ocorre entre carros, sendo que ambos possuem uma zona de deformação. Devido a isto, os testes europeus são realizados com uma barreira deformável, o que permite uma maior aproximação às circunstâncias de um acidente real.

O principal problema com este tipo de testes é o facto de os acidentes reais serem muito diferentes. Ocorrem muitos tipos de colisões, e nem todos são susceptíveis de ser testados. No entanto, os testes são bons indicadores do comportamento em acidente de um veículo. Os *airbags*, os cintos de segurança, as zonas de deformação – todos aumentaram indubitavelmente as probabilidades de sobrevivência num acidente. Porém, não deixa de ser importante a capacidade de evitar acidentes. Mais uma vez, isto depende de vários factores, como as características de controlo do carro, a capacidade de viragem, a rapidez de travagem, a aderência à estrada. Contribuem ainda para a segurança do carro mecanismos como o ABS, o controlo de tracção, o sistema de suspensão, para além de características que possibilitam uma condução mais confortável e menos fatigante, de especial importância em viagens longas. No entanto, o mais importante é talvez a perícia e a habilidade do condutor. De forma a prevenir acidentes, é essencial que o condutor tenha boas bases técnicas.

Consultámos a classificação de segurança do nosso carro e ficámos satisfeitos: tem uma classificação de cinco estrelas! Antes que fiquemos embevecidos com esta classificação, há que ter algumas coisas em conta. Estas classificações dão-nos uma boa informação sobre a quantidade de dano que podemos esperar se o carro embater contra uma barreira imóvel. Contudo, as cinco estrelas não servirão de muito se colidirmos frontalmente com um camião. De acordo com as leis da física, neste choque o nosso carro sairá certamente derrotado. O momento linear do nosso carro é, provavelmente, muito menor do que o do camião.

Nos últimos anos, tem havido alguma preocupação relativa ao grande número de veículos todo-o-terreno e carrinhas na estrada, em comparação ao número de carros de passageiros. Alguns estudos têm demonstrado que as pessoas num carro (mesmo que este tenha uma boa classificação) têm uma probabilidade quatro vezes maior de morrer se forem atingidas por um todo-o-terreno ou uma carrinha. Para além disso, têm uma probabilidade oito vezes maior de morrer se foram atingidas lateralmente por um veículo deste tipo. A razão é, obviamente, a diferença de peso. O *Lincoln Navigator*, por exemplo, pesa cerca de 2500 kg, em comparação com os 1350 dos veículos normais. Todavia, o peso não é o único problema. Os veículos todo-o-terreno e as carrinhas são mais altos do que os carros, e têm os pára-choques mais altos do que os de um carro. Para além disso, as carroçarias dos veículos deste tipo são normalmente mais rígidas e mais fortes.

A protecção face às colisões

Hoje em dia, a maioria dos carros vem equipada com dispositivos de protecção. Um dos mais antigos é o cinto de segurança e, na verdade, este é fulcral numa situação de colisão. O cinto de segurança faz com que a pessoa se torne parte do carro, de modo que é acelerada ou desacelerada do mesmo modo que este – o que evita que seja projectada pelo pára-brisas em caso de travagem brusca. As correias para os ombros são também úteis devido ao facto de constituírem um apoio para a parte superior do nosso corpo – no entanto, podem exercer uma pressão tremenda sobre o peito.

Os cintos de segurança não são suficientes, devendo ser utilizados em conjugação com os *airbags*. Desde 1999 que os *airbags* são obrigatórios em todos os carros novos. Quando os cintos de segurança se conjugam com os *airbags*, os ferimentos são, em geral, reduzidos substancialmente. Quando um carro trava subitamente, gera-se um impulso $I = Ft$, consoante a perda de momento linear. Se o tempo de impacto for muito curto, como normalmente é, esta força pode ser muito intensa, como já tivemos oportunidade de ver. Os *airbags* servem para nos proteger desta força. Porém, em certas circunstâncias, podem tornar-se perigosos. A cadeirinha de uma criança, por exemplo, nunca deve ser montada directamente atrás de um *airbag*. Para além disso, as pessoas baixas, que normalmente têm de utilizar o banco puxado para a frente, correm perigo com os *airbags*. De igual modo, se não estivermos a utilizar o cinto de segurança podemos sofrer lesões provocadas pelo próprio *airbag*. Apesar destes problemas, os *airbags* são um contributo inestimável, que já salvou milhares de vidas.

Uma zona de deformação na dianteira do carro é também crucial. Se o carro estiver equipado com uma boa zona de deformação, pode aumentar consideravelmente o tempo de impacto, reduzindo assim a magnitude da força. Outras características que contribuem para a segurança são os volantes que recolhem, os *airbags* laterais e os dispositivos que permitem uma saída rápida do veículo. Os assentos são também importantíssimos: amortecem os passageiros em caso de acidente, devendo por isso ser bastante macios. Os assentos são particularmente úteis em colisões por trás. Uma outra coisa importante neste tipo de colisões são os encostos de cabeça – a maioria dos carros vem já equipada com estes encostos, que protegem a coluna vertebral e podem prevenir lesões graves ao nível do pescoço.

Quais são os ferimentos mais frequentes num acidente? Os mais graves são as lesões ao nível da cabeça, sendo bastante frequentes os traumatismos. Numa colisão, o cérebro embate contra a parte interior do crânio, daí resultando um efeito de esmagamento que pode resultar em traumatismos graves. O processo desencadeia reacções químicas, de modo que a recuperação pode ser muito demorada. As lesões no pescoço são também frequentes – ao dar-se uma travagem brusca, ocorre muitas vezes, ao nível da coluna, o chamado «efeito chicote».

9

A Física das corridas de automóveis

Os espectadores estavam ao rubro. Dave Pearson e Richard Petty lutavam pelo primeiro lugar na corrida de Daytona 500 de 1976. Petty liderava, imediatamente seguido por Pearson. De repente, na última volta, ao entrar na última curva em direcção à bandeira axadrezada, os dois carros chocaram. Ambos deslizaram em direcção à parte central do circuito. Os adeptos nas bancadas olhavam, boquiabertos, à medida que os dois condutores tentavam pôr os respectivos carros em andamento. Ambos se encontravam a uma curta distância da meta. Nenhum dos carros parecia querer continuar, mas Pearson não desistiu: insistindo com o motor de arranque do seu carro danificado, conseguiu finalmente atravessar a linha de chegada.

Como todos os adeptos das corridas de automóveis sabem, a Daytona 500 faz parte do circuito NASCAR. Neste circuito, realizam-se corridas de carros de série modificados e não modificados. Hoje em dia, os carros de corrida parecem, por fora, modelos de série, mas no interior são muito diferentes dos carros de série normais. No entanto, muitas destas diferenças foram introduzidas por razões de segurança. De facto, embora os carros de série sejam os mais utilizados no NASCAR, outros tipos de veículos são também usuais. Até já há corridas de camiões.

Numa outra corrida famosa – as 500 Milhas de Indianápolis – utiliza-se um tipo de carro completamente diferente. Mais pequeno e mais aerodinâmico, é conhecido como o carro Indy. Os equivalentes na Europa são os carros de Fórmula 1 e Fórmula 2. Finalmente, temos as corridas de *drag-cars*. Os *drag-cars* são longos e finos, movendo-se muito perto do chão. São projectados para atingir acelerações muito altas.

As primeiras corridas de automóveis

As primeiras corridas de automóveis tiveram lugar no Sul da Inglaterra, logo após o início do século XX. A Inglaterra tomou a dianteira neste tipo de eventos, mas cedo se lhe juntaram a França, a Alemanha e a Itália. Alguns anos depois, tendo sido organizadas corridas de maior dimensão, este desporto adquiriu um estatuto internacional. No final da década de 30 foi organizado um campeonato do mundo, e em breve se instalou uma intensa competitividade entre os principais fabricantes de automóveis. Foi nessa altura que nomes como a *Mercedes*, a *Ferrari* e a *Lotus* entraram nas corridas. Os carros mudaram à medida que as tecnologias se desenvolviam; modelos pesados e grandes foram substituídos por outros mais leves e mais aerodinâmicos.

Na Europa, o Grande Prémio tornou-se um evento muito importante, arrastando grandes multidões. Cada país tinha o seu próprio Grande Prémio. Os carros eram modelos Fórmula 1 e Fórmula 2. Os grandes nomes no circuito eram Graham Hill, Jackie Stewart, Stirling Moss e Niki Lauda. Nos Estados Unidos da América, o equivalente às corridas Fórmula 1 eram as 500 Milhas de Indianápolis, com os carros Indy. Entre os nomes mais conhecidos, contavam-se Mario Andretti, Bobby Unser, Al Unser e A.J. Foyt. As corridas americanas desenrolavam-se normalmente em pistas ovais, enquanto que na Europa muitas eram realizadas em estradas públicas. Em pouco tempo, tornaram-se normais velocidades de 320 km/h.

Após a II Guerra Mundial, e à medida que os carros se tornavam mais potentes, os carros de série (*stock-cars*) e os carros de série modificados tornaram-se famosos nos Estados Unidos. Foram criadas várias organizações locais, como a NCSCC e a NSCRA, mas em breve se chegou à conclusão de que era necessária uma organização de âmbito nacional.

Em Dezembro de 1947, Bill France reuniu-se com líderes das principais associações dos Estados Unidos, e concebeu-se um projecto no sentido da criação de uma associação nacional de corridas. Esta associação, que recebeu o nome de NASCAR (National Association for Stock Car Auto Racing), foi oficialmente criada a 21 de Fevereiro de 1948. As primeiras corridas realizaram-se entre carros modificados, do período anterior à guerra. Contudo, em 1949, Bill France organizou as primeiras competições dedicadas exclusivamente aos carros de série, nos quais nenhuma modificação era permitida.

Muitas das corridas iniciais foram ganhas por Red Byron, que se tornou o primeiro campeão de corridas dos Estados Unidos. O desporto popularizou-se. Dez anos mais tarde, em 1959, foi realizada a primeira Daytona 500, e a partir daí as corridas de carros de série nunca mais pararam. Muitos nomes se tornaram famosos: Richard Petty, Cale Yarborough, Bobby Allison, Dale Earnhardt, Jeff Gordon, John Andretti e Bobby Labonte, entre outros.

As corridas de *drag cars* tiveram a sua origem no Sul da Califórnia, quando entusiastas começaram a competir nos leitos secos do deserto do Mojave. Os primeiros eventos organizados tiveram lugar em 1931. Os *dragsters* correm normalmente em pares numa linha recta, com acelerações que demoram poucos segundos. O objectivo, neste caso, é atingir velocidades de ponta.

Técnicas de corrida – os pneus

É óbvio que a física é fulcral em qualquer tipo de corrida de automóveis. As forças que agem sobre um carro mudam constantemente ao longo de uma corrida. Estas forças dependem de muitos factores, e é importante que o condutor as perceba e saiba como controlá-las. Já tivemos oportunidade de abordar muitos assuntos de importância para um automobilista – nomeadamente a aerodinâmica, as travagens, o sistema de suspensão ou a potência do motor – e irei falar de novo em alguns deles, mas desta vez sobre a sua relação com as corridas. Os pneus constituem uma das características mais importantes de um automóvel de corrida: estabelecem o contacto entre o solo e o veículo, determinando a sua aceleração e velocidade.

Duas das prioridades de um piloto de corridas são manter o carro no limite e gerir as mudanças de peso. Nesta secção, falaremos sobre como manter o carro no limite; é isto que separa os bons condutores dos condutores medíocres. Já falei sobre o círculo de tracção; ora, uma boa compreensão do círculo de tracção é fundamental para um piloto. Dentro deste círculo, teremos tracção; fora dele, derrapagem e deslizamento. O raio do círculo representa a aderência do veículo. Quanto maior for a sua área, maior será a aderência do carro à estrada. Por sua vez, esta aderência depende da força que actua de cima para baixo sobre os pneus – por isso, é importante manter esta força o mais elevada possível.

A linha vertical que atravessa o círculo representa a aceleração e a travagem, sendo que a metade superior representa a aceleração. A linha horizontal está associada à viragem, seja para a direita ou para a esquerda. O objectivo de um bom condutor é manter-se o mais perto possível da linha, sem a exceder. Se a excedermos, os pneus começarão a derrapar, e poderemos perder o controlo do veículo.

Olhando para o círculo, vemos que a aceleração máxima é atingida nos momentos em que não há viragem. De facto, se virarmos enquanto aceleramos ao máximo, o resultado será sairmos da linha de círculo, o que provocará derrapagem. Igualmente, o ponto máximo de travagem apenas pode ocorrer quando não há qualquer viragem. A figura 74 mostra estas situações nos pontos a, b, c e d. Trata-se de pontos bastante importantes, e relativamente fáceis de manter numa situação de corrida. Porém, as situações intermédias já são outra história. Nestes casos, teremos aceleração ou travagem acompanhadas de um certo grau de viragem, pelo que é mais difícil saber se estamos dentro do círculo de tracção.

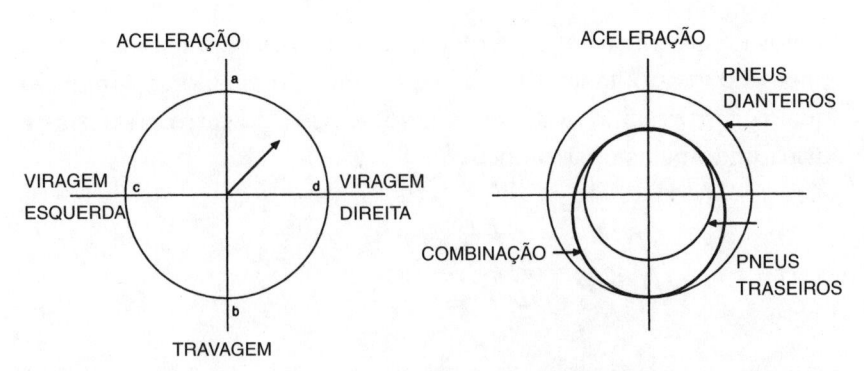

Fig. 74 – Círculos de tracção. O círculo à esquerda refere-se a situações em que a tracção nos pneus dianteiros e nos traseiros é a mesma. O círculo à direita representa uma situação em que as tracções são diferentes.

O círculo de tracção da parte esquerda da figura 74 representa uma situação ideal, que nem sempre ocorre. Se os pneus da dianteira do carro tiverem uma tracção diferente em relação aos traseiros, o círculo de tracção também será diferente. Em concreto, haverá um círculo de tracção distinto para cada grupo de pneus, sendo um maior do que o outro. O círculo de tracção geral terá, por conseguinte, uma forma oval, tal como mostra a figura da direita. Os automóveis com círculos de tracção deste tipo são normalmente de difícil controlo. Tendem a fazer deslizar a parte traseira, ou então a não obedecer fielmente nas acelerações, devido à fraca aderência dos pneus traseiros.

Para termos uma ideia do que acontece quando saímos do círculo de tracção, temos de ter em conta o ângulo de derrapagem dos pneus. Suponhamos que estamos a acelerar ao máximo e viramos repentinamente para a direita. Salta à vista que iremos sair do círculo. O que acontece em concreto?

Comecemos com viragens a baixa velocidade, em que os ângulos de derrapagem são zero, e suponhamos que o carro está correctamente alinhado. Nenhum dos pneus está a derrapar, e estamos a virar em relação ao ponto representado na figura 75. Para determinar este ponto, temos de desenhar linhas perpendiculares à direcção para a qual os pneus estão apontados. Isto dá-nos o raio do círculo ao longo do qual o carro está a virar. Neste caso, o peso do carro encontra-se distribuído pelos quatro pneus.

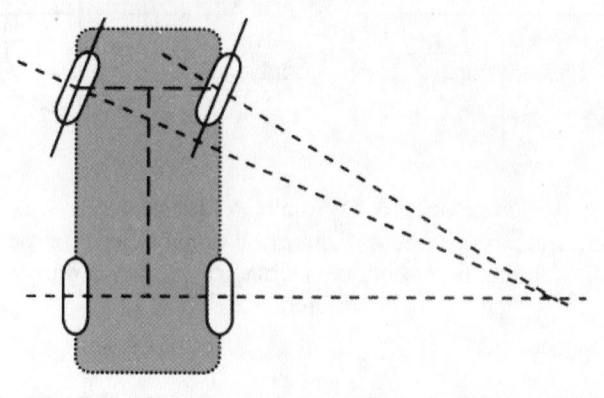

Fig. 75 – Raio de curvatura sem ocorrência de derrapagem.

Agora, imaginemos que aceleramos ou travamos, de tal modo que a distribuição do peso deixa de ser equilibrada. Em resultado disto, os pneus começam a deslizar. Isto significa que não estão a virar na direcção em que o carro se está a mover, pelo que existe um ângulo entre as duas trajectórias – o ângulo de derrapagem. Isto acontece, por exemplo, quando não há peso suficiente sobre os pneus dianteiros. Neste caso, desenhamos linhas perpendiculares ao ângulo de derrapagem dos pneus dianteiros, e vemos onde intersectam com as linhas dos pneus traseiros. Vemos que a intersecção se dá num ponto mais longínquo do que na situação anterior. Por conseguinte, encontramo-nos agora a virar em redor de um círculo de raio superior ao esperado. O resultado será uma maior dificuldade em fazer com que o carro obedeça às nossas ordens, sendo provável que a dianteira do carro comece a derrapar (fig. 76). Um piloto de corridas a conduzir um carro nestas condições tem a sensação de que os pneus dianteiros se querem soltar e embater contra as barreiras.

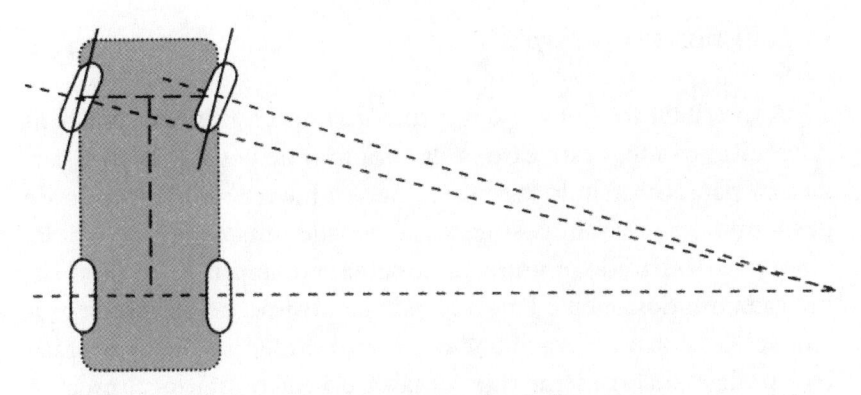

Fig. 76 – Raio de curvatura com ângulo de derrapagem nos pneus dianteiros.

Podem também ocorrer situações de extrema sensibilidade da direcção. Isto acontece normalmente quando não há peso suficiente sobre os pneus traseiros, de modo que estes começam a deslizar, criando um ângulo de derrapagem. Numa situação em que os pneus dianteiros e os traseiros tenham ambos um ângulo de derrapagem, como mostra a figura 77, o raio de curvatura do círculo sobre o qual o carro se move é menor do que o esperado. Neste caso, os pneus traseiros derrapam, originando uma grande sensibilidade da direcção – para um piloto de corridas, trata-se de uma situação em que a traseira ameaça embater contra as barreiras. Neste caso, regista-se também derrapagem ao nível do pneu dianteiro interior. A viragem é mais acentuada do que o esperado inicialmente.

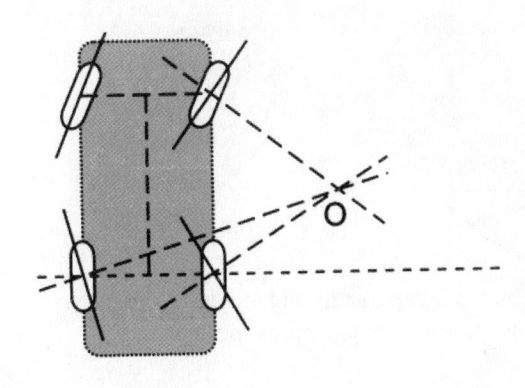

Fig. 77 – Raio de curvatura, com ângulos de derrapagem nos pneus dianteiros e traseiros.

O peso nos sítios certos

A distribuição de peso é igualmente importante para um condutor. Refiro-me, neste caso, à distribuição de peso quando o carro está parado: quando este se começa a mover a distribuição de peso muda, e essa é uma situação que exige uma análise separada. Com o carro parado, é importante saber a quantidade de peso sobre cada um dos pneus. Isto depende da posição do centro de gravidade. O centro de gravidade é o ponto onde, para efeitos práticos, podemos considerar que a massa do carro está localizada. A força de inércia actua sobre todas as partes do carro, mas podemos simplificar as coisas dizendo que actua unicamente sobre o centro de gravidade.

Como determinar a posição do centro de gravidade? Na prática, trata-se de uma operação complicada. De facto, o centro de gravidade é o ponto de equilíbrio do carro; no entanto, é preciso recordar que este ponto de equilíbrio tem três dimensões a considerar. Podemos determinar facilmente o ponto de equilíbrio, ou centro de gravidade, de um objecto bidimensional pendurando-o a partir de dois pontos diferentes (fig. 78). Para um objecto a três dimensões, os cálculos são um pouco mais difíceis.

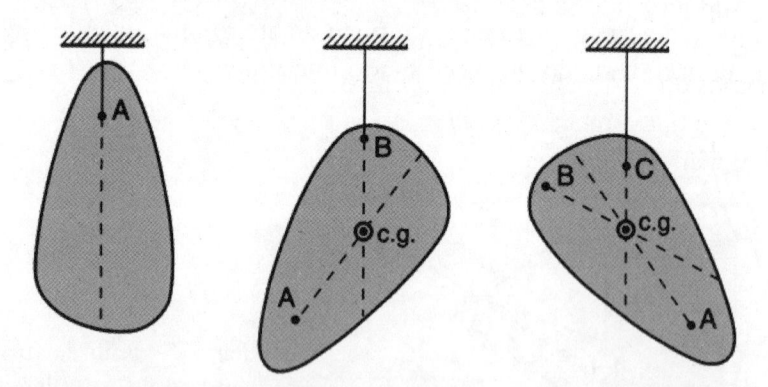

Fig. 78 – Podemos determinar o centro de gravidade de um objecto bidimensional pendurando-o por diversos pontos.

Quando um objecto é simétrico na sua forma e uniforme na sua densidade, o centro de gravidade é normalmente fácil de identificar. Por exemplo: numa esfera, o centro de gravidade coincide com o centro geométrico. Quando a densidade varia de ponto para ponto, como acontece num automóvel, o problema complica-se. E finalmente, se o objecto tiver uma forma irregular, como acontece nos automóveis, então o problema pode tornar-se ainda mais difícil. Portanto, o centro de gravidade só pode ser determinado por aproximação.

A importância do centro de gravidade está relacionada com o facto de nele actuarem as forças de viragem, de aceleração e de travagem. Por isso, as características de rolamento e controlo são, em grande medida, determinadas a partir da posição do centro de gravidade.

Supondo que conseguimos determinar a posição do centro de gravidade, podemos agora descobrir a forma como o peso está distribuído pelos quatro pneus. Consideraremos que o peso sobre os dois pneus dianteiros é igual e que o peso sobre os traseiros também, de modo que temos unicamente de determinar a fracção do peso total que actua sobre cada um dos eixos. A distribuição de peso é importante porque dela dependem a tracção, a direcção e controlo (ver fig. 79).

Suponhamos que a distância entre os pneus é R, e que o peso do carro, que actua no centro de gravidade, é P. De igual modo, suponhamos que a distância entre o centro de gravidade e a roda dianteira é r_d e que a mesma distância à roda traseira é r_t. O peso sobre o eixo dianteiro é, portanto,

$$W(r_t/R),$$

e o peso sobre o eixo traseiro

$$W(r_d/R).$$

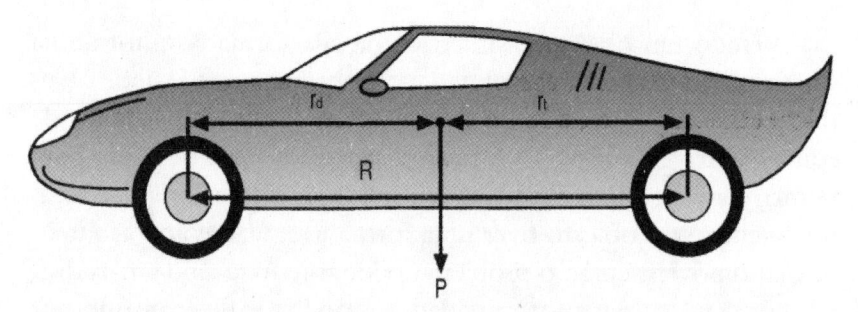

Fig. 79 – Distribuição de peso sobre os eixos dianteiro e traseiro.

Note-se que se a maior parte do peso estiver apoiada sobre o eixo dianteiro do carro, maior será a aderência dos pneus dianteiros e melhor será a direcção do carro; no entanto, a travagem ressentir--se-á. Por outro lado, se a maior parte do peso estiver apoiada sobre a traseira, a tracção dos pneus traseiros será melhor, de modo que o carro terá uma melhor capacidade de aceleração e travagem. Porém, a direcção pode constituir um problema nestes casos.

Por conseguinte, esteja mais perto da dianteira ou da traseira, a posição exacta do centro de gravidade tem um efeito nas características de controlo e de viragem do carro. É também importante a altura do centro de gravidade em relação ao nível do solo – como veremos na próxima secção, esta altura é crucial no que toca às características de rolamento e de transferência de peso.

Pode parecer pouco importante, mas a distribuição de peso à volta do centro de gravidade é também fulcral. O momento de inércia dá-nos uma medida desta distribuição de peso. Tal como o centro de gravidade, o momento de inércia de um carro é também difícil de determinar. Para além disso, este valor é diferente para os diversos eixos do carro. O momento de inércia é relativamente fácil de calcular num objecto simétrico de densidade uniforme, mas quando o objecto não é simétrico os cálculos podem tornar-se difíceis.

No caso do momento de inércia rotativo, a quantidade mr^2 substitui m, relativa ao movimento em linha recta. Como vimos num dos capítulos anteriores, a força necessária para parar um objecto que se move ao longo de uma linha recta depende unicamente da massa total desse objecto, ainda que este seja constituído por pequenas subunidades de massa. O papel destas subunidades não é importante. Porém, no movimento em rotação o caso muda de figura. Aqui, o protagonismo é assumido por mr^2, pelo que a distribuição da massa é importante. Num objecto esférico, cada pequena subunidade de massa *m* à distância *r* dá a sua contribuição (ver fig. 80). Para o corpo no seu todo, temos de somar todos os *m* e todos os *r*. Portanto, o momento de inércia é-nos dado por

$$I = {}^{\text{"}}mr^2.$$

Por conseguinte, um carro com uma grande quantidade de inércia terá a sua massa distribuída por um grande volume. É possível que o seu centro de gravidade seja igual ao de um corpo semelhante com um momento de inércia mais baixo – todavia, o controlo do carro será necessariamente diferente. Um carro com um momento de inércia alto terá uma viragem mais vagarosa do que um com inércia baixa, tal como um objecto com uma massa elevada é mais difícil de parar do que um com uma massa mais reduzida. No entan-

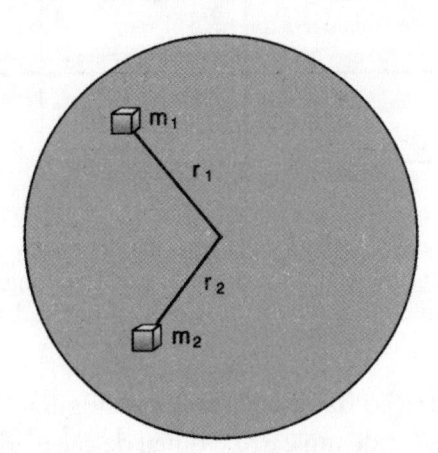

Fig. 80 – Determinação do momento de inércia. Temos de somar todos os cubos do objecto.

to, este carro será mais estável do que um com um momento de inércia baixo. Por seu lado, este último efectuará viragens com maior facilidade e será mais ligeiro, perdendo no entanto em estabilidade.

Devemos também ter em conta o eixo em redor do qual se dá o momento de inércia. Se este se registar em redor do eixo mais longo de uma elipse, será obviamente menor do que se ocorrer em redor do eixo que lhe é perpendicular (fig. 81). Recorde-se que este é proporcional a r^2, de modo que a distância em relação aos pequenos volumes de massa será, no segundo caso, maior.

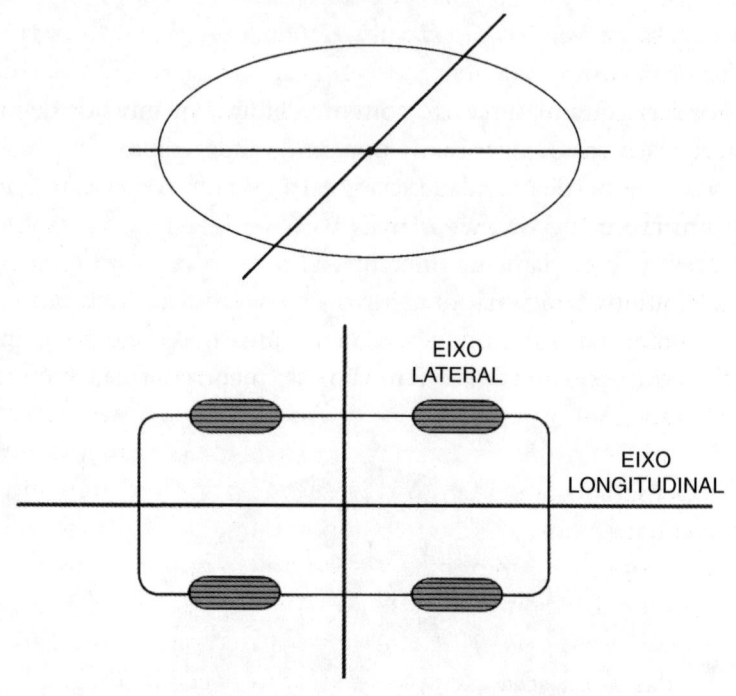

Fig. 81 – Em cima: uma elipse intersectada por eixo longitudinal e lateral. *Em baixo*: um carro intersectado por eixo longitudinal e lateral.

Devido à variação da densidade e à configuração do veículo, o momento de inércia de um carro é difícil de calcular com exactidão. O melhor a que podemos aspirar é a um valor aproximado. Assim, e ainda que seja uma aproximação grosseira, a forma de um carro é semelhante à elipse da figura 81, de modo que podemos determinar o momento de inércia aproximado em redor dos eixos longitudinal e lateral. O controlo do carro irá depender, em grande parte, da magnitude destes dois valores. Existem, obviamente, vários casos que poderíamos considerar. Se o nosso carro tivesse um grande momento de inércia ao longo do seu eixo longitudinal e uma inércia reduzida ao longo do seu eixo lateral, reagiria lentamente nas viragens mas seria bastante estável. Para aumentar a capacidade de viragem, teríamos de diminuir o momento de inércia longitudinal. Porém, não podemos reduzi-lo em demasia se queremos que o carro permaneça estável. No caso de um grande momento de inércia lateral e um baixo valor de inércia longitudinal, teríamos um carro que responderia bem nas curvas, mas com falta de estabilidade na sua trajectória longitudinal.

Equilíbrio e transferência de peso

O equilíbrio é importante, não só quando o carro está em movimento mas também quando está parado. O primeiro passo é certificarmo-nos de que o carro, quando parado, se encontra bem equilibrado. Se não estiver, é provável que possa vir a ter problemas de controlo. O equilíbrio está, em grande medida, ligado ao sistema de suspensão do carro. Como já vimos, um carro tem uma suspensão dianteira e uma traseira, e é importante que as duas trabalhem bem em conjunto. Em primeiro lugar, o peso do carro deve ser distribuído o mais equitativamente possível. Se isto não se verificar, é relativamente fácil proceder a algumas correcções – basta ajustar a rigidez das molas. Por exemplo: se o carro tiver mais peso apoiado sobre a traseira, teremos de aumentar a rigidez das molas dianteiras.

O equilíbrio num carro em movimento é outra questão, já que o peso do carro está em constante mudança. O peso sobre cada um dos pneus varia constantemente durante uma corrida, dependendo de factores como a aceleração, as travagens ou as viragens. É importante que o piloto saiba de que forma muda a distribuição de peso no seu veículo quando realiza determinada manobra.

O peso num carro pode variar ao longo da sua parte esquerda ou direita, dianteira ou traseira, ou mesmo em altura. Esta última direcção é diferente das outras devido à gravidade: o peso total pode variar consideravelmente, consoante o carro esteja parado, em movimento apoiado ou a voar – neste último caso, o peso do carro seria reduzido. Falámos anteriormente sobre os efeitos da aerodinâmica, e sobre a *downforce* resultante dos *ailerons* e da forma da carroçaria do carro. Ora, ambos podem contribuir para aumentar o peso total.

Nas outras duas direcções, o peso total é constante, podendo apenas ser transferido entre os dois lados. O peso que sai de um pneu ou grupo de pneus é transposto para outro pneu ou grupo de pneus. Quando o carro está a acelerar, por exemplo, o peso é transferido das rodas da frente para as rodas de trás. O peso total permanecerá, no entanto, o mesmo. Esta situação é útil se necessitarmos de tracção nas rodas de trás, mas pode tornar-se difícil no que toca à direcção. Com uma diminuição do peso sobre as rodas da frente, o carro terá fraca sensibilidade ao nível da direcção. De igual modo, ao travarmos, o peso é transferido para as rodas dianteiras, o que tende a criar situações de excessiva sensibilidade na direcção.

Imaginemos agora que o carro está a fazer uma curva. Registar-se-á uma força centrípeta actuando em direcção ao centro do círculo em redor do qual o carro está a virar. Mais do que isso, haverá uma força horizontal em cada um dos pneus – uma força de atrito entre o pneu e a estrada. Simultaneamente, e dependendo da posição do centro de gravidade do carro e do seu centro de rolamento, haverá um esforço de torção. Isto faz com que os pneus exteriores fiquem mais carregados do que os interiores. Por outras palavras, dá-se uma transferência de peso para o exterior, ou seja, em direcção aos pneus exteriores. Se a torção associada a esta transferência for muito grande, o carro poderá capotar.

Um dos problemas da distribuição desigual de peso pelos pneus é a redução da aderência total à pista. Deste modo, é aconselhável manter a distribuição o mais uniforme possível. O sistema de suspensão determina, em grande medida, o que acontece em resultado de uma distribuição desigual.

Que quantidade de peso é transferida quando fazemos uma curva? O valor é fácil de calcular; a diferença em peso entre os pneus exteriores e os interiores é-nos dada por

$$P_d = F_c\,h/R,$$

em que é F_c a força centrípeta, h é a altura do centro de gravidade e R é a distância entre os pneus, a base das rodas. A força centrípeta pode ser calculada a partir de

$$F_c = mv^2/r = mg(v^2/rg) = P\times(\text{aceleração centrípeta em g}).$$

P é o peso do veículo e a aceleração é dada por $a_c = v^2/r$.

Uma vez que pretendemos que a transferência de peso seja tão baixa quanto possível, h deve ser pequeno e R grande. Por outras palavras, o centro de gravidade deve situar-se muito próximo do chão, e o carro deve ser o mais largo possível. É esta a razão porque os modelos de corrida são construídos baixos e largos. No entanto, é importante notar que, em F_c, a transferência de peso também depende da velocidade do carro e do raio da pista.

Para exemplificar o que foi dito, imaginemos um carro de corrida de 1360 kg a fazer uma curva de raio igual a 30 metros, à velocidade de 100 km/h. Suponhamos que a altura do seu centro de gravidade é de 28 cm acima do nível do chão e que as suas rodas distam 2,3 metros. Recorrendo à fórmula anterior, chegamos à conclusão de que a força centrípeta será de aproximadamente 3290 kg, e que a diferença de peso entre os pneus interiores e exteriores será de 395 kg, também aproximadamente.

Analisámos anteriormente a transferência de peso para a dianteira ou traseira de um carro, quando este se encontra em aceleração ou travagem. Neste caso, a diferença de peso é

$$P_d = Fh/R,$$

sendo que F é agora a força de inércia obtida a partir de

$$F = ma = mg \, (a/g) = P \times \text{(aceleração em g)}.$$

Estratégias de corrida

Uma das questões mais importantes que se coloca a um piloto de corrida é: qual a forma mais rápida de dar a volta à pista? A resposta nem sempre é o percurso mais curto, devido ao facto de termos de ajustar a velocidade de acordo com as forças que actuam sobre o carro. Se estivermos a lidar com um trajecto em curva, a distância mais curta será a que tiver um menor raio de curvatura; no entanto, é óbvio que não podemos fazer uma curva com um raio de curvatura pequeno à mesma velocidade a que faríamos uma curva com um raio maior. Vimos que a velocidade máxima para uma curva de raio r é-nos dada por

$$v = 18/5 \, (ar)^{\frac{1}{2}}.$$

Queremos manter esta distância num valor mínimo, mas ao mesmo tempo queremos manter a velocidade o mais alta possível, para que o tempo seja também mínimo.

Comecemos com um ângulo recto, ou seja, uma curva de 90 graus. Iremos supor que a pista é plana; de igual modo, consideraremos esta curva isoladamente, dado que, na prática, o que se segue à curva afecta a forma como a enfrentamos. Por agora, iremos imaginar que estamos apenas preocupados com esta curva, e com a forma de a fazer o mais rapidamente possível (ver fig. 82).

Os únicos caminhos que vale a pena considerar são *a* e *b*, representados na figura por linhas tracejadas. A curva *a* tem o maior raio de curvatura possível, e a curva *b* tem o mais curto. A curva *a* permite-nos seguir a uma velocidade superior, mas é mais longa. Trata-se então de velocidade *versus* distância. Será que a distância mais curta da curva *b* compensa a velocidade mais elevada que obteríamos na curva *a*? Uma análise detalhada mostra-nos que não. É fácil provar

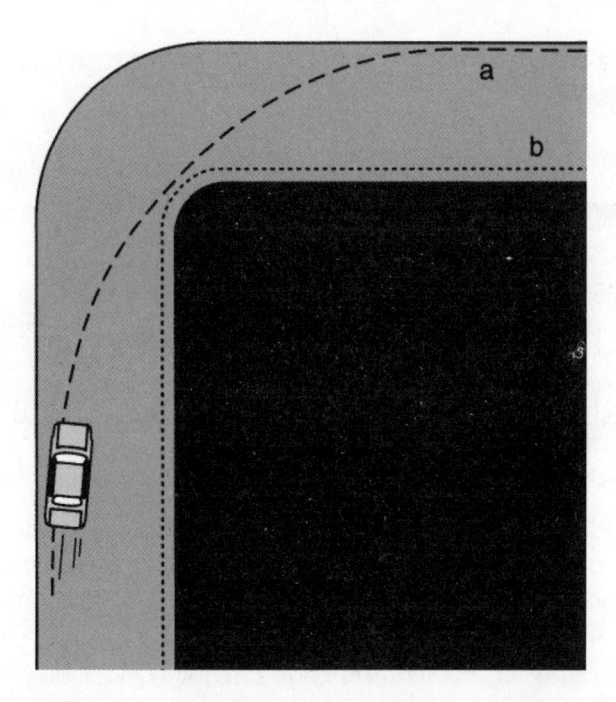

Fig. 82 – A melhor estratégia para efectuar uma curva em ângulo recto.

que a maneira mais rápida de fazer uma curva deste tipo é seguir o trajecto *a*, em que nos mantemos na parte exterior da pista à medida que nos aproximamos, passamos o mais próximo possível do vértice e nos movemos de novo para a parte exterior da pista após a curva. É importante travar antes da viragem e manter o raio de curvatura o mais constante possível. Também não devemos tentar acelerar enquanto fazemos a curva. Todos estes factores são, claro está, bem conhecidos pelos pilotos experientes.

Um outro tipo de curva bastante frequente é a curva de 180 graus, representada na figura 83. Uma vez mais, queremos manter o raio de curvatura o mais alargado possível; portanto, à medida que nos aproximamos da curva, devemos tomar, uma vez mais, a parte exterior da pista, passar o mais junto possível ao vértice e voltar à parte exterior. Tal como na situação anterior, qualquer travagem deve ser efectuada antes de fazer a curva.

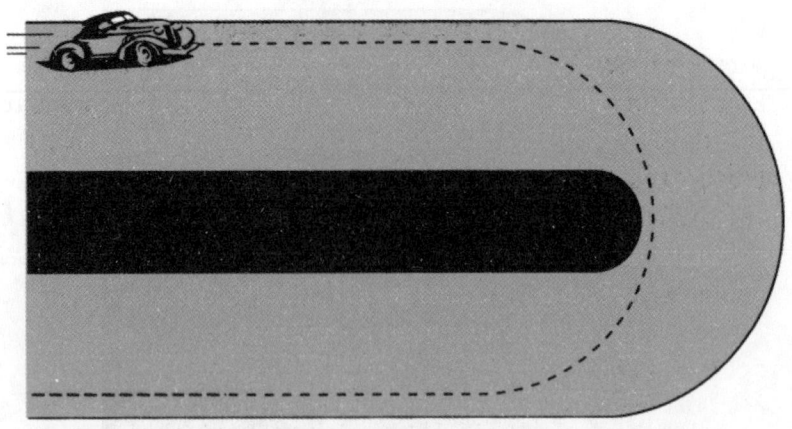

Fig. 83 – A melhor estratégia para efectuar uma curva de 180 graus.

Como já disse, considerámos as duas curvas isoladamente. Imaginemos, contudo, que há uma grande recta após a curva de 180 graus. Neste caso a estratégia anterior não é a melhor; pelo contrário, queremos entrar na recta com a maior velocidade possível. Assim, temos de travar profundamente ao aproximarmo-nos da curva, efectuando em seguida uma viragem mais acentuada, como mostra a figura 84.

Fig. 84 – A melhor estratégia para efectuar uma curva de 180 graus seguida de uma recta.

Neste caso, entraremos na recta com uma velocidade superior à do exemplo anterior. No entanto, podem surgir alguns problemas: devemos ter cuidado em não atingir a barreira exterior ou sair da pista; por outro lado, a travagem forte que efectuámos pode fazer com que outros pilotos nos tentem ultrapassar.

Os exemplos mencionados constituem, obviamente, situações ideais. Na prática, as coisas podem tornar-se mais difíceis. E não nos podemos esquecer que há que ter em conta os outros carros.

Um outro exemplo que vale a pena considerar são as curvas inclinadas. Estas curvas são um pouco mais complicadas. No caso de a pista ser plana, a força centrípeta F_c deve ser compensada pelo atrito. Se não queremos confiar no atrito podemos inclinar a curva, como mostra a figura 85.

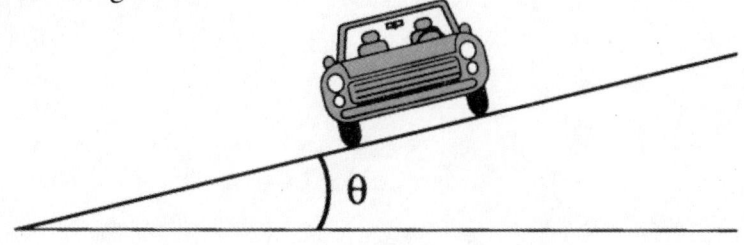

Fig. 85 – Uma curva inclinada.

É fácil mostrar que o ângulo de inclinação apropriado para uma velocidade v é dado por

$$\tan \theta = v^2/Rg.$$

Vemos, por isso, que não há um ângulo que seja apropriado a todas as velocidades. Assim, as curvas são inclinadas de acordo com a velocidade média dos veículos que por elas passam.

Quando se trata de corridas de automóveis, há muitas coisas a considerar: o equilíbrio, a transferência de peso, a tracção dos pneus ou mesmo a melhor forma de fazer o percurso. Trata-se um processo deveras complicado, mas é isso que torna as corridas fascinantes.

10

Trânsito e caos

Este capítulo vai ser um pouco diferente dos anteriores: não iremos falar propriamente de automóveis. Ainda assim, o tópico que iremos tratar constitui um enorme problema no que toca aos automóveis. Estou a referir-me ao trânsito ou, mais concretamente, ao congestionamento de trânsito. Quase todos os condutores já tiveram de enfrentar um grande engarrafamento – seja no dia-a-dia nas principais cidades, ou no regresso de férias ou feriados, quando há muito trânsito. As auto-estradas estão planeadas para uma determinada quantidade de trânsito, e quando essa quantidade é excedida registam-se congestionamentos. Não há nenhuma cidade que esteja imune a este problema.

Nos últimos anos, as coisas complicaram-se de tal forma nas grandes cidades que estão em curso vários estudos para encontrar possíveis soluções para o problema. No passado já haviam sido feitos estudos, mas agora temos ao nosso dispor ferramentas muito mais poderosas. Uma das principais ferramentas é o computador – uma necessidade neste tipo de estudos, mas que por si só não poderá resolver o problema. São necessários modelos realistas de trânsito e de congestionamento de trânsito e, ainda que se tenham registado diversos progressos nesta área, há ainda muita controvérsia.

Ao analisar o trânsito, devemos em primeiro lugar olhar para as variáveis que o determinam: o fluxo, a velocidade e a densidade. O fluxo e a densidade estão relacionados, dado que o fluxo é o número de veículos a passar num certo ponto, ao longo de um determinado intervalo de tempo, e a densidade é o número de veículos numa dada distância (um quilómetro, por exemplo). A velocidade está também ligada a estes dois factores, uma vez que, quanto mais espaço os carros tiverem, menor será a interferência entre eles, o que possibilitará um aumento de velocidade (ver fig. 86).

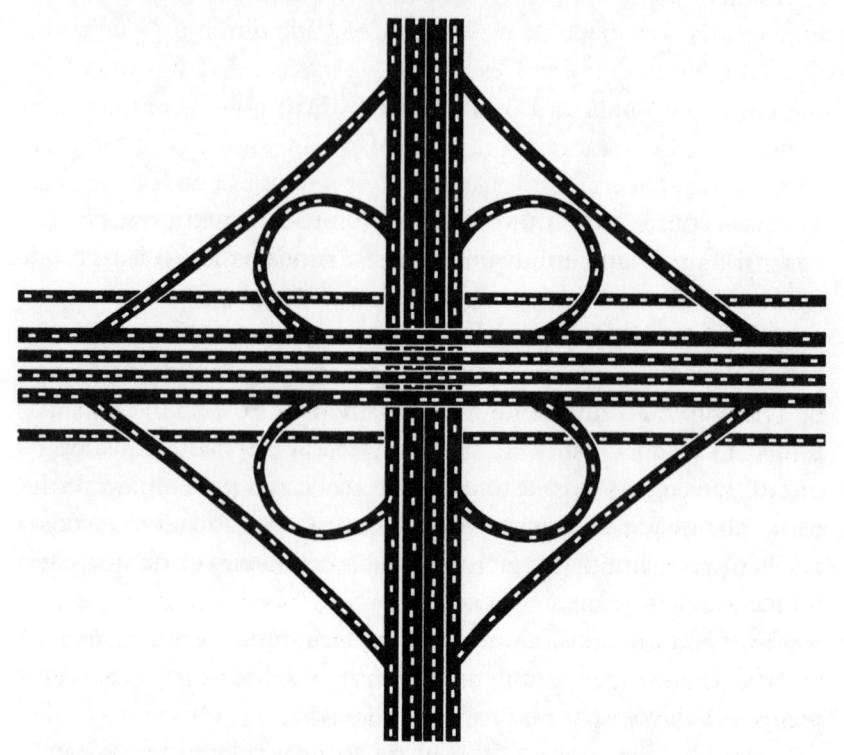

Fig. 86 – O trânsito moderno: um sistema em «folha de trevo».

Foram já realizados na Europa e nos Estados Unidos vários estudos sobre trânsito com recurso a computadores. Surpreendentemente, muitos desses estudos foram realizados por físicos, e não por engenheiros civis, como seria de esperar. Os engenheiros civis constroem estradas, e o trânsito nessas estradas é certamente uma preocupação para eles. Mas tem de se elaborar um modelo de trânsito, e se quisermos compreender melhor os milhares de carros numa estrada podemos recorrer a uma analogia com as moléculas gasosas. Ora, as moléculas são a especialidade dos físicos.

Um dos físicos a trabalhar na área do controlo de tráfego é Bernardo Huberman, do Xerox Research Center em Palo Alto, na Califórnia. Recorrendo a simulações informáticas, Huberman obteve resultados extremamente interessantes. Descobriu que, com o aumento da densidade de carros, a velocidade diminuía – tal como esperado. No entanto, por estranho que pareça, descobriu também que em certas condições o aumento de fluxo pode acompanhar o aumento de densidade. Segundo Huberman, se todas as faixas de rodagem ficarem congestionadas, atingir-se-á um ponto em que não será possível efectuar ultrapassagens. Numa situação deste tipo, o trânsito mover-se-ia como um bloco sólido, o que permitiria aumentar a velocidade média e, consequentemente, o fluxo.

Estes casos de fluxo síncrono, ou em bloco, são ideais por diversas razões. Os carros não podem acelerar nem mudar de faixa, o que faz com que haja uma menor probabilidade de ocorrência de acidentes. Diversos estudos mostraram que a maior parte dos acidentes em estrada estão associados a acelerações, travagens e ultrapassagens. Huberman compara a mudança de fluxo livre para fluxo síncrono a uma mudança de estado, tal como a que ocorre quando a água passa de líquido a gelo. No entanto, Huberman avisa que este estado, ainda que ideal em muitos aspectos, é também precário. O fluxo pode aumentar até um certo ponto, mas uma vez passado esse ponto a sincronização pode levar ao desastre.

Dirk Helbing e Boris Kerner, de Estugarda, têm vindo igualmente a simular o fluxo de trânsito por intermédio de computadores. Tal como Huberman, estabeleceram uma analogia entre os automóveis e as moléculas gasosas, introduzindo algumas correcções como as travagens, nos casos em que os condutores se aproximam demasiado (as moléculas não se preocupam se chocarem umas contra as outras!). Descobriram então que muitos dos fenómenos relacionados com o movimento das moléculas gasosas podem igualmente ser observados no fluxo do trânsito. Por exemplo: quando um gás chega ao gargalo de uma garrafa, as moléculas comprimem-se e emitem uma onda de choque que é transmitida às moléculas de trás. Isto também acontece nos engarrafamentos de trânsito: quando ocorre uma qualquer perturbação, os carros travam e uma onda é transmitida aos carros que vêm atrás. Obviamente que isto não é surpresa nenhuma; não necessitamos de um computador para nos dizer que isto acontece. Mas Helbing e Kerner descobriram muito mais. Tal como Huberman, mostraram que o trânsito pode sofrer uma mudança súbita: uma transição do fluxo livre para o fluxo síncrono. Mostraram também que esta sincronia permite, inicialmente, um aumento de eficiência ao nível do fluxo.

Helbing e Kerner olharam então para o que aconteceria se a densidade de veículos aumentasse ainda mais. Estavam interessados em saber de que forma este aumento iria afectar o fluxo. Tal como esperado, com um aumento de densidade o fluxo continua a aumentar; no entanto, chega um momento em que a relação se inverte e o aumento daquela apenas contribui para que este diminua. Assim, à medida que estes investigadores experimentavam com valores de densidade cada vez maiores, descobriam que o fluxo continuava a diminuir.

Representando esta relação num gráfico, obtemos uma curva semelhante à da figura 87. Vemos que há um ponto máximo na curva, e para além deste ponto a eficiência de fluxo decai rapidamente. Provavelmente, isto não é uma surpresa para ninguém; afinal, a intuição diz-nos que algo como isto poderia acontecer. Porém, o que Helbing e Kerner descobriram em seguida foi de facto surpreendente: em determinadas circunstâncias, o pico de fluxo não é atingido à medida que aumenta a densidade. Na prática, o trânsito pode «cortar» a curva, entrando directamente na linha descendente (fig. 88). E o mais importante desta investigação foi ter-se descoberto que não é necessária uma grande perturbação para que isto aconteça. Pelo contrário, mudanças insignificantes no fluxo podem causar grandes engarrafamentos com a duração de várias horas.

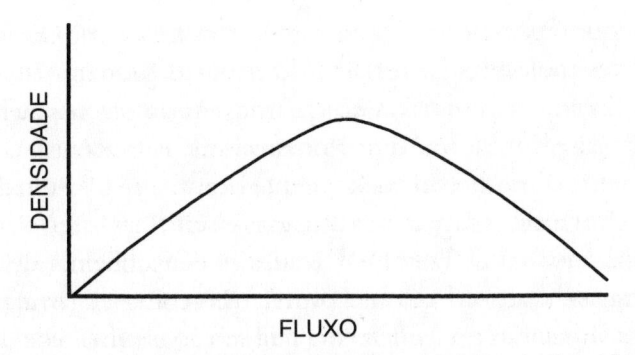

Fig. 87 – Uma curva de fluxo (fluxo em função de densidade).

Este fenómeno faz lembrar o que se passa no caos. O caos é um estado em que não existe qualquer tipo de organização; em poucas palavras, o caos é um estado sem ordem. Sabemos que o caos se desenvolve em muitas situações semelhantes ao fluxo de trânsito. O clima é um dos melhores exemplos, dado que demonstra ter uma grande dependência relativamente às condições iniciais. Uma mudança ínfima da pressão atmosférica (ou de outra qualquer variável climatérica) verificada num qualquer ponto do globo pode provocar devastação a milhares de quilómetros de distância, alguns dias ou semanas depois. De facto, esta é a razão pela qual não podemos fazer previsões climatéricas com elevado grau de precisão, não obstante dispormos de uma rede de satélites e computadores poderosíssimos. Devido a esta sensibilidade, o caos é definido como uma situação de dependência sensível das condições iniciais.

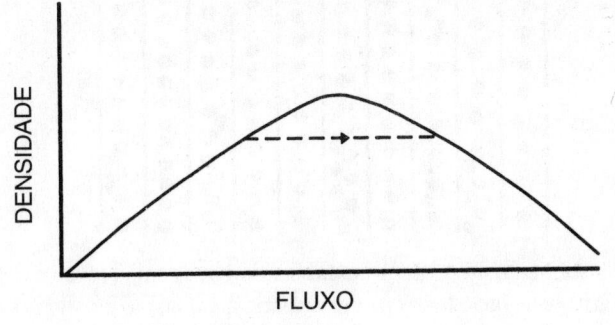

Fig. 88 – É possível «cortar» a curva de fluxo.

Será que é possível que o trânsito se torne caótico? O caos pode ocorrer nas moléculas gasosas em determinadas circunstâncias; podemos observar isto em certas experiências. As simulações de Helbing e Kerner parecem indicar que é possível que isso aconteça, mas há muita controvérsia e nem toda a gente acredita nos resultados (ver fig. 89). Em muitos aspectos, a situação é semelhante à que ocorreu há alguns anos atrás. Durante décadas, os engenheiros de tráfego consideravam que, se houvesse problemas (como engarrafamentos ou abrandamentos) numa determinada secção de uma rede de estradas, estes poderiam facilmente ser solucionados através da adição de mais faixas de rodagem. Porém, em 1968, o alemão Dietrich Braess demonstrou que isto não é necessariamente verdade. Os seus cálculos provaram que, em determinadas condições, construir uma estrada ou mais faixas de rodagem para aliviar um problema de trânsito pode acabar por ser contraproducente. De facto, pode até diminuir a capacidade de tráfego. Estes resultados são conhecidos como o paradoxo de Braess.

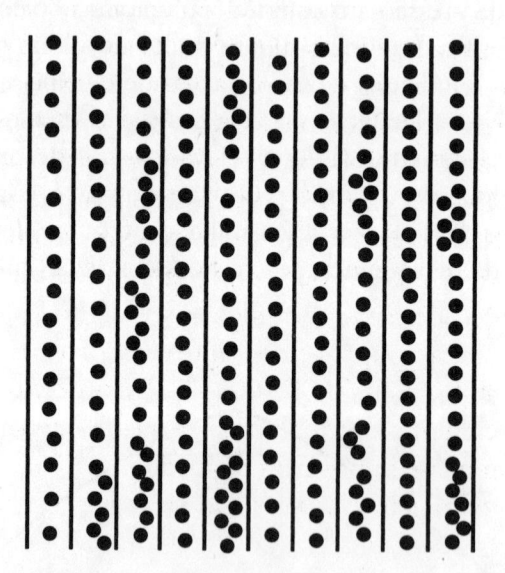

Fig. 89 – O trânsito em várias faixas de rodagem. Note-se que se registam «amontoados» em certos sítios, tal como nos grupos de moléculas.

Voltando à nossa questão sobre se o caos pode ocorrer no trânsito, teremos de começar pelo próprio caos. O que é exactamente o caos?

Uma breve análise do caos

O caos foi descoberto em 1961. Na verdade, o francês Henri Poincaré havia-se já deparado com o caos, não tendo no entanto compreendido o significado do que descobrira. Poincaré descobriu o caos no final da década de 80 do século XIX, num problema relacionado com sistemas planetários, mas concluiu que necessitaria de efectuar muitos cálculos aborrecidos, pelo que não prosseguiu por essa via. Portanto, a pessoa a quem temos de dar a honra de ter descoberto o caos é Edmund Lorenz, meteorologista do MIT (*). Pode parecer estranho que tenha sido um meteorologista a fazer uma descoberta deste tipo; porém, como vimos anteriormente, trata-se de uma área onde o caos é predominante.

Necessitamos de um computador para ver o caos claramente. Esta é uma das razões da desistência de Poincaré: ele previu que os cálculos iriam ser longos e complicados, e não tinha um computador. Mas Lorenz tinha computadores. Além disso, criara um programa de computador para verificar alguns tipos de padrões climatéricos. Um dia, em 1961, decidiu verificar uma sequência que completara. Não necessitava da sequência por inteiro, por isso começou a meio. À medida que começou a introduzir os números, decidiu que não necessitava de todos os seis dígitos que o computador calculara. Para poupar tempo, introduziu apenas os primeiros três (por exemplo, 0,309 de 0,309547). Estava certo que isto não constituiria nenhum problema. Afinal, a quarta, quinta e sexta casas decimais eram quase impossíveis de medir.

Quando voltou para ver o resultado do teste, teve uma surpresa. A princípio, os resultados eram os mesmos, ou pelo menos muito

---

(*) Massachusetts Institute of Technology *(N. do T.)*.

parecidos, mas rapidamente começaram a divergir da sequência original, de modo que em pouco tempo eram já valores completamente diferentes. Lorenz não acreditava no que estava a ver. Tentou outra vez, mas obteve os mesmos resultados (ver fig. 90).

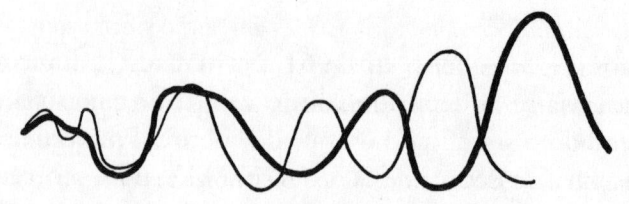

Fig. 90 – A linha a negro representa a sequência original de Edmund Lorenz. A linha mais fina representa o desvio crescente e o posterior aparecimento do caos nos seus dados.

As suas equações estavam a mostrar uma dependência muito sensível face às condições iniciais. Prosseguindo os seus testes, Lorenz descobriu que o mesmo problema ocorria em diferentes sistemas de equações. No entanto, a maior surpresa foi o facto de ser impossível fazer previsões meteorológicas a longo prazo, devido à elevada dependência sensível das condições iniciais. Hoje em dia, sabemos que há um limite de cinco ou seis dias para previsões exactas.

Atentando nos pormenores, Lorenz descobriu que os seus resultados podiam ser dispostos na forma de uma dupla espiral. Contudo, estranhamente, o caminho nunca se repetia. Os arcos mantinham-se dentro de certos limites, mas nunca se cruzavam; eram completamente aleatórios, ou caóticos. Esta dupla espiral é conhecida como o atractor de Lorenz (figs. 91 e 92). Parece-se com uma borboleta, e devido à sua dependência sensível em relação às condições iniciais, tornou-se popular dizer que «o bater de asas de uma borboleta pode criar um furacão, um mês depois, na outra ponta do mundo». Ainda que se trate, obviamente, de um exagero, a frase dá-nos uma ideia da sensibilidade.

Fig.91 – O atractor de Lorenz em projecção *zx* (Michael Collier).

Fig.92 – Uma outra perspectiva do atractor de Lorenz: projecção *xy* (Michael Collier).

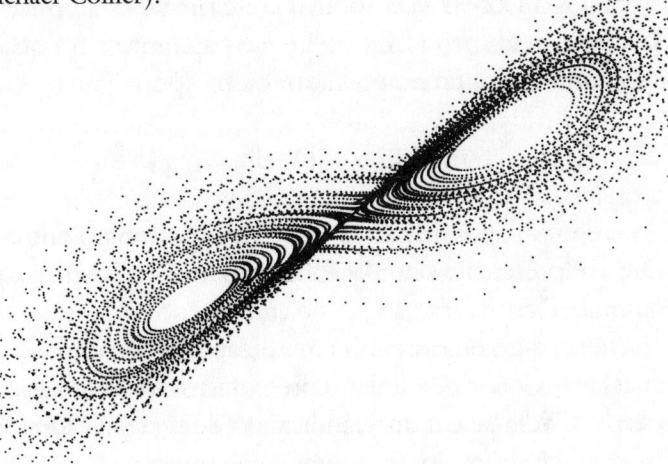

Hoje em dia, chamamos caos a esta dependência sensível. Trata-se de um assunto de grande interesse para físicos e matemáticos, devido ao facto de ter dado origem a uma revolução na forma como se concebe o mundo natural. Antes da descoberta do caos pensava-se que o mundo era, em grande parte, determinista. Por outras palavras, poderíamos calcular qualquer coisa, desde que usássemos as equações apropriadas e nos servíssemos de um computador. A teoria do caos mostra-nos que isto não é verdade. Há muitas coisas na natureza que nunca seremos capazes de descrever na sua totalidade.

Isto é tudo muito interessante, mas para nós a questão principal continua a ser a seguinte: será que o trânsito, ou o trânsito congestionado, se pode tornar caótico, e portanto fortemente dependente de condições iniciais? Será que é possível, tal como nas condições climatéricas, que uma pequena perturbação no fluxo do trânsito possa provocar um efeito de grande magnitude? Isto significaria, por exemplo, que numa situação de trânsito intenso uma travagem brusca de um condutor poderia criar um imenso engarrafamento. Nas suas simulações, Helbing e Kerner descobriram que esta situação é bastante provável.

Continuemos a nossa análise. Na verdade, o caos é ainda mais complexo do que detectara Lorenz. Por incrível que pareça, há ordem dentro do caos. Para percebermos isto, temos de olhar para o trabalho do biólogo Robert May sobre o crescimento de populações biológicas, como as toupeiras, os coelhos e os coiotes. A equação matemática comum para uma população deste tipo é

$$P_{\text{próximo ano}} = TP_{\text{ano corrente}} (1 - P_{\text{ano corrente}}),$$

em que P representa a população; trata-se de um número entre 0 e 1, sendo que 1 representa a população máxima e 0 representa a população mínima. T representa a taxa de crescimento.

May descobriu algo de estranho ao utilizar esta equação. Quando T ultrapassava o valor 3, a linha representativa da população do «próximo ano» dividia-se em duas, indicando duas populações diferentes. Um dos valores era para um ano, e o outro para o ano seguinte (fig. 93). Esta duplicação, ou divisão, recebeu o nome de *bifurcação*. Aumentando ainda mais o valor de T, May descobriu que a divisão se repetia. Prosseguindo, descobriu que as bifurcações se tornavam mais e mais frequentes, até que finalmente eclodia o caos. Uma vez instalado o caos, tornava-se impossível prever o comportamento de uma dada população (ver fig. 94).

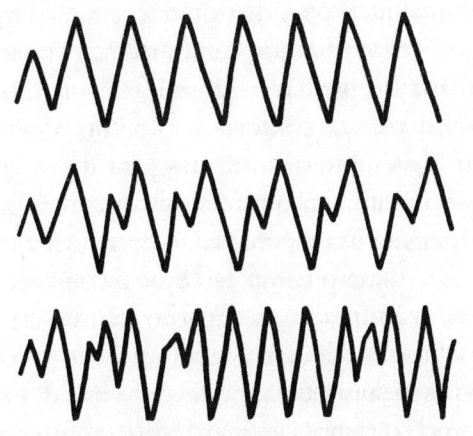

Fig. 93 – Em cima: crescimento populacional normal.
No meio: bifurcação das duas populações. *Em baixo*: caos.

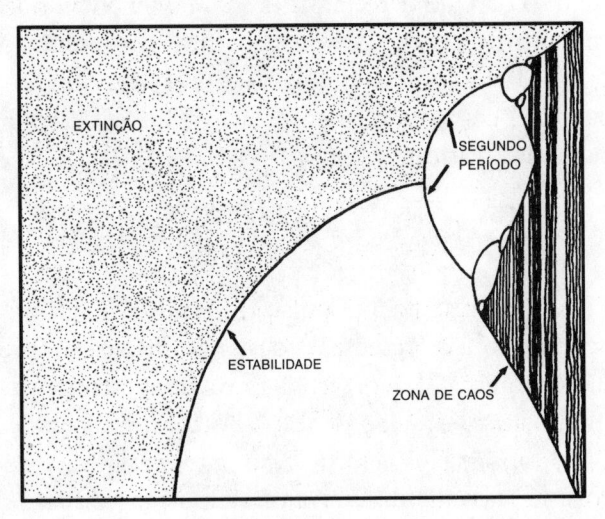

Fig. 94 – A bifurcação e a auto-semelhança, numa representação de Robert May.

Se olharmos atentamente para a representação das bifurcações na figura 94, descobriremos que as regiões brancas continuam indefinidamente. Ficam cada vez mais pequenas mas, recorrendo a ampliações, vemos que estão sempre lá. Este fenómeno, denominado *auto-semelhança*, constitui uma importante característica do caos. Benoit Mandelbrot, da IBM, mostrou que a auto-semelhança é relativamente frequente, verificando-se em muitas situações. Um bom exemplo é o mapa de uma zona costeira: à medida que olhamos com maior detalhe para os contornos da costa, vemos que esta continua a mostrar a mesma estrutura irregular a uma escala cada vez menor. Mandelbrot utilizou uma equação simples, $z = z^2 + c$, para produzir uma imagem auto-semelhante particularmente interessante, em que z é um número complexo e c é a constante (por forma a obter a imagem, o resultado da equação tem de ser reintroduzido repetidamente na mesma). A uma estrutura deste tipo damos o nome de *fractal*. Uma estrutura fractal pode ser vista em muitas situações na natureza, como os ramos de uma árvore, as artérias e as veias de um corpo (ver fig. 95).

Fig. 95 – A famosa representação da auto-semelhança de Benoit Mandelbrot (George Irwin).

Foi já demonstrado que o caos é bastante frequente. Ocorre numa variedade de áreas, como as mudanças climáticas, a evolução das populações, as epidemias, o mercado de capitais, a opinião pública, as reacções químicas, e mesmo a astronomia.

O caos e o trânsito

Voltemos agora à nossa questão: será que o caos aparece nos padrões de trânsito? Como vimos, Helbing e Kerner achavam que sim, e mostraram que pequenas flutuações no trânsito podem criar grandes congestionamentos. Porém, se o caos tem de facto um papel importante no trânsito, os engenheiros terão de mudar a forma como olham para o controlo de tráfego. A presença do caos implica que, mesmo quando a densidade de veículos está abaixo da capacidade de uma auto-estrada, podem ocorrer engarrafamentos espontâneos – e não há muito que se possa fazer para o evitar. Alargar as estradas ou limitar o fluxo a partir dos nós de acesso pode não ser a solução.

No entanto, muitos engenheiros de trânsito não levam a sérios os resultados destes dois físicos alemães. Não estão convencidos de que o caos desempenhe um papel importante nestas questões. Para fazer face ao cepticismo, Helbing e Kerner resolveram testar os seus resultados, monitorizando diversas auto-estradas alemãs e holandesas, e concluíram que os mesmos se confirmavam. Todavia, mesmo estes testes foram postos em causa. A maior parte dos estudiosos do trânsito concorda que grandes congestionamentos podem ocorrer sem nenhuma razão aparente, mas admitem que o problema possa resultar do facto de nunca ninguém ter estudado as causas com a minúcia necessária. Alguns especialistas sugerem que o problema deve ser atribuído não ao caos, mas a diversos factores e ocorrências, como as condições do piso, a eventualidade de um animal se atravessar, o facto de alguns condutores travarem subitamente devido a algo que se está a passar à beira da estrada – e por aí adiante. Mas então, se o caos não está na raiz dos problemas, o que é que está? Vejamos um outro aspecto da questão.

Uma breve análise da complexidade

Uma outra forma de analisar o congestionamento de trânsito, sem obter resultados tão «desastrosos», é através da teoria da complexidade. O que é a complexidade? A complexidade está associada ao caos, mas os seus efeitos não são tão dramáticos. Ainda assim, recorrer à complexidade implica reconhecer que a questão do congestionamento de trânsito é problemática.

É difícil encontrar uma boa definição de complexidade: muitos cientistas referem-se à complexidade como «o limiar do caos». Por outras palavras, trata-se de um fenómeno complexo que ainda não se tornou caótico (e que, provavelmente, não chegará a tornar-se caótico). Tal como o caos, a complexidade ocorre em muitas áreas, como os tremores de terra, o mercado de capitais, as ondas cerebrais humanas ou o bater do coração.

A área da complexidade na qual estamos interessados está relacionada com os *autómatos celulares*. À primeira vista, pode parecer que isto não tem muito a ver com o que estamos a analisar; no entanto, como veremos, as simulações de trânsito recorrem cada vez mais a estes conceitos. Os autómatos celulares foram inventados, no final da década de 40, pelo físico John von Neumann. Este cientista estava interessado em descobrir se as máquinas se poderiam reproduzir a si próprias. Para von Neumann, tratava-se de um problema matemático; porém, ainda que a máquina considerada fosse um conceito matemático, pensamos normalmente nela como se se tratasse de um ser vivo.

De acordo com von Neumann, os autómatos celulares são determinados por quatro factores:

1. Um «espaço», como um tabuleiro de xadrez.
2. O número de estados possíveis de uma célula (a célula é um dos quadrados do tabuleiro de xadrez).
3. A vizinhança da célula.
4. Um conjunto de regras.

Uma das versões mais simples do esquema de von Neumann foi inventada por John Conway, da Universidade de Princeton, e é hoje conhecida como «o jogo da vida». Os autómatos de Conway têm apenas dois estados – branco e preto – e o jogo tem apenas três regras:

1. Uma célula que, num dado instante, está branca, torna-se preta no instante seguinte se tiver três células vizinhas de cor preta.

2. Uma célula que, num dado instante, está preta, torna-se branca no instante seguinte se tiver quatro ou mais células vizinhas de cor preta.

3. Uma célula que, num dado instante, está preta, torna-se branca no instante seguinte se tiver uma ou nenhuma célula vizinha de cor preta.

Em qualquer outra situação, a célula mantém a sua cor. No jogo de Conway, há oito vizinhos – quatro horizontais e verticais, e quatro diagonais. O objectivo do jogo é começar com uma certa figura, como quatro células pretas em quadrado, e ver o que lhe acontece quando se aplicam as regras. É relativamente simples descobrir o que sucede a uma figura simples num par de jogadas, mas necessitamos de um computador para figuras mais complexas e para um maior número de jogadas.

Um dos propósitos do jogo é verificar se uma dada configuração irá desaparecer em poucas jogadas, ou se pelo contrário continuará a existir indefinidamente sob qualquer outra forma. Uma figura inicial particularmente interessante é o «planador», que se move diagonalmente ao longo do tabuleiro. De facto, pode ser desenhada uma plataforma de lançamento dos planadores, a partir dos quais estes saem continuamente (fig. 96).

O mais interessante deste jogo é o facto de ser praticamente impossível prever o que irá ocorrer a uma dada configuração. Se tentarmos alguns exemplos, veremos que estas regras tão simples podem produzir resultados deveras complexos.

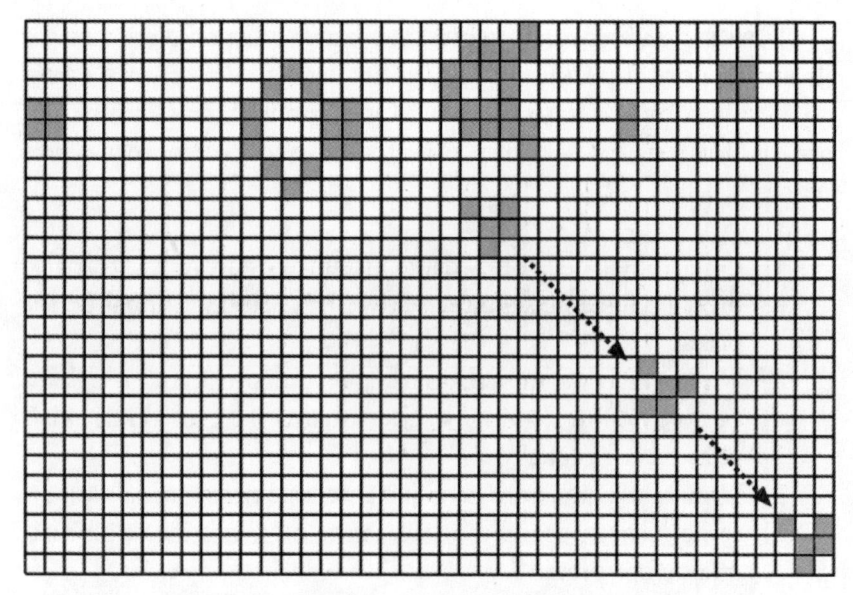

Fig. 96 – O jogo de John Conway, representando um «planador» a
mover-se na direcção do canto inferior direito.

É importante notar que, tal como a auto-semelhança desempenha um papel importante no caos, a auto-organização desempenha
um papel importante na complexidade. Por outras palavras, o sistema parece organizar-se a partir de um certo número de jogadas:
demonstra um comportamento coerente, ainda que não exista qualquer controlador central.

A complexidade e o trânsito

Tal como o caos, a complexidade tem vindo a ser aplicada em questões de trânsito. De facto, muitos estudiosos desta matéria consideram
o trânsito como um sistema «auto-organizado». O trânsito é, em muitos aspectos, como um sistema biológico – assim, ao estudá-lo, podemos recorrer aos autómatos celulares e ao «jogo da vida» de Conway.
De facto, podemos utilizar o mesmo tipo de regras: é possível dizer
que um carro é afectado pelos carros que se encontram na sua vizi-

nhança. Um sistema deste tipo foi introduzido num computador por Christopher Barrett, um investigador do Los Alamos National Laboratory. Barrett chamou ao seu modelo *Transportation Analysis Simulator System*, ou TRANSIMS. Vários especialistas em complexidade já afirmaram que se trata de uma boa representação, e que a aplicação desta técnica em questões de trânsito é válida.

Um dos objectivos deste programa é descobrir qual o efeito da construção de novas faixas de rodagem ou de novos nós de acesso. Ambas as situações podem ser simuladas num computador, a um custo muito menor do que se fossem utilizados modelos de teste. O TRANSIMS foi já utilizado para projectar os padrões de trânsito em diversas cidades americanas, como Albuquerque, Dallas, Fort Worth e Portland, no Oregon.

No entanto, nem todas as simulações de trânsito se baseiam no caos ou na complexidade. Uma simulação informática do MIT, chamada *Intelligent Transport System Program*, interpreta matematicamente os hábitos dos condutores – factores como o excesso de velocidade, a mudança frequente de faixas de rodagem, entre outros. Este sistema tem sido utilizado em vários cenários de planeamento de estradas para cidades de grande dimensão, tendo sido considerado bastante eficaz.

Não há qualquer dúvida de que os computadores irão ajudar muito no futuro; como já disse, as simulações são muito mais baratas do que a construção de estradas. Porém, em última instância, o trânsito tem de ser controlado de uma forma mais directa. É aqui que entram as chamadas estradas automatizadas.

Estradas automatizadas

Os estudos informáticos dos padrões e dos problemas de trânsito são, sem dúvida, essenciais, e irão indubitavelmente ajudar-nos; contudo, o trânsito irá constituir sempre um problema, e o aumento populacional não tornará as coisas mais fáceis. À primeira vista, a forma mais fácil de resolver estes problemas é construir mais estradas; porém, estes investimentos são bastante avultados.

Hoje em dia, uma faixa de rodagem normal pode comportar cerca de dois mil veículos por hora. Este número pode ser aumentado consideravelmente se for utilizado um sistema automatizado de controlo de veículos. Por outras palavras, se efectuássemos um controlo por intermédio de computadores, situados não só dentro dos veículos mas também ao longo da estrada, aumentaríamos significativamente a eficiência da mesma. De facto, foi já demonstrado que o fluxo poderia aumentar até valores na ordem dos seis mil veículos por hora – o que constituiria o triplo da capacidade inicial. Um sistema deste tipo seria muito mais barato do que a construção de um novo conjunto de estradas que atingisse resultados semelhantes.

A ideia de veículos autopilotados não é nova, tendo sido realizados muitos testes à sua aplicabilidade. No entanto, muitos destes testes já são antigos, e nos últimos anos desenvolveram-se novos dispositivos (electrónicos, laser e tecnologia sem fios) que permitem que a ideia seja encarada agora com maior seriedade. Existem, portanto, várias possibilidades para um sistema automatizado.

Seria possível proceder-se à automatização de uma auto-estrada na sua totalidade, ou apenas de determinadas faixas. Também é possível que veículos automatizados se possam misturar com o trânsito normal. Em qualquer das hipóteses, o trânsito automatizado iria necessitar de nós de acesso especiais. Numa faixa de aceleração, por exemplo, o condutor passaria de condução manual para automática: o computador começaria a detectar todos os carros na auto-estrada, integrando o veículo no trânsito com toda a segurança. Uma outra técnica poderia ser a introdução de um navegador automático, programado de acordo com um destino seleccionado. O navegador escolheria o melhor trajecto e assumiria o controlo da condução.

Uma outra possibilidade seria a introdução de uma faixa de transição, na qual o condutor pudesse efectuar a mudança de condução normal para condução automatizada. Neste caso, o condutor entraria na auto-estrada em modo normal. A partir do momento em que o veículo estivesse em modo automatizado, poderia misturar-se com o restante trânsito ou manter-se numa faixa especial, reservada aos carros automatizados.

Teriam de ser introduzidos nos veículos alguns dispositivos, para que a condução automatizada fosse possível. Em primeiro lugar, seria essencial um computador; para além disso, a detecção dos veículos exigiria a presença de câmaras de vídeo, aparelhos de rádio ou lasers infravermelhos. Os sistemas de direcção e de travagem teriam também de ser controlados através de mecanismos ligados ao computador central. A comunicação entre os veículos seria assegurada por intermédio de um equipamento digital de rádio. O contacto com a estrada seria monitorizado através de ímanes colocados ao longo da estrada; seria necessário um magnetómetro para os detectar. Por fim, seriam ainda necessários pequenos computadores ao longo da estrada, para controlar o trânsito.

Os mecanismos na estrada e no interior dos veículos partilhariam a responsabilidade de manter uma distância de segurança entre os carros, de forma a evitar acidentes. Uma outra possibilidade seria a constituição de uma espécie de «pelotão», uma série de veículos ligados entre si, como as carruagens de um comboio. Obviamente, a ligação entre os veículos não seria física. Este método poderia ser particularmente eficaz para os autocarros.

E os passageiros de um veículo deste tipo? O que fariam a partir do momento em que a condução automatizada se iniciasse? Estariam totalmente aliviados de qualquer responsabilidade de condução, pelo que poderiam descontrair-se, e mesmo descansar ou dormir. O sistema disporia, obviamente, de um «despertador», para que o condutor pudesse reiniciar a condução normal assim que o veículo chegasse ao destino programado.

Não há dúvida de que ainda vão ter de passar alguns anos até termos à nossa disposição um sistema deste tipo. Um dos problemas é, claro está, o custo. Muito provavelmente, estes sistemas terão de ser introduzidos por etapas, começando com melhoramentos ao nível dos sistemas de controlo – por exemplo: os travões poderão ser accionados automaticamente quando um veículo se aproxima demasiado de outro. O cansaço é outro problema, já que muitos acidentes resultam do facto de os condutores adormecerem ao volante. Uma solução seria um mecanismo que detectasse a sonolência do condutor, anunciando-a através de um altifalante.

Vários sistemas de navegação, como o *OnStar*, estão já a ser utilizados nos automóveis, e certamente que os próximos anos conhecerão importantes avanços neste capítulo.

11

Os carros do futuro

Após ter visto o filme *2001: Odisseia no Espaço*, há muitos anos, lembro-me de ter abandonado a sala de cinema a pensar em como seria o mundo no ano 2001. Bem, 2001 já chegou e já passou, e parece que a ficção, ou pelo menos a ficção científica, não foi acompanhada pela realidade factual. Existem, obviamente, muitas coisas que antes eram impensáveis – um bom exemplo é a internet. No entanto, ainda não atingimos aquela utopia de carros aerodinâmicos a planar silenciosamente sobre uma almofada de ar, seguindo para os destinos desejados com algumas palavras de comando da nossa parte. Contudo, têm sido realizados ultimamente muitos progressos no capítulo do reconhecimento de voz, e é provável que os carros comecem a poder ser accionados por intermédio de comandos vocais. Para além disso, os sistemas de navegação começam a ser comuns nos carros mais luxuosos. Portanto, é possível que não esteja muito longe o momento em que poderemos simplesmente dizer aos nossos carros para onde desejamos ir.

Por enquanto, temos preocupações mais imediatas. Ao contrário do que gostaríamos de pensar, não está longe o dia em que teremos de nos mentalizar, de uma vez por todas, que as reservas de petróleo não são inesgotáveis. Simultaneamente, a poluição causada pelos tubos de escape é hoje considerada um dos maiores problemas das grandes cidades. As estimativas das mortes já provocadas por este fenómeno podem não ser um exagero. Portanto, embora os carros dos nossos sonhos demorem ainda alguns anos a materializar-se, os engenheiros estão já a queimar neurónios em busca de soluções para os problemas da poupança de combustível e da poluição.

A certa altura, pensou-se que o carro eléctrico seria a solução. Com um excelente consumo por quilómetro e uma quase total ausência de efeitos poluentes, parecia que este sistema poderia finalmente resolver os nossos problemas. Porém, os carros eléctricos necessitam de baterias – baterias de grande qualidade, se quisermos que armazenem muita energia – e, infelizmente, a tecnologia de baterias não acompanhou as nossas necessidades. Assim, de momento, a nossa melhor aposta parecem ser os veículos híbridos, ou VHE (veículos híbridos eléctricos).

Os VHE

Damos o nome de *híbrido* a qualquer coisa que utilize energia de duas fontes diferentes. Para além da energia eléctrica, os VHE servem-se de um motor de combustão interna, o que significa que não nos livrámos ainda do velhinho motor a gasolina. Todavia, dado que temos uma fonte de energia eléctrica que funciona como auxiliar, o motor pode ser muito mais pequeno e eficiente – portanto, assistimos sem dúvida a uma evolução.

Os híbridos não são novos. A primeira patente para um veículo híbrido foi registada em 1905 pelo engenheiro americano H. Piper, que melhorou o seu veículo eléctrico com um pequeno motor de combustão. No entanto, os primeiros veículos eléctricos seriam construídos apenas em 1912 – a partir daí, o interesse decaiu e tudo estagnou: foram introduzidos avanços significativos nos motores de combustão interna e toda a gente se esqueceu dos carros eléctricos. Em meados da década de 70, com o choque petrolífero, registou-se um curto período de ressurgimento de interesse nestes veículos. Nos anos 90 deu-se de novo um despertar deste interesse, e em 2000 foram colocados no mercado os dois primeiros híbridos eléctricos, o *Honda Insight* e o *Toyota Prius*.

A eficiência de um híbrido é menor do que a de um carro totalmente eléctrico; para além disso, os híbridos não são totalmente não poluentes, ainda que estejam alguns furos acima dos veículos com motor a gasolina. No motor de combustão interna, apenas 20 a 25% da energia na gasolina é convertida em potência utilizável. Por seu turno, um motor eléctrico converte 90% da energia contida numa célula de armazenamento em potência útil, havendo, claro está, outras perdas de energia. De qualquer modo, os VHE são, pelo menos, duas vezes mais eficientes do que os motores de combustão interna.

No início da década de 90, registou-se um importante avanço no campo dos automóveis movidos a electricidade. Até essa altura, a quase totalidade dos veículos possuía motores DC, dado que era bastante mais fácil estabelecer uma ligação directa com uma bateria. Com a introdução de novas tecnologias, o motor DC foi substituído pelo motor AC, que é agora utilizado em todos os veículos eléctricos. A sua vantagem reside no facto de ser muito mais eficiente e fiável que o motor DC.

Uma das vantagens dos VHE é o facto de não consumirem qualquer energia quando o veículo está parado num semáforo ou quando o motor está em ponto morto. Para além disso, quando o veículo está a abrandar, ou seja, quando os travões são usados, a energia pode ser redireccionada de volta para a bateria. Chama-se a isto *travagem por recuperação*, que vem tornar os VHE ainda mais interessantes.

Parte da eficiência dos VHE deve-se ao facto de o motor de combustão poder ser mais pequeno que o normal. O motor a gasolina nos carros normais é grande para que possamos acelerar rapidamente ou subir colinas com facilidade. Resumindo, a sua elevada potência em cavalos está relacionada com um desempenho máximo, mas este desempenho máximo é apenas usado 1% do tempo. Na maior parte do tempo, o veículo rola pela estrada a uma velocidade regular, servindo-se de uma potência na ordem dos 20 cv. Por seu lado, o híbrido foi concebido para condições médias de condução, pelo que o seu motor de gasolina pode ser mais pequeno e mais eficiente que os motores convencionais. O impulso extra, que é necessário apenas ocasionalmente, surge quando as condições assim o exigirem; trata-se, portanto, de uma potência auxiliar.

Nos veículos híbridos, são possíveis três tipos de configurações: em série, em paralelo e em modo dual. Na configuração em série, apenas o motor eléctrico está ligado às rodas (fig. 97). A principal função do motor a gasolina e do gerador é manter as baterias carregadas. Estas encontram-se normalmente entre 60 a 80% da sua capacidade. Quando a carga atinge os 60%, os dispositivos electrónicos fazem iniciar o motor de combustão, que por sua vez acciona o gerador, que irá recarregar as baterias. Quando a carga das baterias atinge os 80%, o motor a gasolina é desligado. Toda a potência das rodas traseiras é fornecida pelo motor eléctrico.

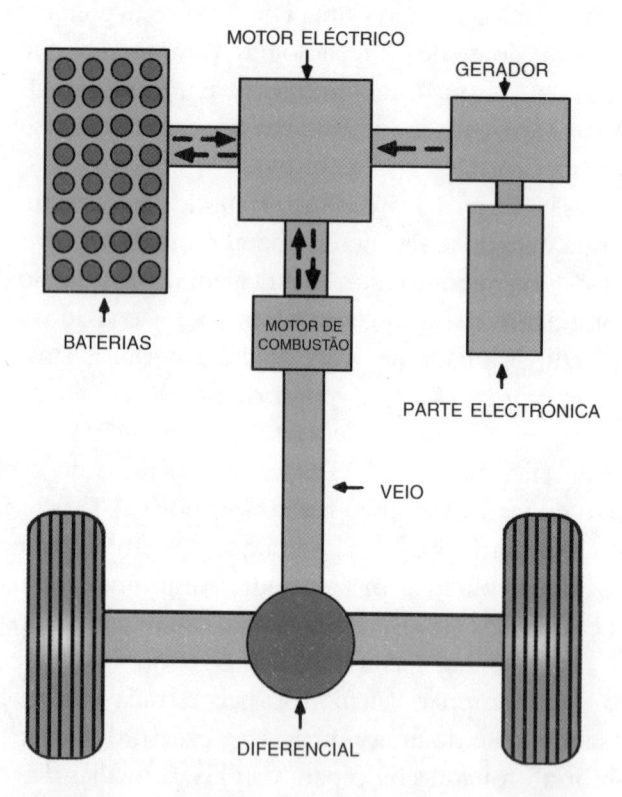

Fig. 97 – Configuração em série para um VHE.

A principal alternativa à configuração em série é a configuração em paralelo, na qual o motor eléctrico e o motor de combustão são capazes de fazer mover as rodas traseiras (fig. 98). Este sistema permite ao veículo acelerar mais rapidamente, perdendo-se no entanto alguma eficiência. Neste caso, o motor eléctrico ajuda o motor a gasolina durante o arranque e durante a aceleração, ou em qualquer outra situação de grande esforço para o carro. É importante ter em conta que ambos os motores podem mover a transmissão ao mesmo tempo. A transmissão, por seu lado, leva a potência até às rodas traseiras. Dispositivos electrónicos sofisticados permitem que o motor seja também utilizado como gerador – por isso, este tipo de veículos não requer um gerador.

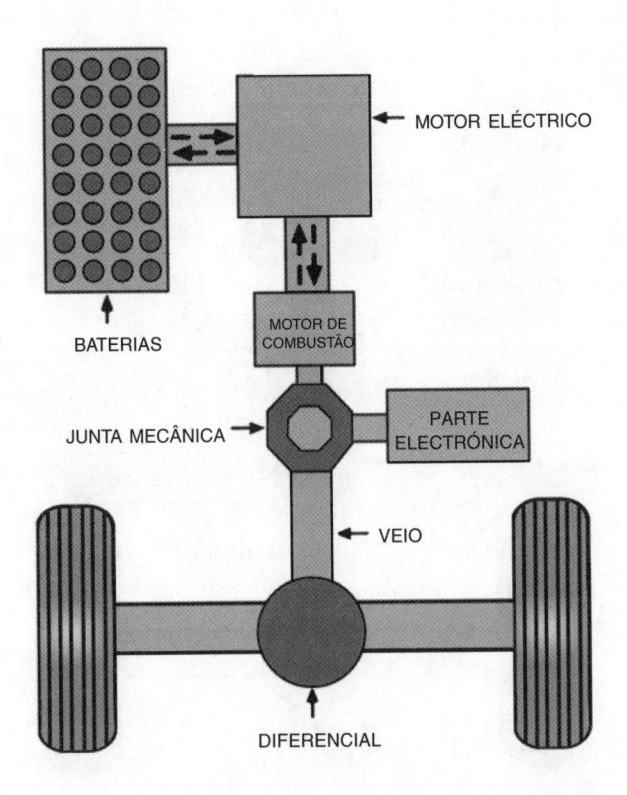

Fig. 98 – Configuração em paralelo para um VHE.

O terceiro tipo, o híbrido em modo dual, é basicamente um híbrido em paralelo com um gerador para recarregar a bateria (fig. 99). Durante a condução normal, o motor de combustão fornece energia às rodas traseiras e ao gerador. Por seu lado, o gerador transmite potência às baterias e ao motor eléctrico.

O *Honda Insight* utiliza uma configuração bastante semelhante a esta, mas com uma pequena modificação: possui um motor eléctrico ligado ao motor de combustão. Este «motor auxiliar» ajuda o motor a gasolina, fornecendo uma dose extra de potência quando o veículo está a acelerar ou a subir. Para além disso, a parte eléctrica liga o motor, em substituição do motor de arranque, e permite alguma recuperação de energia nas travagens. Por si só, o motor eléctrico não é capaz de fazer andar o carro, pelo que a sua principal função é ajudar o motor de combustão.

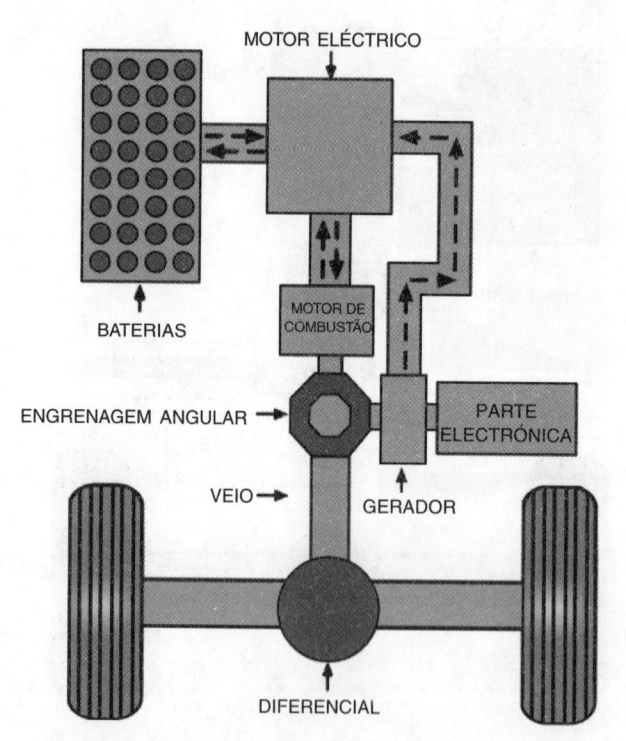

Fig. 99 – Configuração em modo dual para um VHE.

O motor a gasolina do *Insight* possui três cilindros e pesa apenas 56 kg. Produz uma potência de 67 cv a 5700 rpm, o que é suficiente para levar o carro dos 0 aos 100 em 11 segundos. Quando o motor eléctrico está a auxiliar o motor de combustão, a potência chega aos 73 cv a 5700 rpm. A diferença é de apenas 6 cv, mas a produção de binário é aumentada significativamente: os valores vão dos 98 kgf/m a 4800 rpm (sem auxílio eléctrico) aos 135 kgf/m a 2000 rpm, o que é um grande aumento. Este modelo usa uma transmissão manual convencional de cinco velocidades.

O *Toyota Prius* é bastante diferente do *Honda Insight*. Recorre à configuração em modo dual e, ao contrário do *Insight*, o motor eléctrico tem a capacidade de fazer mover o carro. De facto, pode levá-lo até uma velocidade de 25 km/h, antes que o motor de combustão entre em funcionamento O motor a gasolina do *Prius* produz 70 cv a 4500 rpm, e o motor eléctrico 44 cv entre as 1000 e as 5600 rpm.

Uma característica única do *Prius* é a sua transmissão: trata-se de um dispositivo de partilha de potência. O motor a gasolina, o gerador e o motor eléctrico estão interligados através da transmissão, de tal forma que o motor eléctrico pode mover o carro por si só, e os dois motores podem mover o carro em conjunto. O mecanismo de partilha de potência consiste numa engrenagem planetária, estando o motor eléctrico ligado à engrenagem anular. Por seu lado, o gerador está ligado à engrenagem solar e o motor de combustão ao transportador planetário. O desempenho do veículo depende da actuação conjunta de todos estes elementos.

Células de combustível: a tecnologia da era espacial

Os híbridos eléctricos têm muito a seu favor, mas necessitarão de várias melhorias até poderem competir, a nível comercial, com os veículos convencionais. Uma das maiores desvantagens são as baterias, normalmente maiores do que o desejável, e não tão rápidas como gostaríamos que fossem. Será que há alguma forma de contornar este problema? Na verdade, há. A tecnologia da era espacial

colocou ao nosso dispor a célula de combustível (fig. 100). As células de combustível, que têm sido utilizadas em algumas missões espaciais, possuem uma clara vantagem sobre as baterias normais. Estas
últimas permitem armazenar uma determinada quantidade de energia, necessitando de ser recarregadas quando a energia se esgota.
Por seu lado, as células de combustível funcionam (como o nome
indica) a partir de um combustível – por conseguinte, enquanto
houver combustível, as baterias continuarão a funcionar. O combustível em causa é o hidrogénio, uma substância abundante.

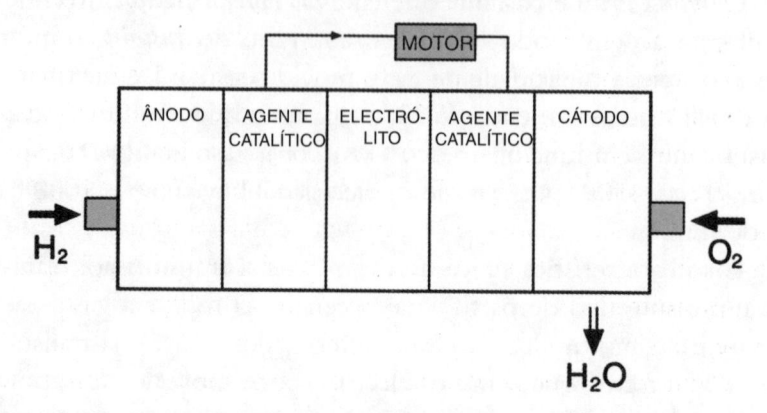

Fig. 100 – Representação simplificada de uma célula de combustível.

Infelizmente, as células de combustível utilizadas nas naves espaciais eram, normalmente, demasiado grandes e ineficientes para
poderem ser utilizadas nos automóveis. Contudo, nos anos 80, o
engenheiro canadiano Geoffrey Ballard procurou tornar as células
mais pequenas e eficientes, com a intenção de as utilizar em autocarros. Após algumas experiências, Ballard decidiu utilizar uma
tecnologia chamada «membrana de troca de protões». Neste caso, o
hidrogénio é introduzido no ânodo; a partir daqui, passa a um agente
catalítico. Este agente, que é normalmente platina, decompõe o hidrogénio num protão e num electrão. Os electrões livres são escoa-
dos para um circuito externo, no qual fazem funcionar um motor
eléctrico; em seguida, voltam para o agente catalítico, desta vez jun-

to ao cátodo. Para além do agente catalítico, existe um material, denominado *electrólito*, que permite o fluxo da corrente. Os protões passam através do electrólito na direcção do cátodo. É introduzido oxigénio (ou, normalmente, ar) no cátodo. Os protões e o oxigénio juntam-se para produzir água – o escape de todo este processo. Portanto, a única emissão de uma célula de combustível é água, o que a torna num dispositivo particularmente «limpo».

As células individuais não geram muita electricidade, mas Ballard conseguiu juntá-las num aglomerado que permitia a produção de uma potência considerável. Como vimos anteriormente, o combustível ideal para este tipo de células é hidrogénio puro, mas o hidrogénio é altamente problemático. Trata-se de um gás muito volátil e de difícil armazenamento. Portanto, seria necessária uma grande quantidade de hidrogénio, o que tornaria bastante grande o método de contenção do gás e exigiria cuidados redobrados ao nível da segurança. Para além disso, se este tipo de células se tornasse comum nos automóveis, seria necessária a instalação de um novo tipo de infra-estruturas: as «bombas de hidrogénio», em alternativa às bombas de gasolina.

Felizmente, há uma alternativa, que tem contudo um grande impacto na eficiência do sistema. Pode obter-se hidrogénio a partir de hidrocarbonetos como o metanol, o etanol ou a gasolina – substâncias que são, geralmente, mais fáceis de armazenar. Porém, o processo de extracção do hidrogénio a partir destas substâncias produz poluição. Ainda assim, esta poluição é consideravelmente menor que a poluição dos carros convencionais. A extracção necessita de um «reformador de combustível».

Para os que gostam destas coisas, aqui estão as reacções químicas que ocorrem no interior da célula:

No ânodo: $$2H_2 \rightarrow 4H^+ + 4e^-$$

No cátodo: $$4e^- + 4H^+ + O_2 \rightarrow 2H_2O,$$

o que dá, no total, $2H_2 + O_2 \rightarrow 2H_2O$.

A eficiência de uma célula de combustível é de aproximadamente 80%. Isto significa que uma célula deste tipo consegue converter cerca de 80% do conteúdo energético do hidrogénio em energia eléctrica. Todavia, com um reformador de combustível e com recurso ao metanol, dá-se uma redução drástica de eficiência – até aos 30 ou 40%. A eficiência global neste caso situar-se-á entre os 24 e os 32%, o que ainda assim é melhor do que a eficiência da gasolina, que se situa nos 20%.

A roda volante

O recurso a uma roda volante constitui um outro método de armazenamento de energia. A roda volante é, há muito tempo, uma peça usual nos automóveis: trata-se da roda dentada montada na traseira da cambota, cujo objectivo é amortecer as diversas vagas de energia transmitidas pelas explosões nos cilindros. Não irei, no entanto, falar sobre esta roda em particular. Num veículo híbrido ou eléctrico, uma roda volante serve para armazenar energia, funcionando portanto como uma bateria. As rodas volantes armazenam energia mecanicamente, sob a forma de energia cinética, angular ou de rotação. Um motor eléctrico é utilizado para acelerar o rotor; a energia pode ser extraída sob a forma de energia eléctrica por intermédio do motor, que actua como um gerador. Quando a energia é extraída da roda volante em movimento, esta abranda – no entanto, pode ser «recarregada» se a pusermos de novo em movimento. A principal vantagem de uma roda volante é o facto de podermos extrair uma grande quantidade de energia num período de tempo relativamente curto. A taxa de extracção é mais rápida do que a de uma bateria.

As rodas volantes têm uma eficiência de 80%. O atrito é o principal causador da perda de energia; porém, as rodas volantes podem tornar-se praticamente imunes ao atrito, por intermédio de ímanes e de um vácuo. Uma das suas desvantagens é o facto de necessitarem de girar a uma velocidade extremamente rápida, para que possam atingir o estado óptimo de eficiência. Esta velocidade encontra-

-se na ordem das 60 000 rpm, o que é um pouco difícil de imaginar: é complicado pensar num objecto que roda 60 000 vezes por minuto, ou 1000 vezes por segundo!

A energia cinética armazenada numa roda volante em movimento é dada pela seguinte fórmula:

$$KE = \tfrac{1}{2}\, I\dot{\omega}^2,$$

em que I é o momento de inércia e $\dot{u}$ é a velocidade angular. O momento de inércia I depende da forma e configuração da roda volante. É dado por

$$I = kmr^2,$$

em que k é a constante de inércia, de tal forma que

num cilindro maciço	$k = \tfrac{1}{2}$
num anel	$k = 1$
numa esfera maciça	$k = 2/5,$

e m é a massa.

A alta taxa de rotação de uma roda volante cria um problema sério: dá origem a uma força centrípeta sobre o disco, que pode ser calculada pela fórmula

$$F_c = mr\dot{\omega}^2.$$

Esta fórmula mostra que a maior parte dos materiais não suporta taxas de rotação da ordem das 60 000 rpm, sendo destruídos pela acção desta força tremenda. Isto significa que a força tênsil do material é especialmente importante. Um perigo concreto é a destruição da cápsula que serve de invólucro; esta tem de ser suficientemente forte para conter eventuais destroços. Com velocidades angulares desta ordem, os destroços seriam projectados com uma força considerável, constituindo um grande perigo para quem estivesse nas proximidades.

Antes de concluir este tópico, quero deixar uma nota relativa às fórmulas acima apresentadas. Ao lidar com a velocidade angular, é natural que pensemos em rotações por minuto. Esta unidade foi utilizada várias vezes neste livro, e todos aqueles que ainda têm gira-discos antigos se lembrarão que estes costumavam girar a 78 rpm ou $33^{1/3}$ rpm. No entanto, os cientistas preferem medir a velocidade de rotação em radianos, em que uma rotação é equivalente a 2π radianos. Um radiano é, portanto, igual a 57 graus. Assim, se estivermos a resolver um problema que envolva uma das fórmulas citadas acima, é importante converter a velocidade angular para radianos/minuto (ou segundo).

Mas voltando ao nosso assunto: a Rosen Motors construiu na Califórnia um carro de teste particularmente interessante, dotado de uma roda volante deste tipo. Ao contrário do que se poderia esperar, a fábrica não equipou este modelo com um motor de combustão interna, utilizando em vez disso um turbo-gerador. O turbo-gerador era movido a gasolina, e a sua função era manter a roda volante a girar à velocidade apropriada.

Os ultracondensadores

As baterias e as rodas volantes não são os únicos mecanismos que permitem o armazenamento de energia eléctrica. Na maior parte dos circuitos electrónicos existem dezenas de condensadores, que também servem para acumular electricidade. Porém, não pensamos normalmente nestes condensadores numa perspectiva de armazenamento a longo prazo – de facto, se carregássemos um condensador normal e o deixássemos numa prateleira, metade da sua carga desapareceria em 24 horas ou menos. Pelo contrário, uma pilha alcalina pode ficar na prateleira durante três ou quatro anos e mesmo assim manter 80% da sua energia. Por conseguinte, no que toca aos dispositivos de armazenamento dos automóveis, o principal problema dos condensadores é o derrame de energia. No entanto, os condensadores têm muitas vantagens quando comparados com as baterias: podem, por exemplo, carregar ou descarregar a sua energia mais rapidamente, o que é importante quando o carro está a acelerar ou a subir.

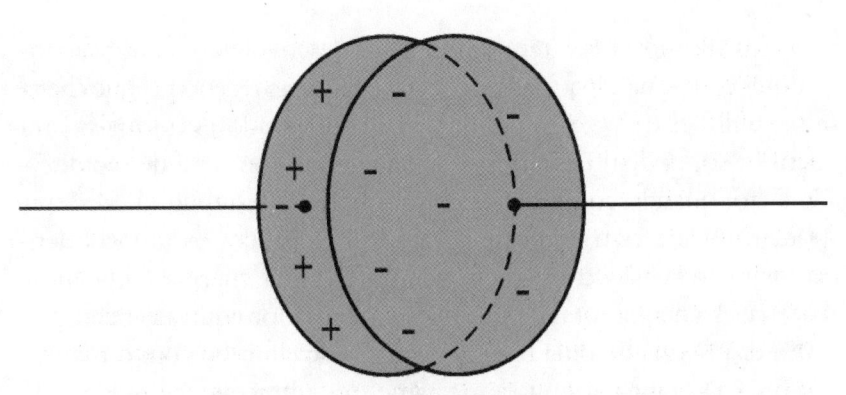

Fig. 101 – Representação simplificada de um condensador.

Analisemos o condensador (fig.101). É composto por dois pólos, um negativo e outro positivo. Existe, portanto, uma diferença potencial entre os dois pólos. Quanto maior for a carga nos pólos, maior será a diferença potencial. Supondo que existe um vácuo entre os dois pólos, podemos escrever a fórmula que rege o condensador:

$$q/V = C,$$

em que q é a carga em coulombs e V é a diferença potencial em volts. C é a capacitância. A capacitância pode ser medida em coulombs/volt, ou farads. Resulta, no entanto, que o farad é uma unidade particularmente alta, pelo que nos deparamos normalmente com microfarads (a milionésima parte de um farad). Para que a capacitância aumente, é habitual colocar um dieléctrico (isolador) entre os dois pólos. A capacitância também pode ser aumentada através da redução da distância entre os pólos, ou do aumento da área dos mesmos.

Para completar, incluo a fórmula para a energia de um condensador:

$$E = \tfrac{1}{2} CV^2.$$

Nos últimos anos, têm vindo a ser desenvolvidos ultracondensadores com uma capacidade de armazenamento de energia que chega a ser milhões de vezes superior à dos condensadores normais. Para além disso, podem descarregar a sua energia com grande rapidez – de facto, quando comparados com as baterias, estes condensadores podem ser até cem vezes mais rápidos. Contudo, os ultracondensadores ainda não conseguem acumular tanta energia como uma bateria. A energia total de um ultracondensador equivale a cerca de 10% da energia de uma bateria de ácido de chumbo com o mesmo peso. No entanto, a taxa de derrame dos ultracondensadores é de cerca de 1/50 da dos condensadores convencionais.

Os ultracondensadores são ideais para os carros e para os híbridos eléctricos. De facto, foram já instalados nos novos autocarros eléctricos nova-iorquinos da General Motors; de igual modo, está planeado que, nos próximos anos, os ultracondensadores venham a constituir uma inovação em vários modelos de automóveis.

ICMH

Tenho muito boas recordações do meu primeiro carro. A maioria das memórias que guardo parecem-me agora cómicas, mas sei que na altura foram tudo menos engraçadas. Uma das coisas que recordo é a teimosia do motor: após chegar ao meu destino, rodava a chave e saía do carro, mas o carro continuava a trabalhar. Voltava a entrar e batia umas quantas vezes no painel de instrumentos – sem qualquer resultado. Após alguns minutos, finalmente o carro decidia-se a parar. Um mecânico disse-me para não me preocupar muito com isto. Ainda assim, era uma situação muito aborrecida. Para grande surpresa minha, constato que os engenheiros começam agora a interessar-se por este fenómeno, a que dão o nome impressionante de «ignição por compressão de mistura homogénea», ou ICMH para simplificar.

Dado que a vela já não está a disparar, o processo de combustão tem de passar pelo aquecimento resultante da compressão – o mesmo processo dos motores diesel. No entanto, existe uma grande diferença entre o diesel e este tipo de combustão. No motor diesel, o combustível é injectado para o interior do cilindro durante o momento de compressão do êmbolo, mas a turbulência do fluxo faz com que a mistura seja apenas parcial. Chamamos-lhe, portanto, um processo heterogéneo. No processo ICMH, a mistura é mais intensiva e a temperatura de combustão é normalmente mais baixa. Para além disso, a quantidade de combustível queimado é reduzida, em comparação com o volume de ar. Por conseguinte, o motor produz menos poluentes, o que faz com que este seja um processo relativamente limpo.

Embora se tenha registado ultimamente um grande interesse pelo ICMH, continua a haver um conjunto de problemas a ultrapassar. Este processo funciona bem quando o motor não se encontra debaixo de grande esforço, mas quando se exige um pouco mais o motor tende a ficar mais lento, chegando mesmo a parar se o esforço continuar a aumentar. Um dos principais problemas é o facto de o combustível ser exaustivamente misturado com ar, o que faz com que a totalidade da mistura entre em ignição ao mesmo tempo – ao contrário do diesel, que possui uma combustão mais lenta. Podem ser introduzidos alguns ajustamentos para solucionar este problema, mas estes irão certamente aumentar a produção de poluentes.

Esta discussão parece indicar que o ICMH é recomendável apenas para situações de esforço reduzido, podendo ser utilizado como dispositivo auxiliar do motor principal. O ICMH poderia ser utilizado, por exemplo, em modo dual: em situações de grande esforço, utilizar-se-ia o mecanismo normal de ignição por intermédio de vela; noutras situações, o ICMH assumiria o controlo. Estão já a ser estudadas várias formas de usar este processo em veículos híbridos.

O carro de ar comprimido

O carro ideal utilizaria como combustível uma substância muito abundante e, por conseguinte, barata. Um carro que se alimentasse de ar seria um bom exemplo. Afinal de contas, o ar está por todo o lado à nossa volta, pelo que o seu custo é, em qualquer circunstância, muito reduzido. De facto, estão já a ser desenvolvidos esforços para a construção de um motor de ar comprimido. A maior parte deste trabalho tem sido realizado em França. Este novo motor terá uma poluição nula, mas é óbvio que iremos precisar de energia para comprimir o ar que entra no tanque, pelo que terá de haver poluição (por exemplo, numa central eléctrica).

O ar comprimido é armazenado num depósito, da mesma forma que a gasolina é armazenada num veículo convencional. A pressão deve estar na ordem dos 4590 kg/cm². O ar do depósito é introduzido no motor, onde é utilizado para empurrar os êmbolos para baixo. Por seu lado, os êmbolos fazem mover a cambota, que transmite potência às rodas. Tal como os veículos eléctricos, o carro de ar comprimido é um híbrido. Os motores desenvolvidos em França podem funcionar com ar comprimido ou por combustão interna. A velocidades baixas (inferiores a 60 km/h), os veículos recorrem ao ar comprimido, mas a partir daí passam a consumir gasolina. Os depósitos de ar comprimido são carregados com energia eléctrica de rede, mas é possível efectuar carregamentos em três minutos, utilizando uma bomba de ar de alta pressão.

Uma variação do motor de ar comprimido é o *motor de calor criogénico*. Neste caso, a substância impulsora é o nitrogénio líquido. O nitrogénio constitui cerca de 78% da nossa atmosfera, pelo que pode ser considerado abundante. O nitrogénio líquido é armazenado a uma temperatura de -195°C. Utilizando um permutador de calor, o nitrogénio é vaporizado; o gás introduzido no permutador expande-se cerca de 700 vezes, e é esta expansão que faz mover o veículo. Tal como o ar comprimido, o gás em expansão faz mover os êmbolos do motor. Uma vez mais, a poluição é muito reduzida; porém, tal como no caso do veículo de ar comprimido, é necessário utilizar electricidade para extrair o nitrogénio do ar.

Apenas o tempo dirá se estes modelos conseguirão ser alternativas viáveis no futuro.

A telemática

Os progressos no campo dos automóveis não consistirão unicamente em novos tipos de carros e novas fontes de energia para os carros já existentes. A telemática, que lida com as comunicações sem fios, tem uma palavra a dizer sobre a forma como os carros vão evoluir. Temos já ao nosso dispor a tecnologia *OnStar*, mas trata-se apenas de uma pequena amostra do que ainda está para vir. No futuro, poderemos carregar num botão no painel de instrumentos e dizer «gasolina». Alguns momentos depois, uma voz indicar-nos-á a localização das bombas de gasolina mais próximas, para além da marca da gasolina e do preço praticado. Carregaremos no botão outra vez e diremos «hotel»: uma vez mais, a voz informar-nos-á sobre a localização dos hotéis mais próximos. Tudo isto será possível devido a um localizador GPS (*Global Positioning System*). A ordem é enviada para um satélite que se encontra a quilómetros de distância; este satélite localiza o veículo e, utilizando a internet ou outro sistema electrónico, produz uma lista que é reenviada para o utilizador.

Os automóveis do futuro estarão equipados com um transmissor/receptor sem fios, uma antena, uma unidade GPS e capacidade de reconhecimento de voz e de transposição de texto para voz. Estes serão os principais componentes de um sistema telemático, cujas principais funções estarão relacionadas com a segurança. Se o carro avariar, a assistência será enviada imediatamente. Este sistema será ainda extremamente útil na localização de veículos roubados, podendo contribuir para a diminuição dos roubos. Um sistema deste tipo poderá ainda possibilitar a abertura das portas por controlo remoto, ou uma chamada automática para os serviços de emergência sempre que os *airbags* forem accionados.

Os sistemas de navegação são já utilizados em alguns dos automóveis mais caros, e ninguém duvida que se tornarão ainda mais sofisticados com o passar do tempo. Apenas necessitaremos de indicar o destino desejado para aparecerem vários trajectos possíveis no monitor de navegação. Para além disso, o sistema terá a capacidade de verificar o trânsito em cada uma das rotas, indicando-nos qual a melhor. Estarão disponíveis as previsões meteorológicas para o tempo de viagem, e durante o percurso poderemos inclusive fazer reservas ou comprar bilhetes para um espectáculo.

O reconhecimento de voz será fulcral na nova era dos sistemas de navegação. Estão já a ser envidados bastantes esforços neste campo, pelo que não será num futuro longínquo. A forma como uma pessoa diz o seu nome (ou qualquer outra palavra) é uma característica singular, tal como a impressão digital. As nossas cordas vocais criam uma onda sonora composta por várias frequências e amplitudes. É muito pouco provável que alguém consiga dizer o nosso nome com a mesma distribuição de frequências e amplitudes que atribuímos ao respectivo som. O uso dos telefones ajudou-nos a lidar com esta realidade: ao atender o telefone, sabemos quase imediatamente quem está do outro lado devido ao som da voz.

O reconhecimento de voz é particularmente importante porque os mecanismos que necessitam de ser manuseados tendem a distrair o condutor. Na sua maioria, os comandos de voz e o som das vozes não constituem uma distracção tão significativa. São já conhecidos, por exemplo, os problemas que o uso de telemóveis acarreta para a condução. Por estas razões, a telemática continuará a contribuir para uma redução das distracções que afectam o condutor.

Está previsto que, em 2006, os sistemas telemáticos estejam presentes em 50% dos novos carros lançados no mercado.

Outros dispositivos

É possível que a telemática seja a grande mudança dos próximos anos, mas aparecerão certamente outras engenhocas de alta tecnologia. A «visão nocturna», por exemplo, está já disponível em alguns carros, e é provável que se torne ainda mais comum num futuro próximo. Neste caso, um sistema de infravermelhos faz uma projecção mais longínqua do horizonte que o condutor consegue percepcionar. Esta técnica tem vindo a ser utilizada, desde há alguns anos, pelo Exército: óculos nocturnos dotados de infravermelhos permitem aos soldados ver na escuridão. Na verdade, a radiação de infravermelhos é radiação de calor, e dispomos já de dispositivos de detecção de calor muito sensíveis, que podem ser utilizados no escuro com os mesmos resultados. Através deste sistema, a imagem do que está para além da visão do condutor é projectada num monitor; isto pode ser bastante útil, por exemplo, no caso dos animais que se atravessam à noite na estrada.

É também provável que comecem a aparecer em breve dispositivos de monitorização da pressão dos pneus. Estes dispositivos informarão o condutor sobre a pressão em cada um dos pneus, alertando--o nas situações em que esta pressão se encontra abaixo dos níveis recomendados. Uma outra opção será a instalação de pequenas câmaras de TV para monitorizar as crianças no banco traseiro. O ar condicionado passará também a poder ser personalizado de acordo com as preferências do condutor. Não há muita física nestes mecanismos, mas todos eles dependem da física de uma forma ou de outra.

O futuro longínquo

Vimos já que, a médio prazo, os carros poderão conduzir-se a si próprios, recorrendo a computadores de bordo e a sensores colocados ao longo da estrada. Paralelamente, surgirá ainda um outro avanço importante: a cibernética. A cibernética consiste no uso de máquinas inteligentes com o objectivo de aumentar as capacidades humanas. Um dispositivo no interior do carro lê as ondas cerebrais do condutor e interpreta as suas intenções; em seguida, assume o controlo do veículo e desempenha as tarefas pensadas pelo condutor. Alguns carros dispõem já de formas básicas de controlo cibernético – um dos melhores exemplos é o sistema de travões ABS, que consegue determinar quando o carro começa a derrapar nas travagens. Normalmente, o instinto do condutor é carregar no pedal do travão para impedir a derrapagem e parar, mas com o ABS o carro assume o controlo, realizando estas tarefas de uma forma mais rápida. Outro exemplo é o controlo de tracção ASR (*Acceleration Slip Reduction*), que detecta quando um pneu está a rodar demasiado depressa e efectua a compensação necessária, transferindo o peso para os outros pneus.

Como funcionaria um sistema cibernético num automóvel? Este sistema teria de ler as ondas cerebrais e tomar uma decisão em concordância com as mesmas. Por outras palavras, teria de ser capaz de determinar os desejos do condutor em função da análise das ondas cerebrais. Uma vez que as ondas cerebrais variam de pessoa para pessoa (tal como as ondas sonoras emitidas pelas cordas vocais), o sistema teria de ser calibrado de acordo com as ondas do respectivo condutor. Os pilotos de caças, que têm sempre muitas tarefas a desempenhar no *cockpit* e que necessitam de reagir rapidamente às diversas ocorrências, estão já a ser auxiliados por sistemas como este.

O controlo cibernético seria extremamente útil em determinadas circunstâncias. Uma delas seria o período de tempo imediatamente antes de um acidente. O sistema poderia detectar as ondas de «pânico» que emitimos quando nos apercebemos que o desastre está iminente. Muitas pessoas reagem em excesso numa situação deste tipo, acabando por fazer o veículo capotar, ou então ficam paralisadas e não reagem com a rapidez necessária. Um sistema deste tipo, equipado com detectores laser ou infravermelhos que lhe permitiriam «ver» a situação, poderia facilmente tomar a decisão apropriada para evitar o acidente.

As situações de extrema sensibilidade ou de reduzida sensibilidade da direcção, que já tivemos oportunidade de analisar, são dois casos em que a cibernética poderia, de igual modo, constituir um desenvolvimento de grande utilidade. A sensibilidade da direcção está dependente da distribuição de peso entre os eixos dianteiro e traseiro do veículo. Em caso de dificuldades, o sistema cibernético poderia assumir o controlo e compensar a direcção.

Epílogo

Concluímos aqui a nossa viagem pela física dos automóveis. Recordo-me de uma discussão amigável que tive com o meu pai há muitos anos, sobre o que seria mais confuso: o universo ou o funcionamento interno do motor de um carro. Como físico, eu estava do lado do universo; o meu pai, mecânico e proprietário de uma oficina, estava do lado do motor. Muito do que se passava nas profundezas do espaço era um mistério para o meu pai, mas ele considerava que o milagre de um motor – a forma como este roda tantas vezes por segundo e raramente se avaria – era verdadeiramente fascinante. Não sei ao certo quem ganhou a discussão; acho que nenhum de nós foi capaz de convencer o outro. Porém, compreendo agora a admiração e o respeito que o meu pai sentia. É difícil imaginar tudo o que se está a passar num motor, bem como a velocidade a que as coisas se processam. É impressionante a coordenação e o detalhe de todas aquelas peças. Ao mesmo tempo, os desenvolvimentos a que assistimos fazem-nos pensar em como serão os carros do futuro.

Analisámos os diversos aspectos de um automóvel, evidenciando os princípios da física que estão por detrás de cada um deles. Falámos sobre as questões básicas da física relacionadas com a condução, incluindo conceitos como velocidade, aceleração, momento linear e energia; calculámos a força de que somos alvo quando fazemos uma curva a várias velocidades. Determinámos a forma como o peso de um carro muda quando aceleramos ou travamos, e analisámos em detalhe o funcionamento do motor – mecanismo que constitui a parte fulcral dos automóveis. Um motor pode ser avaliado pelo seu binário e pela sua potência em cavalos, e tivemos oportunidade de analisar em pormenor estes dois conceitos.

Analisámos também o sistema eléctrico e o sistema de travões. Estes dois sistemas não provocam tanto entusiasmo nos adeptos de automóveis, mas são absolutamente vitais para o seu funcionamento. O tempo dos 100 aos 0 é provavelmente menos fascinante do que o tempo dos 0 aos 100, mas é igualmente importante para a condução. Afinal, uma vez que o carro começa a andar, são os travões que possibilitam a sua paragem.

Os sistemas de suspensão constituem, sem dúvida, uma parte fundamental dos automóveis modernos. Quer as pessoas se apercebam disso ou não, trata-se de uma característica bastante importante quando se dá uma volta de teste num veículo. Para a maioria das pessoas, uma condução suave é tão importante como o consumo de combustível. Neste livro, vimos os factores que nos proporcionam uma viagem confortável ao volante do nosso automóvel.

Para a maioria das pessoas, a palavra *aerodinâmica* evoca imagens de aviões. No entanto, como tivemos oportunidade de ver, este termo é igualmente importante no que toca aos automóveis. Tudo se conjuga num número chamado c_r, e uma vez que um valor baixo de c_r faz melhorar a taxa de consumo de combustível, é natural que se pergunte: quão baixo pode o c_r ser? Hoje em dia, há carros que chegam aos 0,25; no entanto, dado que uma asa de avião tem um c_r de 0,05, é certo que este valor poderá ainda diminuir. Não quero arriscar um prognóstico neste capítulo, mas não me surpreenderia nada se chegássemos, dentro de alguns anos, a valores inferiores a 0,2. A necessidade de poupar combustível servirá certamente de incentivo para pesquisas que possibilitem uma redução do c_r.

Analisámos também a colisão. Ainda que seja uma coisa sobre a qual não gostamos de pensar, é um facto que os carros colidem uns contra os outros. Recorrendo à física, podemos aprender muito sobre as colisões e, em muitos casos problemáticos, determinar de quem foi a culpa. A física fornece ainda uma assistência preciosa para os estudos que visam tornar os carros mais seguros.

Um livro sobre carros não estaria completo sem um capítulo sobre corridas. Neste livro, analisei algumas coisas de que todos os pilotos devem estar cientes: a distribuição de peso, o equilíbrio, a estratégia de corrida. Um piloto experiente sabe todas estas coisas por instinto, mas não deixa de ser interessante analisar de que forma estes conceitos podem fazer a diferença.

Num dos últimos capítulos do livro, debrucei-me sobre o trânsito e sobre o congestionamento de trânsito. À medida que mais e mais carros enchem as estradas, este tópico torna-se, cada vez mais, um tema de grande premência. Afinal, é absolutamente necessário que sejam encontradas soluções para o congestionamento. O que é talvez mais interessante é o facto de os cientistas estarem a recorrer a alguns dos conceitos mais sofisticados da física – como a teoria do caos e a complexidade – para analisar e resolver o problema. Pode parecer uma mistura estranha, mas esta união entre o trânsito e a física tem dado resultados interessantes e promissores.

O livro termina com um capítulo sobre os carros do futuro e sobre os mecanismos que possivelmente servirão para os equipar. Há muito que os engenheiros especulam sobre como serão os carros do futuro. Lembro-me que quando era novo costumava devorar revistas de carros futuristas – todos os modelos pareciam ter grandes barbatanas, que sabemos agora serem muito pouco aerodinâmicas.

Num livro que li há uns anos, o autor dizia na última página que se sentia como o piloto de um transatlântico na sua última viagem. Estava triste por ter de deixar o navio, porque acreditava que tinha ainda muito para dar; no entanto, sabia que todas as viagens têm de ter um fim. De certa forma, é assim que me sinto. Haveria, certamente, muito mais a dizer sobre a física dos carros, mas espero que este livro tenha constituído um bom começo.

Bibliografia

AIRD, Forbes. *Aerodynamics*. Nova Iorque: HP Books, 1997.

APPLEBY, John. «The Electrochemical Engine for Vehicles». *Scientific American* (Julho 1999), 281(1):74.

ASHLEY, Steven. «Driving the Information Highway». *Scientific American* (Outubro 2001), 285(4):52.

—— . «A Low Pollution Engine Solution». *Scientific American* (Junho 2001), 284(6):91.

ASIMOV, Isaac. *The History of Physics*. Nova Iorque: Walker, 1996.

BIRCH, Thomas. *Automative Braking Systems*. Nova Iorque: Delmar, 1999.

CHINITZ, Wallace. «The Rotary Engine», *Scientific American* (Fevereiro 1969). 220(2):52.

COGHLAN, David. *Automative Braking Systems*. Boston: Breton Publishing, 1980.

DECICCO, John e Marc Ross. «Improving Automotive Efficiency». *Scientific American* (Dezembro 1994), 271(6):52.

GENTA, Giancarlo. *Motor Vehicle Dynamics*. Singapura: World Scientific, 1997.

HUSSELBEE, William. *Automotive Transmission Fundamentals*. Reston, Virgínia: Prentice Hall, 1980.

NORBYE, Jan. *The Car and Its Wheels*. Blue Ridge Summit: Tab Books, 1980.

PARKER, Barry. *Chaos in the Cosmos*. Cambridge, Massachusetts: Perseus, 2001.

PULKRABEK, Willard. *The Internal Combustion Engine*. Upper Saddle River, Nova Jérsia: Prentice Hall, 1997.

REMLING, John. *Automotive Electricity*. Nova Iorque: Wiley, 1987.

RILLINGS, James. «Automated Highways». *Scientific American* (Outubro 1997), 277(4):80.

ROSEN, Harold e Deborah Castleman. «Flywheels in Hybrid Vehicles». *Scientific American* (Outubro 1997), 277(4):75.

SANTINI, Al. *Automotive Electricity and Electronics*. Nova Iorque: Delmar, 1997.

SCIBOR-RYLSKI, A.S. *Road Vehicle Dynamics*. Londres: Pentech Press, 1975.

SPERLING, Daniel. «The Case for Electric Vehicles». *Scientific American* (Novembro 1996), 275(5):54.

WILSON, S.S. «Sadi Carnot». *Scientific American* (Agosto 1981), 245(2):134.

WISE, David, ed. *Encyclopedia of Automobiles*. Edison, Nova Jérsia: Chartwell Books, 2000.

WOUK, Victor. «Hybrid Electric Vehicles». *Scientific American* (Outubro 1997), 277(4):70.

ZETCSCHE, Dieter. «The Automobile: Clean and Customized». *Scientific American* (Setembro 1995), 273(3):102.

Sítios na internet
www.members.home.net/rck.html
www.aerodyn.org
www.theatlantic.com/issues/2000
www.sciam.com/explorations
www.gallery.uunet.be/heremanss

ÍNDICE REMISSIVO

ÍNDICE